U0083632

中國語言文字研究輯刊

七 編

許 錟 輝 主編

第16冊

魏建功音學述評（下）

錢 拓 著

花木蘭文化出版社

國家圖書館出版品預行編目資料

魏建功音學述評（下）／錢拓 著 -- 初版 -- 新北市：花木蘭文化出版社，2014〔民 103〕

目 6+166 面；21×29.7 公分

（中國語言文字研究輯刊 七編；第 16 冊）

ISBN 978-986-322-856-1（精裝）

1. 古音 2. 聲韻學

802.08　　103013632

中國語言文字研究輯刊

七 編 第十六冊　　ISBN：978-986-322-856-1

魏建功音學述評（下）

作　　者　錢 拓

主　　編　許錟輝

總 編 輯　杜潔祥

副總編輯　楊嘉樂

編　　輯　許郁翎

出　　版　花木蘭文化出版社

社　　長　高小娟

聯絡地址　235 新北市中和區中安街七二號十三樓

電話：02-2923-1455／傳眞：02-2923-1452

網　　址　http://www.huamulan.tw 信箱 hml 810518@gmail.com

印　　刷　普羅文化出版廣告事業

初　　版　2014 年 9 月

定　　價　七編 19 冊（精裝）新台幣 46,000 元

魏建功音學述評（下）

錢　拓　著

目次

第四章　韻書殘卷論

韻書始於魏李登《聲類》、呂靜《韻集》等，然而這些早期韻書，多已亡佚。其後，隋代陸法言編定《切韻》，據唐人封演《聞見記》記載，《切韻》共12158字。後人根據陸法言的《切韻》，不斷添加新字、補充釋義，於是出現數種增補本，不僅僅是給《切韻》增字加注，做出修訂而已，甚至也改變了書名。到了唐代，學者們不斷地對《切韻》提出增益與刊正，像是王仁昫、孫愐、裴務齊等人，都為《切韻》作出了相當程度的增補，這類型的著作頗多；另外，《唐書·藝文志》也記載著像「李舟切韻」這一類已經失傳的韻書著作。

清末時，在甘肅敦煌和新疆的吐魯蕃，陸續發現了唐五代的韻書殘卷。此時，同類型的韻書殘卷受到了重視，不斷有新的發現問世，例如吳縣蔣斧在北平舊書肆購得的《唐韻》殘卷，以及故宮博物院舊藏的《刊謬補缺切韻》、唐寫全本王仁昫《刊謬補缺切韻》等。這些韻書殘卷資料，對於校勘、還原《切韻》時期的韻書本來面貌，以至於考訂當時的音韻系統，都是大有助益的。

敦煌韻書殘卷的種類頗多，但卻不甚完整，每一種版本的保存，由數行至數十頁不等。無論是陸法言《切韻》傳本，或是長孫訥言《切韻》箋注本、王仁昫《刊謬補缺切韻》、《唐韻》……等，都是極為珍貴的。

韻書殘卷的研究，王國維是早期開啓了研究門徑，並從中獲得許多成果的佼佼者；此外，劉復、魏建功、羅常培、姜亮夫、潘重規、周祖謨等諸位先生的研究成果，更在當代開啓了嶄新的一頁，並建立了學術史上的里程碑。魏建功是繼王國維之後，全面性的考證、探討《切韻》系韻書，並得到豐富研究成果的重要學者，並提出了許多具有開創性的新發現。本章就「切韻系韻書之類型」以及魏先生的「韻書殘卷研究」兩節，加以延伸並論述，以期能發明魏先生韻書殘卷論的學術成果。

第一節　切韻系韻書之類型

一、切韻系韻書系統概說

本節就切韻系韻書各自呈現之不同韻目數及韻部系統，各自歸類，並簡介如下：

（一）陸法言《切韻》系統

《切韻》殘卷共有193韻，韻目和《廣韻》相異之處爲：平聲少「諄桓戈」三韻；上聲少「準緩果」三韻以及「儼」韻；去聲缺佚，但依平上二聲來推求，當少「稕換過」三韻及「釅」韻；入聲少「術、曷」二韻。換句話說，即「眞軫震質」不分出「諄準稕術」，「寒旱翰曷」不分出「桓緩換末」，「歌哿箇」不分出「戈果過」，「儼釅」皆無。與《廣韻》206韻相比，少了13韻。「眞寒歌」、「諄桓戈」等韻，大致上是開合口呼的分別，陸氏不分；上去聲的「儼、釅」二韻，因其所屬之字少，故不另立。

《切韻》及其傳寫本有多種斷片，英國倫敦大英博物館藏有唐寫本《切韻》三種，出自敦煌千佛洞石室，爲英國斯坦因（A.Stein）收購，經王國維過錄，簡稱《切一》（陸法言傳本）、《切二》、《切三》（皆爲箋注本）。《切一》即S2683，存上聲「海」至「銑」共11韻。《切二》即S2055，長孫箋注，存卷一至「魚」共9韻，含卷首陸法言〈切韻序〉和長孫訥言〈序〉。《切三》即S2071，存平聲上下兩卷（缺東、冬二韻），上聲、入聲各一卷（缺「鐸」以下五韻），中間略有闕佚，王國維考證爲長孫注節本。

長孫訥言箋注本《切韻》（如《切二》，卷首存有長孫序文），分韻與陸法言相同，切語差別不多，只是據《說文》增加注釋、形體說解等共約六百字。陳師新雄說：「蓋其主要箋注，僅在加注釋、正字形而已。於音學系統，固無更改，故可歸於《切韻》系統。」〔註1〕

〔註1〕見《廣韻研究》，頁16。

（二）王仁昫《刊謬補缺切韻》系統

王仁昫《刊謬補缺切韻》作於唐中宗時。所收韻字約爲 18000，比陸法言《切韻》增加 6000 字左右。《刊謬補缺切韻》分 195 韻，對陸氏原書的部目次序，沒有太大變動（故宮殘本較爲特殊），《刊謬補缺切韻》比陸法言原書多分出 2 韻（上聲多分出「广」韻，去聲多分出「嚴」韻）。「刊謬補缺」的主旨是爲《切韻》增字加注，即王仁昫所說：「陸法言切韻，時俗共重，以爲典規，然苦字少，復闕字義，可爲刊謬補缺切韻。」各卷韻目下並註明呂靜等數家韻目之分合。

王仁昫《刊謬補缺切韻》共有三本：１、劉復敦煌掇瑣本（P2011），簡稱王一。出自於敦煌石室，現藏巴黎國家圖書館。２、故宮藏項子京跋本，簡稱王二。３、故宮博物院藏宋跋本。全書五卷，完整無缺。書後有明代宋濂跋文，簡稱王三、全王。

《王二》全書共五卷，平聲、上聲缺佚頗多，去、入二聲尚完整。內容經過改編，卷首題「朝議郎行衢州信安縣尉王仁昫撰」，次行題「前德州司戶參軍長孫訥言注，承奉郎行江夏縣主簿裴務齊正字」。後有王仁昫序和長孫訥言序。有人稱此本爲「項跋本」（即項子京跋）或「裴務齊正字本」、「內府本」。此本疑是經過裴務齊修訂的傳寫本，最大的特點是在韻次的安排和韻目的改變。首先，四聲韻目的名稱，盡量採取同紐的雙聲字。如「咍海代」改爲「臺待代」，「魂混慁沒」改爲「魂混慁紇」，「覃感勘合」改爲「覃禫醰沓」等。〔註 2〕其次，韻次的改變如陽、唐兩韻列於江韻之後，佳韻次於歌、麻之間，登韻置於斤韻（殷韻）之後，寒韻列於魂痕之前，侵蒸於尤侯之前，元於先仙之後，鹽添覃談於侯幽之後……等等，上去二聲此，入聲尤其凌亂失序。這些都與陸法言《切韻》不同，別具一格。下平聲的韻目序數與上平聲啣接，不自爲起訖。和《切韻殘卷》的韻目比較，上聲多五十一儼，去聲多五十六嚴，共 195 韻。

〔註 2〕如「送」改「凍」，以與東董同紐。「用」改「種」，以與鍾腫同紐等，詳見〈韻書研究綱目〉《魏建功文集》第貳輯，頁 385～386。

《王二》平聲韻目韻次示意〔註 3〕																			
1	2	3	4	5	6	7	8	9	10	11	12	13	14	15	16	17	18	19	20
東	冬	鍾	江	陽	唐	支	脂	之	微	魚	虞	模	齊	皆	灰	臺	眞	臻	文
21	22	23	24	25	26	27	28	29	30	31	32	33	34	35	36	37	38	39	40
斤	登	寒	魂	痕	[先]	[仙]	[刪]	[山]	[元]	[蕭]	[宵]	[肴]	豪	庚	耕	清	冥	歌	佳
41	42	43	44	45	46	47	48	49	50	51	52	53	54						
麻	侵	蒸	尤	侯	幽	鹽	添	覃	談	咸	銜	嚴	凡						

（三）孫愐《唐韻》系統

孫愐，唐開元、天寶間人。孫愐的〈唐韻序〉，宋修《廣韻》刊載通行。《唐韻》有兩種，分別是「開元本」與「天寶本」，差別頗大。清末蔣斧所藏的一種殘本，存去聲一部分和入聲一卷。蔣氏以爲是陸氏《切韻》原本或長孫氏初注本，王國維氏參照卞令之《式古堂書畫彙考》及魏了翁的〈唐韻後序〉考證，斷定是孫氏天寶本的《唐韻》。

「開元本」共分 195 韻，部目次序大致與王仁昫《刊謬補缺切韻》相同，但多儼、釅二韻。平聲分上下兩卷，上卷爲一到廿六，下卷爲一到廿八，韻次不連續。韻字增爲 3500 字。

「天寶本」共分 205 韻。根據書中韻目和數次，去聲比《切韻》多「稕、換、過」三韻。以此推論，這是把「眞、寒、歌」的合口字分出。依此進一步類推，平聲當從眞分出諄、寒分出桓、歌分出戈，此外又從齊韻中分出移、鸎二字，另爲一韻；上聲當從軫分出準、旱分出緩、哿分出果；去聲從震分出稕、翰分出換、箇分出過；入聲從質分出術、曷分出末，總共比《切韻》多 12 韻。「天寶本」《唐韻》分韻加多，應是根據孫書增修改訂的本子。於是平聲上共 29 韻，平聲下共 29 韻，上聲共 54 韻，去聲共 59 韻，入聲共 34 韻。宋代《廣韻》的 206 韻，只有齊、移不分以及上去增多儼、釅二韻與開元本相同；此外都與天寶本《唐韻》一致。

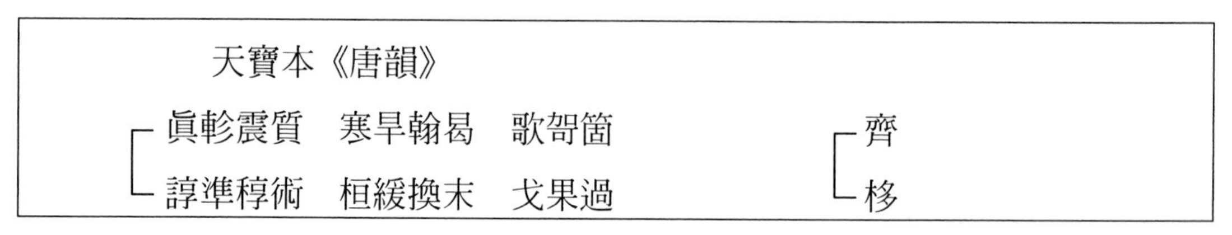

〔註 3〕《王二》平聲存前九韻，十微至二十五痕僅有存目。二六至三三已亡佚，韻目名稱乃參照《廣韻》而擬。

（四）李舟《切韻》系統

李舟《切韻》書已亡佚，而部次可從徐鉉改訂的《說文解字篆韻譜》中考見。大徐〈篆韻譜後序〉云：「《韻譜》既成，廣求餘本，頗有刊正。今復承詔校定《說文》，更與諸儒精加研覈；又得李舟《切韻》，殊有補益。其間疑者，以李氏爲正。」王國維《觀堂集林》卷八〈書小徐說文解字篆韻譜後〉說：「徐楚金《說文解字篆韻譜》，傳世者有五卷本及十卷本。十卷本部次與陸孫諸韻及《古文四聲韻》大同，此即大徐〈後序〉所謂以《切韻》次之者也。五卷本則與《廣韻》大同，即大徐〈後序〉所謂以李舟《切韻》爲正者也。」〔註4〕小徐初作《篆韻譜》時，韻次依據陸法言、孫愐等；後來大徐又根據李舟《切韻》加以刊正。大徐《篆韻譜》採用李舟分韻特色，整理韻部的次序，以及使各韻配合。以前的韻書把收-ŋ 韻尾的蒸、登放在收-m 韻尾的侵、鹽之後，添、咸之前；收-m 尾的覃談又放在收-ŋ 尾的陽唐之前。李舟則把蒸、登移到收-ŋ 尾的清、青之後；覃談也移到侵之後，較合乎音理。後爲世人遵用。

王國維〈李舟切韻考〉說明了李舟《切韻》的特色：

> 有宋一代韻書部次，皆自李舟出也。唐人韻書以部次觀之，可分爲兩系。陸法言《切韻》、孫愐《唐韻》及小徐《說文解字篆韻譜》、夏英公《古文四聲韻》所據韻書爲一系；大徐改定《篆韻譜》與《廣韻》所據者爲一系。前系四種，其部次雖稍有出入，然大抵平聲覃談在陽唐之前，蒸登居鹽添之後，上去二聲準是。去聲之泰又在霽前，或并麣於梵。入聲則以屋沃燭覺質術物櫛迄月沒曷末黠鎋屑薛錫昔麥陌合盍洽狎葉帖緝藥鐸職德業乏爲次，不與平上去三聲部次相配，則韻書自隋至於有唐中葉，固未有條理秩然之部次，如今所見之廣韻者也。惟大徐改定說文解字篆韻譜，除增三宣一部外，其諸部次第與廣韻全同。……是大徐改定韻譜，多據李舟。……李舟於韻學上有大功二：一、使各部皆以聲類相從。二、四聲之次相配不紊是也。〔註5〕

李舟韻所呈現之韻目數爲 206，有增一「宣」韻，無「凡」韻。若依王國維考證：「李舟韻自其上去入三聲觀之，必有凡韻，而今大徐本無者，蓋因嚴凡二部

〔註 4〕見《觀堂集林》，頁 371～372。

〔註 5〕見《觀堂集林》，頁 376～377。

字少合之。」〔註6〕韻目數是爲207。

（五）五代刊本《切韻》系統

敦煌出五代刻本《切韻》（P2014、P2015），藏於巴黎圖書館。此系列爲綜合性質系統，經學者考訂，P2014、P2015、P2016、P4747、P5531等可編於同系。〔註7〕

陳師新雄說：「五代刊本就板本言，雖爲二種，然就韻系言，實爲同一系之韻書。……自韻部言，P2014 參合他卷，計其韻目共二百十部，較法言多十七部，較《廣韻》尚多四部。茲述其書要點於後：1、平聲仙分出宣，上聲獮分出選，入聲薛分出雪。2、蒸登在鹽添之後。3、入聲術分出聿。4、入聲尚多一與痕韻相配之韻。5、昔韻併於錫韻。6、入聲韻次雖依陸氏，然亦有相異之處。（1）質後多聿。（2）術曷分出。（3）沒後多一韻。（4）昔併於錫。（5）緝藥鐸改爲藥緝鐸。此卷變動之大，超過陸韻系統之任一韻書，則必受陸韻以外各家之影響無疑，攷夏竦《古文四聲韻》所用韻部已仙宣分立，則此卷雖以陸氏《切韻》爲據，恐尚採其他各家之說，而編成一直接影響於《廣韻》之書。」〔註8〕按姜亮夫氏推算，此本平聲58韻，上聲56韻，去聲60韻，入聲36韻，共210韻，是唐本韻書中分韻較多者。

〔註6〕見《觀堂集林》，頁378。

〔註7〕如周祖謨先生說：「伯希和把這一批殘葉分編爲五種號碼，毫無準則，非常凌亂。根據照片來看，2016抄寫的二十行和2014第三葉東韻前面抄寫的八行筆跡完全相同，而且文字正相銜接，應當就是一葉，而伯希和分編爲兩號，此其一。又伯希和所編4747號存東韻十二行的上一半，這正是2014(3)東韻一紙所缺的一部分，兩者都是印本，紙葉正相連接，應當黏合在一起，而伯希和也把它分爲兩號，此其二。」見周祖謨：《唐五代韻書集存》（北京：中華書局，1983年7月），頁922。周氏從「板面」、「板數前後連接的情況」、「殘葉所存韻目數次是否前後相連」、「韻內紐次排列的情況」、「各殘葉注文排列反切訓釋的先後和表現字的或體的方式」等五方面來考察，論定這五號應爲同一種書。考證過程可參照《唐五代韻書集存》。

〔註8〕見《廣韻研究》，頁19～20。又，陳師新雄說：「據姜亮夫《瀛涯敦煌韻輯》所收五代刊本切韻共有一種。第一種爲p2014之第一、三、四、五、六五種共七紙；p2015卷一紙，實爲p2014卷第一種之後面；p5531卷之第一種，巴黎未列號之丙，實爲p2014第一種之殘段。第二種爲p2014之第二種，p2014之第七種，實即與第二種遙相連接之殘葉，p5531之第二種即p2014第二種之後葉。」見《廣韻研究》，頁19。

（六）徐鍇《說文韻譜》所據《切韻》系統

徐鍇《說文韻譜》（又稱《說文解字篆韻譜》）十卷本，與五卷本所排韻序不同，而皆根據「《切韻》」。徐鉉〈說文解字韻譜序〉曰：「舍弟楚金特善小學，因命取叔重所記，以《切韻》次之，聲韻區分，開卷可覩。」十卷本與五卷本序文相同，只有記卷數不同；五卷本徐鉉〈韻譜後序〉則說是參照李舟《切韻》，十卷本則未言明所據《切韻》作者。

十卷本四聲各分數卷：「東冬鍾江支脂之微魚虞模」11 韻爲卷一，「齊佳皆灰開眞諄臻文殷元魂寒桓刪山」16 韻爲卷二，「先僊宣蕭宵肴豪歌戈麻覃談」12 韻爲卷三，「陽唐耕庚清青尤侯幽侵鹽沾蒸登咸銜嚴」17 韻爲卷四，「董腫講紙旨止尾語噳荓薺蟹賄海軫準吻隱阮混旱緩綰產」24 韻爲卷五，「銑獮篠小巧顥哿果馬感敢養蕩梗靜迥有厚寢琰忝拯湛范」24 韻爲卷六，「送絳忮至志未御遇暮泰霽祭卦怪夬隊代廢」18 韻爲卷七，「震諄問靳願慁翰換諫閒霰線嘯笑效號箇過禡峪漾宕敬勁徑宥候沁豔證陷」31 韻爲卷八，「屋沃燭覺質聿物櫛月沒末黠轄」13 韻爲卷九，「屑薛錫昔麥陌合盍洽葉狎帖緝藥鐸職德業」18 韻爲卷十，四聲各有附韻，共 19 韻，以字少不另立〔註 9〕，總數實 203 韻。

十卷本《韻譜》特徵爲有宣、嚴韻，無凡韻，陽聲與入聲不連貫，眞諄寒桓歌戈（賅上去）皆分，質術亦分。韻目用字或以《說文》著錄者標舉，或一字異體，或以《說文》所無而另取一字爲目。

然此本根據何人之《切韻》？馮桂芬〈序〉曰：「（十卷本）與函海本名同、序同、體例同，而實則截然二書，無後序、無新附字已異，而所用之韻則絕古。……函海本經鼎臣重訂，非楚金原書，故有新附等字；又可見函海本所用《切韻》爲李舟《切韻》，校定《說文》時始得之，非楚金所及見，而楚金書所謂以《切韻》次之者，則陸法言《切韻》也。」〔註 10〕王國維〈書小徐說文解字篆韻譜後〉曰：「逢敬亭跋十卷本，言之極爲精詳，惟以譜中無移韻，而驨字在齊韻末，謂此譜即用陸法言《切韻》，則恐不然。陸韻恭蜙縱諸字皆在冬韻，孫愐改入鍾

〔註 9〕如宋用附於送，駭附於蟹，乞（迄）附於櫛，鬫附於峪（勘），耿附於梗，諍附於敬，黝附於厚，幼附於候，丙（栝）附於豔，等附於拯，隥（嶝）附於證，檻附於湛（賺），檻附於陷，痕很恨附入魂混慁，泛（梵）附於陷，乏附於業等。

〔註 10〕見南唐·徐鍇：《宋本說文解字韻譜》（清同治甲子年嘉平月吳縣馮桂芬摹本），頁 1～2。

韻。今小徐譜中恭蜙二字皆在鍾韻，縱字在用韻，即用孫說。是所據者非陸韻明矣，惟齊後無移韻，又入聲以聿爲術，且無曷韻，與孫愐韻殊。」〔註 11〕魏先生論曰：第一、立「宣」韻，可見其不同於陸系。第二、無「凡」韻，是承襲陸系無「嚴」上去韻之變象。第三、凡陸系未分之韻皆一一分別，已與孫愐系統相同。是介於陸孫之間，而又有宣韻近於別系者。

（七）夏竦《古文四聲韻》所據《唐切韻》系統

夏竦爲北宋人，著有《古文四聲韻》，乃根據郭忠恕《汗簡》，集錄當時所見古文字體，並以聲韻隸字，共分五卷，而其韻目編排次第，實根據唐人韻書，而前有所承，共 210 韻。〈序〉云：「積年踰紀，擶篆方該。自嗟其勞，慮有散墜，遂集前後所獲古體文字，準《唐切韻》，分爲四聲。」是以夏竦編排文字之體例，蓋根據其所見《唐切韻》。此版本韻目特徵，屬於混合型，揉合各家特色，而韻目數亦較多。茲列於下：

夏竦《古文四聲韻》韻目																			
上平聲 29 韻																			
1	2	3	4	5	6	7	8	9	10	11	12	13	14	15	16	17	18	19	20
東	冬	鍾	江	支	脂	之	微	魚	虞	模	齊	移	佳	皆	灰	咍	眞	諄	臻
21	22	23	24	25	26	27	28	29											
文	殷	元	魂	痕	寒	桓	刪	山											
下平聲 30 韻																			
1	2	3	4	5	6	7	8	9	10	11	12	13	14	15	16	17	18	19	20
先	仙	宣	蕭	宵	肴	豪	歌	戈	麻	覃	談	陽	唐	庚	耕	清	青	尤	侯
21	22	23	24	25	26	27	28	29	30										
幽	侵	鹽	添	蒸	登	咸	銜	嚴	凡										
上聲 56 韻																			
1	2	3	4	5	6	7	8	9	10	11	12	13	14	15	16	17	18	19	20
董	腫	講	紙	旨	止	尾	語	麌	姥	薺	蟹	駭	賄	海	軫	準	吻	隱	阮
21	22	23	24	25	26	27	28	29	30	31	32	33	34	35	36	37	38	39	40
混	很	旱	緩	潸	產	銑	獮	選	篠	小	巧	晧	哿	果	馬	感	敢	養	蕩
41	42	43	44	45	46	47	48	49	50	51	52	53	54	55	56				
梗	耿	靜	迥	有	厚	黝	寑	琰	忝	拯	等	豏	檻	广	范				

〔註 11〕見《觀堂集林》，頁 372。

去聲 60 韻																			
1	2	3	4	5	6	7	8	9	10	11	12	13	14	15	16	17	18	19	20
送	宋	用	絳	寘	至	志	未	御	遇	暮	泰	霽	祭	卦	怪	夬	隊	代	廢
21	22	23	24	25	26	27	28	29	30	31	32	33	34	35	36	37	38	39	40
震	稕	問	焮	願	慁	恨	翰	換	諫	襉	霰	線	嘯	笑	効	號	箇	過	禡
41	42	43	44	45	46	47	48	49	50	51	52	53	54	55	56	57	58	59	60
勘	闞	漾	宕	敬	諍	勁	徑	宥	候	幼	沁	豔	㮇	證	嶝	陷	鑑	梵	釅
入聲 35 韻																			
1	2	3	4	5	6	7	8	9	10	11	12	13	14	15	16	17	18	19	20
屋	沃	燭	覺	質	聿	術	物	櫛	迄	月	沒	曷	末	黠	鎋	屑	薛	錫	昔
21	22	23	24	25	26	27	28	29	30	31	32	33	34	35					
麥	陌	合	盍	洽	狎	葉	帖	緝	藥	鐸	職	德	業	乏					

夏竦210韻韻次特色爲「泰」在「暮」後「霽」前；「齊」後立「移」；「聿」在「質」後「術」前；「仙」後立「宣」，「獮」後立「選」。此系統有「移」韻，爲孫愐《唐韻》特徵；有「宣」韻，爲李舟《切韻》特徵。是《古文四聲韻》所根據者介於孫、李之間。

二、韻書殘卷系統論

《十韻彙編》於〈凡例〉中，將「十韻」各以簡稱命名；魏先生〈十韻彙編資料補並釋〉則是用材料存在的地方做爲編號與簡稱。至〈韻書研究綱目．韻書材料所表現之系統〉〔註12〕一文，魏先生羅列二十二種中古韻書及相關材料，依序對照；本文亦以該論述範圍爲研究對象。今據〈十韻彙編序．見知現存殘缺中古韻書提要〉、〈韻書研究綱目〉、〈十韻彙編資料補並釋〉、〈故宮完整本王仁昫《刊謬補缺切韻》續論之甲〉等，按編號、藏地、《彙編》序號、《彙編》簡稱、魏先生編號、撰文時收藏者及當時所見版本諸項目分欄，製成表格如下：

編號	彙編序編號	材料名稱	彙編簡稱	魏先生簡稱	收藏單位	所見版本
1	一	唐寫本《唐韻》一種（天寶本）	唐	國一	吳縣蔣斧	國粹學報館影印本

〔註12〕見《魏建功文集》第貳輯，頁339。〈韻書研究綱目〉爲作者於西南聯大之授課提綱。

<table>
<tr><td rowspan="2">2</td><td rowspan="2">二</td><td colspan="2" rowspan="2">唐寫本《刊謬補缺切韻》一種</td><td rowspan="2">王二</td><td rowspan="2">國二</td><td rowspan="2">國立北平故宮博物院</td><td>北平延光堂攝影本</td></tr>
<tr><td>上虞羅氏印秀水唐蘭寫本</td></tr>
<tr><td>3</td><td></td><td colspan="2">《刊謬補缺切韻》</td><td></td><td>國三</td><td>故宮博物院</td><td>印本</td></tr>
<tr><td>4</td><td>四</td><td rowspan="3">唐寫本《切韻》殘卷三種</td><td>S2683</td><td>切一</td><td>英一</td><td rowspan="3">法國巴黎國家圖書館〔註 13〕</td><td rowspan="3">王國維手寫石印本</td></tr>
<tr><td>5</td><td>四</td><td>S2055</td><td>切二</td><td>英二</td></tr>
<tr><td>6</td><td>四</td><td>S2071</td><td>切三</td><td>英三</td></tr>
<tr><td>7</td><td></td><td colspan="2">唐寫本孫愐序《切韻》
P2016（b）</td><td></td><td>法一</td><td>巴黎國家圖書館</td><td></td></tr>
<tr><td>8</td><td></td><td colspan="2">唐寫本陸法言序《切韻》P2017</td><td></td><td>法二</td><td>巴黎國家圖書館</td><td></td></tr>
<tr><td>9</td><td></td><td colspan="2">唐寫本《唐韻》
P2018</td><td></td><td>法三</td><td>巴黎國家圖書館</td><td></td></tr>
<tr><td>10</td><td>五</td><td colspan="2">唐寫本王仁昫《刊謬補缺切韻》一種
P2011</td><td>王一</td><td>法四</td><td>法國巴黎國家圖書館</td><td>劉復《敦煌掇瑣》刻本</td></tr>
<tr><td>11</td><td></td><td colspan="2">P5531 刻本</td><td></td><td>法五</td><td>巴黎國家圖書館</td><td></td></tr>
<tr><td>12</td><td>三</td><td colspan="2">《五代刻本切韻》若干種
P2014、P2015、P2016（a）、P4747</td><td>刊</td><td>法六</td><td>法國巴黎國家圖書館</td><td>攝影本</td></tr>
<tr><td>13</td><td></td><td colspan="2">箋注本《切韻》
P3693</td><td></td><td>法七</td><td>法國巴黎國家圖書館</td><td></td></tr>
<tr><td>14</td><td></td><td colspan="2">箋注本《切韻》
P3694</td><td></td><td>法八</td><td>法國巴黎國家圖書館</td><td></td></tr>
<tr><td>15</td><td></td><td colspan="2">箋注本《切韻》
P3696</td><td></td><td>法九</td><td>法國巴黎國家圖書館</td><td></td></tr>
<tr><td rowspan="2">16</td><td rowspan="2">七</td><td colspan="2" rowspan="2">唐寫本韻書斷片二種
JIVk75</td><td rowspan="2">德</td><td rowspan="2">德一</td><td rowspan="2">德國柏林普魯士學士院</td><td>攝影本</td></tr>
<tr><td>日本《東北帝大文化雜誌》武內義雄氏論文附錄印本《天津益世報讀書周刊》二十六期譯載</td></tr>
</table>

〔註 13〕應作英國倫敦博物院藏唐寫本，後有說明。

17	七	唐寫本 JIVk75-100a		德二	柏林普魯士學士院	手抄本
18	八	刻本《切韻》殘葉一種 JIID1		德三	德國普魯士學士院	手抄本
19		刻本韻書殘頁 TIL1015		德四	柏林普魯士學士院	
20		唐寫本 JIV70+71		德五	柏林普魯士學士院	手抄本
21	六	唐寫本韻書斷片一種	西	日	日本大谷家	西域考古圖譜影印本 王國維摹入《韻學餘說》後有《觀堂別集後編》排印本
22	九	唐寫本韻書序二殘卷 P2129、P2638			法國巴黎國家圖書館	劉復《敦煌掇瑣》刻本
23		P2019			法國巴黎國家圖書館	
24	十	寫本守溫韻學殘卷一種 P2012			法國巴黎國家圖書館	劉復《敦煌掇瑣》刻本 《國學季刊》一卷三號排印本
25	十一	唐寫本歸三十字母例一種			英國倫敦博物館	日本《東洋學報》第八卷第一第四兩號載 日本濱田耕作東亞考古學研究《斯坦因發掘品過眼錄》載 羅常培《敦煌寫本守溫韻學殘卷跋》錄

魏先生將切韻系韻書大致分爲五類：第一、陸法言《切韻》類，包括陸法言《切韻》、長孫訥言《(箋注）切韻》、孫愐《切韻》，共193韻。第二、徐鍇《篆韻譜》（十卷本）所據《切韻》類，共203韻。《唐切韻》（夏竦《古文四聲韻》所據本），共210韻。〔註14〕第三、孫愐《唐韻》類，共205韻。第四、李

〔註14〕第二類實可分作兩類也。今仍依魏先生之分類論述。

舟《切韻》類，共207韻。第五、王仁昫《刊謬補缺切韻》類，共195韻。

五類之分別標準，以韻目數量與次第爲依據，大致上第一（陸）、第三（孫）、第四（李）類相承繼，而開《廣韻》之先。第二類（徐、夏）介於陸、孫之間，爲第一、第三類間之別種版本，因此兩者歸爲另一特類。第五類可作第一、第三、第四類之參證。〔註15〕如圖所示：

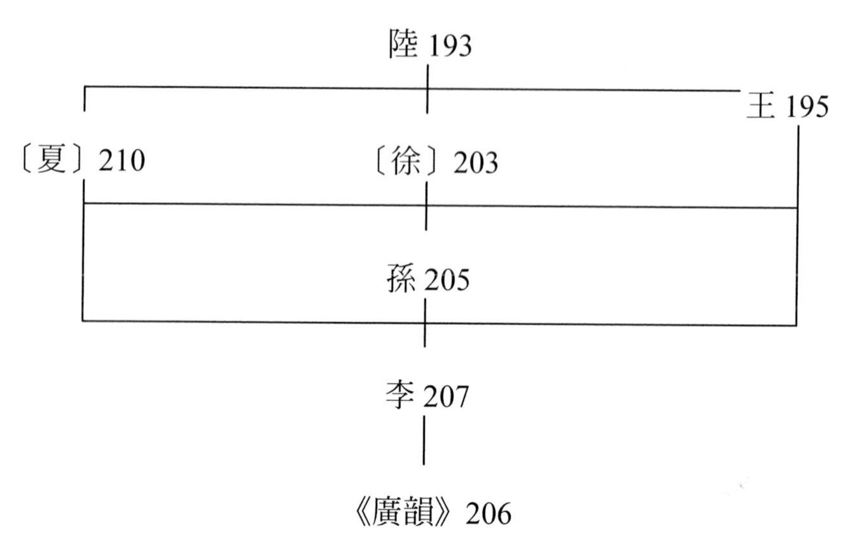

這裡可以觀察到幾個問題：

（1）《法一》P2016與孫愐《唐韻》開元本，魏先生將名稱定爲「孫愐《切韻》」，性質則歸入陸法言《切韻》類型。魏先生〈韻書研究綱目〉說：

> 丙，孫愐《切韻》　法一、式古堂（詳《觀堂集林》八）開元本　要點：（1）韻數：1、據式古，一百九十五韻：平上26，下28，去57，入32。較陸當多儼、釅二韻。2、據法一，二百零六韻：平上28，是較多諄寒〔註16〕戈三韻，以是推上去入，即成206之數。（2）紐次：據法一知與陸異。（3）序及題名：依王國維考當是《切韻》，而法一適合；然所存之序即今傳《唐韻·序》。據〈式古錄序〉當即稱《唐韻》，而法一題名《切韻》，目實《唐韻》疑其始愐書二名併用。……（4）稱引輯文凡數名：孫愐《切韻》、孫愐、《唐韻》、孫愐《唐韻》。〔註17〕

〔註15〕考證過程參見《魏建功文集》第貳輯，頁360～435。

〔註16〕寒當爲桓。

〔註17〕見《魏建功文集》第貳輯，頁366。

魏先生孫愐開元本《唐韻》，共 195 韻。開元本與天寶本韻目系統相去甚遠，而開元本韻目與王仁昫相同，但仍是孫愐所作之一種。魏先生在〈韻書研究綱目〉中將其歸入陸法言《切韻》類，與 205 韻之孫愐天寶本分開。

《法一》（唐寫本《切韻》P2016）卷首存有孫愐〈序〉。P2016 之一存有部份平聲韻目；由「切韻／平聲上／凡廿八韻」一行，亦可知書名爲《切韻》。P2016「齊」韻後無「栘」韻；「眞諄」、「寒桓」分列。「栘」韻和「眞諄」分立，都是《唐韻》的特徵，此本卻無「栘」韻。

姜亮夫在〈P2016 爲增字更定本孫愐唐韻殘卷證〉從以下幾點，證明 P2016 是孫愐《唐韻》：一、前載孫愐唐韻序爲証。二、註語與孫氏體例相合。三、與廣韻註語多同。至於「栘」韻問題，姜氏認爲「蓋栘之別齊，字僅數文，獨立爲部，本理論之別，而習俗依違，雅不相胹，故其說不能久立。」〔註 18〕

魏先生認爲《法一》雖然紐次與陸法言不同，但依王國維考證，此本應當是《切韻》；另外，《法一》所存之序，即今傳〈唐韻序〉，所以應該命名爲《唐韻》。於是《法一》的《切韻》書名，魏先生懷疑是孫愐同時運用了《切韻》、《唐韻》兩種名稱。但是體系的歸屬上，仍然和陸法言《切韻》歸作同一類。

（2）以「各家異同注」判定韻書系統的方法，是值得商榷的。「各家異同注」，即王仁昫《刊謬補缺切韻》韻目下所注的呂靜、夏侯該、陽休之、李季節、杜臺卿等五家韻書與《切韻》的分韻異同。魏先生主張「各家異同注爲刊補系統所特有」的論點，並以韻目下的「各家異同注」作爲辨別王仁昫《刊謬補缺切韻》系統的其中一項依據。所以魏先生將《德五》JIV70+71 歸爲王仁昫書，他說：

> 我們覺得韻目注字說各家分合異同的不是陸法言的。所有有陸法言序和韻目的材料，我們得不到這種注字相連不可分的印象，如法二、英二。法一有孫愐序，也沒有這種注字。有這種注字的是國二、國三、法四、德五。這幾種材料的前三種都明白跟「刊謬補缺」這名目相連，載的序文陸與長孫看來都是陪襯，所以各佔一種，而兩種裡卻總少不了王仁昫的序。王仁昫與《刊謬補缺切韻》離不了關係，

〔註 18〕見姜亮夫：〈敦煌瀛涯韻輯〉《姜亮夫全集》第九輯（昆明：雲南人民出版社，2002 年），頁 383～384。

> 還加法六有李舟的可能。我們已經知道陸韻在唐朝初年有兩派演變：一是王仁昫一派的刊補，一是長孫訥言一派的箋注。傳本多半是箋注方面的，箋注的精神應該不改原來面目，如法二、英二之類，我們可以相信去陸書本色不遠。如果陸本就有注字，不能一種都不留存，因此我們得相信刊補系統的韻書才注意這分合而加注解。有韻目注字的只有國二、國三、法四、德五在卷首韻目下面的一種。德五殘存的部份與法四、國三相同。……如果這種各家韻部分合異同的注是法言原本，不應只存在刊補系統的一派書裡。……所以，用王本和長孫本比合了看，我們也覺得韻目分合異同的注字不是陸法言的。〔註19〕

我們可以看到，「各家異同注」仍是魏先生分辨《德五》屬於王仁昫系統的有力依據。魏先生也說「各家分合異同的注是王仁昫的」，因此「有各家分合異同注字的韻書，可能都要歸到王仁昫刊補系統裡」。《德五》有此類註解，所以認定它是王仁昫《刊謬補缺切韻》最早的殘本。

然而，以「各家異同注」來考訂韻書的方法是否穩固，值得討論。根據周祖謨先生的考證，「各家異同注」或許不是王仁昫《刊謬補缺切韻》獨有的。先說《德五》，周先生論曰：

> 本書去聲韻目下有注文。豔韻下注云：「呂與梵同，夏□與㮇同，今並□。」陷韻下注云：「李與鑑同，夏侯別，今依夏侯。」這些都與王仁昫《刊謬補缺切韻》相同。但是我們不能因此就認爲是王仁昫的書。第一，王仁昫書每紐第一字的注文是先出反切，次出本字的訓解和又音，最後一紐的字數，與本書體例不同。其次，本書字下的訓解極爲簡單，地理名稱都不注明所在州郡，只注「地名」、「水名」而已。每紐第一字大都只有反切，而沒有訓解，這與王韻每字「并各加訓」不同。另外，王仁昫書每紐所收字數大都比本書多，但是本書有些紐的字數又比王韻多。……由此可知本書與王韻不是一種書。王韻書中有正字，有增訓，又有增字，而本書只重增字，性質與王韻全不相同，應當是另一家書。……王仁昫書韻目下著有

〔註19〕見《魏建功文集》第貳輯，頁563～565。

呂靜、夏侯該、李季節、陽休之、杜臺卿五家分韻的異同，現在又看到本書和前一種「切韻」寫本（斯六一五六）同樣有這種注文，可見韻目有這種注文的不止是一種書，可能都是出於陸法言書，所以注文完全相同。〔註20〕

根據反切和注解、又音的先後順序、有無詳註、收字多寡及其異同等特徵分析，《德五》和王仁昫書是不同的，然而兩者之間都保有「各家異同注」的特徵。

再說 S6156。S6156 分別是去聲與入聲一頁之中的兩小塊殘片，魏先生當時並未得見，或是尚未加以探討這一種韻書斷片。S6156 是某一個版本的《切韻》，不是《刊謬補缺切韻》，也並不全然是陸法言的。周祖謨先生訂爲「增訓本」，而此一「增訓本」也有「各家異同注」。周先生說：

書中每紐第一字下先出訓解，再出反切，後出一紐字數，仍然是陸法言《切韻》的體例。但是並非陸書。……在殘葉正面入聲韻目部分還有殘存的三行注文。注文是「李與昔同，夏□□陌同，呂與昔□□麥同，今□□。」根據王仁昫《刊謬補缺切韻》，這應當是「錫」韻的注文。王韻入聲韻目「錫」韻下注云：「李與昔同，夏侯與陌同。呂與昔別，與麥同，今並別。」這與本書的注文是一樣的。〔註21〕

由韻目下的注文來判斷，S6156 應與王仁昫《刊謬補缺切韻》相同，但周先生從書名、反切與訓解順序、收韻、韻紐字數、切語和註釋等幾項特徵，判定 S6156 不是刊補系統。周先生因此認爲「各家異同注」在王仁昫之前的韻書中就已經存在。他說：

根據上述幾點可以證明本書並非王仁昫《切韻》，而是另一種書。……時代當在王仁昫書之前。王書韻目下注出呂靜、夏侯該等諸家分韻的異同，而本書韻目下也有同類的注文，足見此種注文不始於王仁昫書，而在王仁昫以前就有了。這是極難得的一條證據。韻目下有這種注文，依事理推之，當本於陸法言書，但是，現在所看到的陸法言《切韻》傳寫本都闕總韻目，而長孫訥言箋注本韻目下並無此注，所以有人認爲這種注文是王仁昫所加，其實不然。今有此殘片，

〔註20〕見《唐五代韻書集存》，頁 867～868。

〔註21〕同上注，頁 863～864。

宿疑可解。〔註22〕

這一段話，根據了材料的反映，完全打破「各家異同注」爲《刊補系統》獨有的概念。

周先生認爲，「各家異同注」是陸法言所加，並非王仁昫所加。他在討論王仁昫書時作出了總結，說：

> 唐本韻書韻目下有小注的還有斯六一五六《切韻》殘葉和列TIV70+71《切韻》殘葉兩種，但這些都不是陸法言的原書，現存陸書的寫本既闕總的韻目，長孫箋注一類的《切韻》寫本中韻目下又是沒有小注的，那麼，這些小注是不是陸法言書原有的呢？我們從宋跋本王韻在上聲腫韻「湩」字下所說「此是冬字之上聲，陸云冬無上聲，何失甚」一語同上面冬韻注「無上聲」正相應一事可知這些小注應當是陸法言所加。小注中所說「今依某家」或「今並列」等，正是法言根據顏之推、蕭該等人共同討論所決定的結果寫出來的，以明與五家書的異同，絕非後人所增。〔註23〕

周祖謨先生認爲「各家異同注」是陸法言加的。今陸法言寫本缺少韻目頁，無法得知是否有各家異同注；箋注本《切韻》韻目下雖無注，卻是另外一類，不可相比。故從周先生說。

判斷刊謬補缺系統除了各家異同注之外，其他體例與新材料都必須納入考量，方爲完備。《唐五代韻書集存》看到了魏先生沒有收錄的材料，也得到了不同的考證結果，因此不能完全依賴「各家異同注」作爲判定王仁昫系統的依據。

第二節　韻書殘卷研究

〈論《切韻》系的韻書——《十韻彙編．序》〉，簡稱〈十韻彙編序〉是魏先生韻書殘卷研究中體制完備、規模宏大且具有開創性的著作。此篇文章原載於《國學季刊》1936年5卷3期。在此之前，尚有〈唐宋兩系韻書體制之演變〉（原載《國學季刊》1932年1期）、〈陸法言《切韻》以前的幾種韻書〉（原載於《國學季刊》1932年2期）等，卻仍受限於材料稀少。〈十韻彙編序〉完成

〔註22〕同上注，頁865。

〔註23〕同上注，頁883。

之後，魏先生陸續發表了〈韻書研究綱目〉（原載於《女子師範學院學術集刊》1945年1期）、〈《十韻彙編》資料補並釋〉（原載於《北京大學五十週年紀念論文集》1948年12月）、〈故宮完整本王仁昫《刊謬補缺切韻》續論之甲〉（原載於《國學季刊》1951年7卷2期）、〈《切韻》韻目次第考源——敦煌寫本《歸三十字母例》的史料價值〉（原載於《北京大學學報》1957年4期）等，都是以〈十韻彙編序〉爲底本而有所增補並延伸論述。

《十韻彙編》是一部總合排比的切韻系韻書總匯。魏建功先生說：

> 《十韻彙編》是國立北京大學研究院文史部出版的《文史》叢刊之一種。這是用《廣韻》做主體，把國內外殘存的《切韻》系統中間的九種材料排比寫錄出來的一部中古韻書資料。〔註24〕

魏先生參與了《十韻彙編》主要的蒐集、校訂與補充等工作，並撰寫序文。葉師鍵得論十韻彙編之成書過程說：

> 民國十九年，劉復先生以清儒研究韻學，已多貢獻，惜爲資料所限，終不能不有其缺憾，《切韻》《唐韻》已無傳本，而各種殘卷逐漸發現，雖斷簡零篇，未見全豹，雖與《廣韻》互校，實可明其大體，因擬彙《切韻》《唐韻》等殘卷及《古逸叢書本廣韻》爲「八韻比」。其八韻者，《切韻》殘卷三種、王仁昫《刊謬補缺切韻》二種、唐人寫本《唐韻》、五代本《切韻》以及《古逸叢書本廣韻》也。諸書凡已有景印本或刻本均取以剪貼，自民國二十一年十月至十二月由蔣經邦、郁泰然率周殿福、吳永淇、郝墀依劉氏計劃，初稿貼鈔竣事。後因行款參差，既不美觀，又不便對照，爰於二十二年春，改用現

〔註24〕見《魏建功文集》第貳輯，頁492。陳師新雄論《十韻彙編》之性質，說：「是書由國立北京大學研究院文史部出版。所搜集者有《切韻》殘卷三種（即S2683、S2055、S2071）王仁昫《刊謬補缺切韻》二種（即敦煌王韻與故宮王韻），《唐韻》殘卷一種（國粹學報影印蔣氏藏唐寫本《唐韻》殘卷），柏林普魯士學士院藏唐寫本韻書斷片共九種，益以古逸叢書本《廣韻》共十種韻書，故名《十韻彙編》。此書排印採上下排列，諸本對照方式，各本韻書每韻收字多少及其異同，可展卷了然。每部之後，附有《廣韻．校勘記》。即就《廣韻》一書而論，諸本優劣，亦可得知大概，書後附有〈分韻索引〉及〈部首索引〉二種引得，極便檢查。卷首有魏建功、羅常培二序，尤爲利用此書材料作研究者之指南。」見《廣韻研究》，頁21～22。

> 行編法，即除《廣韻》用原書剪貼外，餘按序、韻次上下排列對照另鈔，書名亦改稱「八韻彙編」。是年秋，魏建功提議加入《西域考古圖譜》與德國普魯士學士院所藏《切韻》斷片各一種，復經魏建功、羅常培予以考校補充，正名爲「十韻彙編」。二十三年夏，本文已寫定待印，而劉復猝逝，遂由羅常培董理遺稿，補製凡例，交郁泰然、孫琳、晉笙、吳永淇參與校繕，吳世拱作《廣韻校勘記》附錄於各韻末，全書乃大功告成，二十四年，由北京大學列爲《文史叢刊》第五種，出版問世。〔註25〕

《十韻彙編》序文的內容，是對於韻書殘卷通盤性的研究。葉師鍵得將魏先生〈序〉涉及的問題，歸納爲「宮商、四聲等名詞考釋」、「存目韻書統計」、「殘缺韻書史料提要及價值」與「訂定韻書系統」四個部份。以下就此四部份分別統整論述：

一、宮商、四聲等名詞考釋

五音與四聲的關係是〈十韻彙編序〉的首要討論項目。葉師鍵得論魏先生主張之梗概，說：

> 魏先生剖釋清代考定古音之陰陽入三聲、宋齊以來之平上去入四聲與魏晉作者分字之宮商角徵羽五聲，各有意義，並不相衝突。魏先生以韻書由李登《聲類》、呂靜《韻集》起之說，以爲現行韻書編制以「四聲」分字而「四聲」之說，乃六朝時宋齊以後始通行，因闡述：1、李登《聲類》、呂靜《韻集》之「五聲」與聲調無關。用「聲類」或「韻集」名書，即「始判清濁，纔分宮商」之意。2、永明始有平上去入四聲，與宮商角徵羽五聲不同。〔註26〕

魏建功先生認爲，李登《聲類》、呂靜《韻集》的成書時間較早的魏晉時期，這兩本書採用的編排法是「五聲命字」，不是「四聲」。「四聲」說是流行於宋、齊以後的。現行韻書的編制，多半以平、上、去、入四聲分字，如《切韻》、《廣韻》等；而早期的切韻系韻書（如《聲類》、《韻集》），則以宮、商、角、徵、

〔註25〕見葉師鍵得：《十韻彙編研究》（臺北市：臺灣學生書局，民國七十七年），頁30。

〔註26〕同上注，頁42。

羽五聲分字。然而「四聲」、「五聲」之間，是否存有對應、分合的關係？魏先生說：

> 現在流傳的韻書編制的根本是以「四聲」分字。「四聲」之說一直到六朝時候的宋、齊以後才通行，可是說到韻書的開始卻又都要稱道三國時魏左校令李登的《聲類》和晉時安復令呂靜的《韻集》。李登、呂靜的書，我們只看見後來注疏家引用他們關於文字訓解的文句，可惜沒有一個地方可以看出原書部類編制果與現在韻書相同。就是有的記載，也不過說是「以五聲命字」（封演《聞見記》、《魏書·江式傳》），究竟與四聲相合不相合還不能詳細知道（顏之推《家訓·音辭篇》曾具體說出：《韻集》「成」、「仍」、「宏」、「登」合成兩韻，「爲」、「奇」、「益」、「石」分作四章。《聲類》以「系」音「羿」，加以批評，也還不足以表示出他們的關係）。〔註27〕

王國維對五音對四聲之分不作定論，卻也不能斷然肯定它們直接對應。王氏說：「李呂二氏之分五聲，雖不能確指其爲何，然非如徐景安樂書之說『宮爲上平，商爲下平，角爲入，徵爲上，羽爲去』則可決也。今韻平聲分上下者，徒以卷帙繁重而分之，別無他義，且唐時韻書猶有不分者，不足以爲宮商之分明矣。」〔註28〕

「四聲」與「五聲」相互對應的證據，見於《文鏡秘府論》、《四聲指歸》所記載的「宮商角徵羽即四聲」。魏先生說：

> 劉善經獨用李槩（原作李節，槩本字季節，陸法言《切韻·序》即用其字，今改稱槩名。）《音韻決疑·序》（原作《音譜決疑·序》，按：《隋書·經籍志》有槩《脩續音韻決疑》十四卷，又《音譜》四卷，此蓋《音韻決疑》之筆誤，依《隋志》改之。）的主張，以爲《周禮》商不合律，證明五聲即是四聲（文見日本空海《文鏡秘府論》引錄劉氏《四聲論》）。《序》裏說：案：《周禮》凡樂圜鍾爲宮，黃鐘爲角，太族爲徵，姑洗爲羽，商不合律，蓋與宮同聲也。五行則火土同位，五音則宮商同律，闇與理合，不甚然乎？呂靜之撰《韻

〔註27〕見《魏建功文集》第貳輯，頁226。

〔註28〕見《觀堂集林》，頁342。

集》，分取無方。王（微）之製《鴻寶》，詠歌少驗。平上去入，出行閭里，沈約取以和聲，律呂相合。竊謂宮商徵羽角即四聲也；羽讀如括羽之羽，（以）之和同，以（推）群音，無所不盡。豈其藏理萬古，而未改於先悟者乎？（原文多訛，從儲皖峰君說，「徵」改「微」，「亦」改「以」，「拉」改「推」，「律」上刪衍文「之」字。）〔註29〕

潘重規、陳紹棠先生亦主張「五聲」、「四聲」相配；五音之「羽」，讀作去聲。「宮商徵羽角」，即「平平上去入」。二位先生說：

傳自日本之文鏡秘府論載有隋劉善經四聲指歸一篇，引李槩（季節）音譜決疑序云：「竊謂宮商徵羽角即四聲也。羽讀如括羽之羽，（按：羽有上去兩讀，惟廣韻去聲十遇：羽，王遇切。注云：五聲，宮商角徵羽。知羽字當讀去聲。）亦之和同，以拉群音，無所不盡。豈其理藏萬古而未改于先悟者乎？經謂（劉氏自稱也）每見當此（此疑當作世）文人論四聲者眾矣，然其以五音配偶，多不能諧，李氏忽以周禮證明商不合律，與四聲相配便合，愚謂鍾蔡以還，斯人而已。」又文鏡秘府論天卷聲調引元氏曰：「聲有五聲，角徵宮商羽也。分于文字，四聲平上去入也。宮商爲平聲，徵爲上聲，羽爲去聲，角爲入聲也。」亦本李季節之說。蓋宮商皆爲平聲，故以配平；徵爲上聲，即以配上，羽爲去聲，角爲入聲，則以之配去入。是五聲皆以相當之字以與四聲相配，以爲稱目。實唐以前舊說之最可信者。而五聲之名乃平上去入之目未定時之別稱耳。及沈約等制定平上去入之名後，人皆沿用，五聲之別遂替，時日寖久，五聲與四聲之關係，知者蓋鮮，而異說遂生，終至撲朔迷離，眞相莫辨矣。〔註30〕

此處羽字的音讀須加以商榷。於《廣韻》有上聲「王矩切」、去聲「王遇切」兩讀。《廣韻》上聲九麌「羽」字下云：「聚也。舒也。亦鳥長毛也。」去聲十遇韻「羽」字下云：「鳥翅也。又五聲宮商角徵羽。」羽字讀作去聲，才符合五聲之名。「括羽」爲箭末羽毛，作名詞用。《孔子家語・子路初見》云：「孔子曰：『括而羽之，鏃而礪之，其入之不亦深乎！』」「括而羽之」和「鏃而礪之」相

〔註29〕見《魏建功文集》第貳輯，頁226。

〔註30〕見《中國聲韻學》，頁159。

對，作動詞用。李季節「羽讀如括羽之羽」，「羽」字仍不能排除讀作上聲的可能，若採用五音與四聲相合的概念，則此處羽字只能讀作去聲。

魏先生不認爲「五聲」的性質是標示著「聲調」，這「五聲」僅僅是用來分別字類，與聲調沒有關係。他說：

> 這所謂呂靜「分取無方」，王微「詠歌少驗」，大約是那時用的五聲分別字類，與聲調無關；雖聲調早已「出行閭里」，卻不用來貫穿文字的部居，文士製作對於聲調也是「得者闇與理合，失者莫識所由，但知未安而已」。永明時候的幾位文學家在文藝技術上有了深切巧妙的體會，把四聲的名目給定出了，把「平」、「上」、「去」、「入」的次序給排好了，在文學上才開了一個聲律的新世界。……我們覺得平上去入四聲之與宮商角徵羽五聲不同，猶如《中原音韻》的陰陽上去四聲之與平上去入四聲不同一樣。〔註 31〕

魏先生並論述「五聲」是指樂律的音程高低，不是「平上去入」。他說：

> 《文鏡秘府論》中《調聲》一節下引元氏（按：元兢）的話：聲有五聲，角徵宮商羽也，分於文字四聲，平上去入也。宮商爲平聲，徵爲上聲，羽爲去聲，角爲入聲。……元氏所謂「『分』於文字四聲」，就得有個「分」的人，平上去入才會與宮商徵羽角有了固定的配合；宮商角徵羽原本是樂律上音程高低簡單標準的名稱，與平上去入性質不同（請參看劉復博士的《四聲實驗錄》第二十節講四聲的基本條件語，和第 51、52、53、54 等節）。李槩也說是「出行閭里，沈約取以和聲，律呂相合」。四聲如果就是五聲，這裡便不當這樣講法。「五聲命字」未必是律呂的應用，猶之四聲分配五方不必是某聲定是某方一樣。〔註 32〕

魏先生解讀《文鏡秘府論》所引劉善經的話，以及〈調聲〉所引元兢的話，認爲五聲是音律上的分類方式。五聲分字與四聲分字的標準不相同，未必有直接的承繼、對應關係，如《文鏡秘府論．四聲論》中，沈約的〈答甄思伯書〉說：「經典史籍唯有五聲，而無四聲，然則四聲之用何傷五聲也？五聲者，宮商角

〔註 31〕見《魏建功文集》第貳輯，頁 227。

〔註 32〕見《魏建功文集》第貳輯，頁 229。

徵羽，上下相應，則樂聲和矣。君臣民事物，五者相得，則國家治矣。」上述「四聲之用何傷五聲」，說明了是兩個概念，實不相涉。〔註 33〕魏先生說：

> 沈氏所謂「上下相應，則樂聲和」，自然是音律的解釋；而所謂「經典史籍唯有五聲」，就顯然表示五聲並不與四聲是一回事了。如果四聲就是五聲，到了周顒、沈約之流何必要別出名目呢？《隋書・潘徽傳》說：李登《聲類》始判清濁，纔分宮商。唐封演《聞見記》云：魏時有李登者，撰《聲類》十卷，以五聲命字，不立諸部。〔註 34〕

「不立諸部」、「纔分宮商」是說李登開始了有以音分別字類的辦法，但不一定是以韻分，更不一定是以四聲分。此外，時人尚有認識五聲卻不認識四聲的，如果五聲與四聲若有對應關係，或許不應該只了解五聲而不識四聲。魏先生說：

> 韻書之興在有反切之後。「切韻」的名目又在梵文入東土之後。初有反切沒有「字母」的名目，也該還沒有「韻部」、「四聲」的名目。用「聲類」或「韻集」名書，就是「始判清濁，纔分宮商」的意思。劉善經舉了鍾嶸、甄思伯、蕭衍不識四聲的例子。我們可以相信也是「四聲」與「韻部」標準不相關的緣故。如果說他們不懂得周、沈所新排定的四聲，四聲的實質原是知道的；那我們就得說原有五聲便是四聲，不過換了名目罷了。五聲若與四聲相當，即使改換了新名目，卻不應該不解了。我疑惑五聲之說那時也許本不很尋常。我們知道漢語漢字的聲調是絕對重要的最後因素，當然現在也還是「出行閭里」，可是眞懂得的人並不多。「陰」、「陽」、「上」、「去」的四聲與「平」、「上」、「去」、「入」的四聲能分別其中關係的人就很少，又何足怪初起四聲之說的時候要拿去附會五聲呢？附會的人是將「宮」、「商」、「角」、「徵」、「羽」五字與「平」、「上」、「去」、「入」四字對照分配的。其實五聲的次序本是「宮」、「商」、「角」、「徵」、「羽」。李槩《音韻決疑・序》乃竟特別將「羽」注讀括羽之

〔註 33〕〈韻書研究綱目〉：「宮商角徵羽五聲關於聲之本體，平上去入四聲關於聲之實用。論理指本體立說，屬文依實用遣詞，故五聲爲體，四聲爲用。」見《魏建功文集》第貳輯，頁 343。

〔註 34〕見《魏建功文集》第貳輯，頁 230。

羽，而商又以不合律除外，才能配成了平上去入。〔註35〕

元兢說「羽爲去聲」，劉善經、李槩說「羽讀如括羽之羽」，括羽之羽，未知讀作上聲或讀作去聲，然而特地標注其音讀，是知讀作去聲，方得以相配。〈韻書研究綱目〉說：「李登《聲類》果爲聲調分類，則後來齊梁四聲不應別出心裁。……中國文字以音爲綱之書無不在齊梁四聲說起之後，先辨四聲，再分韻部，未聞依紐位次第排列成書者，實爲一奇。」〔註36〕又，五音律呂依魏先生排列如下：

	五音律呂				
	羽	徵	角	商	宮
元兢、李槩說	去	上	入	平	平
《四聲譜》	西	南	北	東	東
《淮南子·天文訓》	北	南	東	西	中

這裡的排列，旨在說明文獻記載的五方和五聲相配參差，並不規律。魏先生又將「陰、入、陽」和「羽、徵、角、商、宮」對照排列，發現「羽徵」可歸入陰聲類，「角」可歸入入聲類，「商宮」可歸入陽聲類，大致符合古聲陰陽入的界域，可看出遞嬗的痕跡，卻也不是絕對的相等。是以古陰陽入三聲、宮商角徵羽五音和平上去入四聲各有實質意義，不相衝突。〔註37〕

〔註35〕見《魏建功文集》第貳輯，頁230～231。

〔註36〕同上注，頁342。

〔註37〕魏先生說：「這不過是一種偶然的現象，五聲的例字恰巧分配成『陰』、『陽』、『入』三聲，而陰聲只包括了上聲，陽聲包括了平聲。按著元、明以來聲調演變的現象，也可以明白這應該是更早一點的聲調變化的痕跡。我們要提出一個假設給主張五聲就是四聲的學者做參考：周、沈以來的四聲與李、呂的五聲縱然不是音素上的差異，在聲調上也決然不能那樣直接相等。……四聲之說起了以後，五聲之義變了，而中國文字音類古今標準就隔絕了！李登、呂靜的書雖不可得見了，這樣來解說，我想不全中卻也差不遠了。……而且，《四聲譜》又有『六字歸一紐』的例子，如用音素標準來說，分配情形是：皇晃璜　鑊　禾禍和／宮商　　角　徵羽／陽聲　　入聲　陰聲／平上去　入　　平上去　現行《廣韻》的東、眞、侵諸韻，正是上三字的一類；支、蕭、尤諸韻，正是下三字一類；屋、質、緝諸韻，正是中一字的一類。我們了解了清代考定的古音陰陽入三類，和宋、齊以來新立的今音平上去入四聲，與魏、晉作者分字之宮商角徵羽五聲，各有意義，可並不相衝突；那末，現在傳統的韻書大家都說是起始於李登《聲類》、呂靜《韻集》，

趙蔭棠先生《等韻源流》舉出三點證明宮商是一種虛位，與四聲無直接關聯。趙先生說：

> 在等韻圖上最起糾紛的，就是宮商等與聲母相配合的事。我常和朋友們說，宮商原是音樂上的名辭，到後來強拉在音理上，自然不能確切。我們現在把牠們當成虛位看待未嘗不可。〔註38〕

趙先生以爲宮商與韻書發生關係由李登《聲類》開始，至沈約《四聲譜》，皆以四方與五音、四聲相配。然而實際配法，於古籍中缺乏明文記載；漢魏人之五聲說，難以實指，即沈氏以後四聲與五音之對照，與音理亦無關。此爲虛位理由之一。梵文入中國之後，學者亦以五音配合聲母，觀沙門神珙《五音聲論》、《七音略》、《四聲等子》、《玉篇》、《韻會》等，五音與聲母配合結果皆不統一，漫無定則，因而失去意義。此爲虛位理由之二。《玉篇》末有神珙〈五音圖〉歌訣，對宮商之描述，似是說明聲紐；清龍爲霖於《本韻一得》中，追溯至《管子》、《白虎通》，並將五音歌訣附會爲元音響度大小，混淆紛雜。此爲虛位理由之三。所以趙先生說：「宮商既可以用在聲調上，又可以用在聲母及元音上，這顯然牠們似人人可穿的外氅，而不是個人的骨血。」〔註39〕趙說可作爲魏先生之補充。

二、存目韻書統計

魏先生於存目韻書之統計紀錄，內容詳實。葉師鍵得《十韻彙編研究》計算魏先生所統計之數量與條目，說：

> 韻書起自李登《聲類》、呂靜《韻集》；魏先生著錄史籍所記與今所見韻書，計列一百七十種名目。（一）魏先生以爲漢人重音訓，並行「讀若」，開「直音」之端，東漢末存譯經之事，以及反切之用，「揆情度時」到魏晉之間有李登《聲類》、呂靜《韻集》一類之韻書產生。（二）魏先生著錄史籍所見及當時所見韻書，計列一百六七十種名目，而整存者止十種耳。魏先生所列：一書名中有「音」字者。甲、

而編制的根本又是以『四聲』分字，這個問題就可以得到比較滿意的解釋了。」見《魏建功文集》第貳輯，頁232～233。

〔註38〕見趙憩之：《等韻源流》（臺北市：文史哲出版社，民國六十三年），頁10。

〔註39〕見《等韻源流》，頁10～15。

著者無考者有十種。乙、著者可考者有十七種。二書名中有「聲」字者。甲、著者無考者有四種。乙、著者可考者有十五種。三書名中有「韻」字者。甲、著者無考者三十五種。乙、著者可考者有九十種。四其他有二種。總計一百六七十種名目，其中可確認爲中古聲韻學史料者止《大宋重修廣韻》一種。〔註40〕

魏先生所登錄項目，除了韻書之外，尚有韻圖；許多著錄也僅能從他書徵引而獲知書目，實質內容大半已難以考證。因此，條目所列舉，只能以書名包涵了「音」、「聲」、「韻」等字樣者，作爲標準。因此從（一）書名中有「音」字的（「音韻」、「五音」字樣合入）、（二）書名中有「聲」字的（「四聲」字樣合入）、（三）書名中有「韻」字的，作爲大的分類項目，其中再分爲「作者可考」與「作者無考」兩項。

列舉書目中，較爲可說的是：一、第（二）項「書名中有聲字的」類別，附加說明爲「『四聲』字樣合入」，實際上應將「字母」字樣一併合入。如《字母圖》、《三十六字母圖》等書名無「聲」字，但「字母」即是聲〔註41〕。二、第（三）項「書名中有韻字的」類別，有書名無「韻」字的，如《內外轉歸字》、《字略》、《義雲章》等，應置於「其他」類〔註42〕。

三、殘缺韻書史料提要及價值

魏先生列出從殘缺的韻書材料裡能夠得到的價值與研究收穫，分成三項：第一、可以窺瞰著韻書體制的演變。第二、可以鈎稽出韻書源流的脈絡。第三、

〔註40〕見《十韻彙編研究》，頁42～43。

〔註41〕《字母圖》魏先生注云：「《玉海》云徐知雄獻《字母圖》」。《三十六字母圖》注云：「僧守溫撰（《玉海》、《通志．藝文略》載）」。列舉韻書存目的標準在〈韻書研究綱目〉已做修正：「凡書名具『音』『聲』『韻』者收之，作『音義』者不錄。『音韻』『五音』附於『音』，『四聲』『字母』附於『聲』。」見《魏建功文集》第貳輯，頁349。

〔註42〕《內外轉歸字》一卷，魏先生注云：「《通志．藝文略》載」。《字略》注云：「郭知玄撰　《汗簡》引，注曰一云朱箋字。《廣韻》、《古文四聲韻》所載朱箋三百字及采箋，疑即是《字略》，而《切韻》五卷當爲加朱箋字之《切韻》而已。」《義雲章》注云：「《汗簡》、《古文四聲韻》引，與《義雲切韻》不知爲一書否。《汗簡》有作《義雲章切韻》者，疑是《義雲章》與《切韻》兩書連舉；故但列《義雲章》，不舉《義雲章切韻》。」上述諸書，但知是韻書資料，而性質不明，故可置於「其他」類。

可以判斷得韻書系統的劃分。〔註 43〕故可知此等材料之價值。魏先生在〈十韻彙編序〉中，所探討殘缺韻書史料，除了韻書之外，尚有韻書序及韻學殘卷等。以下就魏先生羅列之條目，加以疏證〔註 44〕：

（一）唐寫本《唐韻》一種

此本爲吳縣蔣斧藏，有國粹學報館影印本。《十韻彙編》簡稱「唐」，魏先生稱爲「國一」。

蔣斧〈跋〉語以爲此本是陸法言《切韻》，又以爲是長孫訥言初箋注本。魏先生說：「王國維有〈書後〉，以爲是孫愐書，否認蔣斧陸法言《切韻》原本及長孫訥言初箋注本之說，凡舉八證。」 王氏〈書吳縣蔣氏藏唐寫本唐韻後〉一文，以「引書取義」、「州縣郡號」、「韻目次第」、「姓氏源流」、「字書材料」、「韻書異同」、「版本校勘」、「避諱闕筆」諸端證明蔣斧所藏實爲孫愐《唐韻》天寶

〔註 43〕見《十韻彙編研究》，頁 43。魏先生原文曰：「自從最近三十多年的西北探險而古寫本和最早刻本書卷發現流傳以來，我們才著實新添了許多重要的史料（故宮的開放也有關係）。關於韻書呢，還多半是殘破零落的。所以，我說『實證零星無由判別』。這樣，從編制性質上講韻書分類眞成了『文獻不足徵』的強勢，可是，假若『抱殘守缺』的從材料本身上看，雖有兩點困難，卻並不是沒有不可陳述的地方，而且我們也已得了些相當的收穫。例如：王國維氏因爲目覩手摹過一些材料，而對於隋、唐以來韻書的考據就有了許多新發現（羅常培先生《敘例》中說了）。我有些一得之愚，請先舉目，再容分說：第一、從這些殘缺史料裡，可以窺瞰著韻書體制的演變。第二、從這些殘缺史料裡，可以鉤稽出韻書源流的脈絡。第三、從這些殘缺史料裡，可以判斷得韻書系統的劃分。我們要說明這三點就得先再將那些殘缺材料的情形敘述出來。這些材料除了在我國內地保存傳留的，其餘有兩個出處——甘肅省敦煌縣鳴沙山的莫高窟千佛洞等石室裏和新疆省天山北路吐魯番左近的沙磧中——而都是外國人探險發見的。因此，原來面目如何，探險影響損失如何，存在實數幾何，都無從切實知道。我們展轉見到的材料是否是殘存的全部還是問題，甚至於連究竟現藏何處有時也不能確斷。」見《魏建功文集》第貳輯，頁 246～247。此外，韻書殘卷等材料亦具有聲韻史研究之價值，其尤爲最終之目的，包括 1、由音類之分合情形，論證聲韻之演變與音值（兩部韻書之比較與一部韻書之分析）。2、由每韻收字反切之穿錯，考定韻類分合之變遷，並構擬音值之同異。3、由諧聲系統之分布狀況類測文字音讀之變遷。4、由先後時代已確定而系統不同之韻書，分別統計增刪文字與音讀狀況，而爲語音變遷之考證等。見魏先生書。

〔註 44〕各韻書之校勘、考釋內容可參見《十韻彙編研究》。

本，斷無疑義。

（二）唐寫本《刊謬補缺切韻》一種

此本爲國立北平故宮博物院藏，有北平延光室攝影本、上虞羅氏印秀水唐蘭寫本。《十韻彙編》簡稱「王二」，魏先生稱爲「國二」。〔註 45〕

魏先生認爲，「國二」是王仁昫、長孫訥言兩家的混合本；《刊謬補缺切韻》本來即不是王仁昫一人之專書專名：「第一、不限於王仁昫一家的書叫這名目。第二、刊補的內容也是有許多的不同。第三、韻目紐次因此有許多不同的系統。第四、王仁昫的著作最早，以現在的本子說，法四與原本接近，國二只是部份的相關，國三是依據原本系統的晚出的鈔本。」〔註 46〕又說：

> 本書很像不是王仁昫的著述。書名下本有注道：刊謬者謂刊正訛謬；補缺者加字及訓。平聲上韻目二冬、八脂、十八眞、十九臻下都注有取捨呂靜、夏侯詠、陽休之、李季節、杜臺卿分合標準之處，上去入就沒有了。至少這合於「刊」、「補」條件的才是王仁昫的。王國維有〈書後〉以爲：王仁昫書以「刊謬補缺」爲名，對於陸法言次序大約沒有什麼改動，這個本子「蓋爲書寫者所亂，非其朔也」。……敦煌出另一本，還能見到刊正陸書的地方，拿來與本書比勘，詳略同異又有出入。……這樣看來，這本當是參合陸、王兩書的混合本了。〔註 47〕

〔註 45〕眾所皆知，今日學者所認定的王仁昫《刊謬補缺切韻》，共有三種版本。如趙誠先生說：「爲《切韻》加字、增注，工作做的較多、影響較大的，是王仁昫的《刊謬補缺切韻》，現在一般簡稱《王韻》。此書散佚一千多年，近幾十年才陸續發現了幾種唐寫本，即……『王一』（P2011）、『王二』（項跋本）、『王三』（宋跋本）。其中『王二』是一個湊合本，系統混雜；『王一』殘缺；『王三』最好，是全帙。」見《中國古代韻書》，頁 32。

〔註 46〕見〈故宮完整本王仁昫《刊謬補缺切韻》續論之甲〉《魏建功文集》第貳輯，頁 575。

〔註 47〕見《魏建功文集》第貳輯，頁 252～253。葉師鍵得說：「魏建功氏〈十韻彙編序〉從此寫體例，而謂『本書很像不是王仁昫的著述』，復從《王一》、《王二》韻目下所注諸家分合異同之比較，而云：『這本當是參合陸王兩書的混合本了。』其後，魏先生於〈故宮完整本王仁昫刊謬補缺切韻緒論之甲〉修正爲蓋參合王韻及長孫韻之混合本。」見《十韻彙編研究》，頁 1174。

又，〈故宮完整本王仁昫《刊謬補缺切韻》續論之甲〉說：

> 國二在卷第一頭上就寫著「切韻」，而且下面不是寫卷第，先接上「平聲」兩個字，上去入聲連「切韻」兩個字都沒有。什麼聲，在法四、國三都注在卷第下面，好像王仁昫的書該是這樣，所以國二很自然的透露出非王仁昫原本。連帶我們注意題名也很有些消息：國二題「王仁昫撰」，除了官銜以外，跟法四、國三有「字德溫」以及「新撰定」完全兩樣；並且同時寫了「長孫訥言注」，依次序第三寫「裴務齊正字」，好像王仁昫最早，長孫訥言次之，裴務齊又晚些。再連帶注意序子的問題，法四看不到了，國二在王序眉題「王仁昫序」，長孫序眉題「長孫序」。……由題名的比對，我們相信：越接近原本的每卷都有題名，書名與人名款式一定前後一致的。……國二就無庸討論，它不過是若干分之一與原本有關，題名純粹屬於另一系統的。……國二是混合王仁昫、長孫訥言兩家的書，所以錄了二家的序。〔註 48〕

國二是王仁昫書演化出來的一種混合系統，體制上也有略有更革。魏先生說：

> 國二給我們的印象是韻次的大變動，究竟價值如何要看出發的觀念才好說。書裡內容儘管雜湊，客觀表現的事實也有一些用處，例如各卷卷首的韻目注字，只平聲上有四韻，和後來見到的法四、國三比，都顯得少了幾韻，說是著者（也許是鈔手）淺陋，恐怕失之抹殺。這一部材料妙在留了一些雜湊的痕跡給我們，並且雜湊的程序和改編的步驟都清清楚楚。我們看到的改編步驟是：(1) 韻次有計劃四聲一貫的改編了；(2) 韻目用字有意的改歸四聲同紐；(3) 韻目注字在改編之中，平聲下看不到了，上去入都還沒有寫定，平聲上才寫定；(4) 紐字收韻已有些改動。〔註 49〕

周祖謨先生亦認爲《國二》是采用兩種以上不同的韻書配合纂錄而成的，而原編著者不可知，王國維認爲是王仁昫參照長孫訥言、裴務齊兩家的增補本撰寫的；周氏以爲可能是裴務齊根據長孫訥言、王仁昫書來修改的，進而直接稱作

〔註 48〕見《魏建功文集》第貳輯，頁 575～578。

〔註 49〕同上注，頁 563。

《裴務齊正字本刊謬補缺切韻》。周氏說：

> 這部書既然是一個匯合長孫箋注和王仁昫《刊謬補缺切韻》兼及其他韻書的本子。……在韻次方面……本書改變較大，與眾不同。如：（1）陽唐次於江韻之後；（2）佳韻次於歌麻之間；（3）登韻與眞臻文斤諸韻比次，列於斤韻之後；（4）寒韻列於魂痕之前，而刪山元三韻列於先仙之後；（5）侵與蒸同列，覃談與鹽添咸銜嚴凡同列。……至於入聲，與平上去的次第大都相應，只有刪韻入聲黠韻次於褐紇兩韻之間，庚韻入聲格韻和清韻入聲昔韻次於洽狎與業乏之間……這些韻次的改變總有一部分與編者口中實際的讀音有關，否則不會有如此大的變動。〔註50〕

周氏結論爲《王二》是各得王仁昫、長孫訥言之一部份，並由裴務齊參與編著的版本。〔註51〕

（三）五代刻本《切韻》若干種

此類爲法國巴黎國家圖書館藏攝影本。《十韻彙編》所收的五代刊刻本切韻，簡稱「刊」，魏先生稱爲「法六」，即伯希和P2014、P2015兩號。

魏先生前期與後期對五代本的看法略有調整。前期較爲保留，並未統合斷片內容：

> 必稱此十六葉爲六刻本，蓋唐世寫本韻書種類繁多，即同一主名之書內容亦不相同，此十六葉發現情形無以示吾人信爲一本之確切報告，寧自書例瑣屑別定，不敢輒與以大一統之混括耳。此刻本所源舊本或同或異，當待後論；即確爲一本，而雕板之顯爲數

〔註50〕見《唐五代韻書集存》，頁898～899。

〔註51〕此外，「國二」的來源與性質大致還有幾種不同的觀點：一、由王仁昫、長孫訥言兩家混合而成。如王國維、潘重規、方國瑜等。二、由王仁昫、長孫訥言、裴務齊三家混合而成。如厲鼎煃、蔣經邦、上田正等。三、由四個版本以上混合而成。如陸志韋。見歐陽戎元：〈裴務齊正字本《刊謬補缺切韻》的性質〉《河南社會科學》2010年11月第18卷第6期，頁199～201。曹潔：「歷來學者如王國維、厲鼎煃、蔣經邦、陸志韋、魏建功、周祖謨都認定它是一個不純的『拼湊體』，可見，此書同其他韻書的同構型相比，他的異質性是最大的特點。」見〈論裴務齊正字本《刊謬補缺切韻》的異質性〉《寧夏大學學報》2009年11月第31卷第6期，頁1。

刻尤未可泯忽也。〔註 52〕

後期則考量學者綴合成果，加入 P2016（a）與 P4747（即《瀛涯敦煌韻輯》巴黎未列號之丙）等。然 P5531 仍編號爲「法五」，寫本 P2016（b）仍編爲「法一」，視爲不同材料，卻也不排除爲同系之可能。〔註 53〕

從魏先生對五代刊本的討論中，可歸納出幾點：

1、編著系統

五代刊本於 1935 年於倫敦展出時，天津《大公報》、《巴黎通訊》記載了 P2014 與 P2015 參展的詳目，但此兩種殘卷，伯希和氏僅各選兩頁展出。魏先生說：

> 我國在倫敦藝術展覽（一九三五年十一月開幕），法國參加，由伯希和選定敦煌古籍十七種，天津《大公報》（二十四年十月六日）第一萬一千六百零三號《巴黎通訊》載其詳目，內有二零一四、二零一五兩號……記者在二零一四號下云，「是書爲唐王仁昫撰，書名上標『大唐』兩字，則爲刻於唐代可知也。」〔註 54〕

當時記者認定該殘卷爲王仁昫所作。其後，北京市又輾轉發現了 P2014、P2015 的攝影本，共 16 頁，按照字體大小，分成甲、乙、丙、丁、戊五組：大字的六頁（乙、丙、戊），推測是 2015 號的《切韻》；小字的十頁（甲、丁），推測是 2014 號的《刊謬補闕切韻》。因 2014 末葉已有題識，時人以爲即王仁昫書。魏先生對勘通訊及攝影本所載，提出五代刊本作者不是王仁昫的四點質疑與看法：

> 2014「大唐刊謬補闕切韻」題字是一張末葉，我們不能必斷是王仁昫無疑。故宮本王仁昫韻只寫「切韻」，《敦煌掇瑣》本王仁昫韻都寫「刊謬補闕切韻」，體制原不一定。後人復刻前代的書並不改字，澤存堂刻《廣韻》依然題「大宋重修廣韻」，有「大唐」字樣還可以有五代

〔註 52〕見《魏建功文集》第貳輯，頁 12。

〔註 53〕如論「法五」時說：「此書與法六相合者在宣韻之分。然是否爲一系統之書，則又不可定。其原狀既未得見，自無可臆說。但亦頗疑原爲一書而伯希和分散之者，蓋紐次情形相同也。見《魏建功文集》第貳輯，頁 415。〈十韻彙編資料補並釋〉、〈故宮完整本王仁昫《刊謬補缺切韻》緒論之甲〉等，都有納入綴合成果研究的說明。

〔註 54〕見《魏建功文集》第貳輯，頁 256～257。

> 刻的可能。隋、唐韻書作者蠭起，名稱相襲相重的屢見不一，我們不能因爲知道王仁昫有「刊謬補闕」之作，遇有「刊謬補闕」的就給王仁昫遇缺即補。故宮本王韻與《敦煌掇瑣》本王韻不相同，這刻本也不與那兩本相同。第一宣韻不是兩個王韻裏有的；第二鹽韻五十一的次第不是王韻的系統；第三宣韻三十一和鹽韻五十一排不連攏；第四三十五豪韻影片注 2014（8）與注 2014（5）的肴韻殘葉影片卻係同板的兩張印本，然則 2014 總號下的各紙必是從書的形式上的觀察集合起許多殘葉來的了。從這四點上看，我們反不敢說什麼肯定的話了（通訊未載韻目名稱，也很覺可惜）。這樣，我們姑且說刻本韻書是兩種，還期待材料更充分的得到，好細加研討。〔註 55〕

根據全書最末葉所題「大唐刊謬補缺切韻」的分析，或可認爲：一、唐朝人所作；二、即王仁昫《刊謬補缺切韻》，或以其爲底本所編修。但五代刊本反映的韻部系統，卻不同於王仁昫。

潘重規先生根據末尾「大唐刊謬補闕切韻」之題目與諸考證，認爲五代刊本是經過唐人增修的《刊謬補缺切韻》。潘先生說：「姜氏考訂，以爲『此卷蓋晚唐人依諸隋唐韻書如陸法言、王仁昫、孫愐、李舟之作，另爲編排而又增益文字義訓者也，故內容與諸家不殊，而韻部大異。』其說約略可信。然據第九紙全之末，結題明標『大唐刊謬補闕切韻一部』，則其成書底本必據王仁昫《切韻》爲主，以其稱大唐，故知增修者必爲唐人也。」〔註 56〕

魏先生排除五代本是陸、王的可能，並不因書中含有題名即直接將作者隸屬於王仁昫。魏先生說：

> 我們可以知道韻書系統裏下平韻目有這麼一種特別的：1、韻數連上平而下，即先韻作二十九；2、仙韻後有宣韻，三十一；3、鹽添韻中間有他韻隔開，當是蒸韻；4、登韻在咸銜韻前，而與蒸韻分開。」〔註 57〕故斷定五代刊本：「（1）不是陸法言《切韻》，因爲已經上平有二十八韻，比陸氏多了諄桓兩韻，所以上聲旱韻和緩韻

〔註 55〕同上注，頁 257～258。

〔註 56〕見《十韻彙編研究》，頁 57。

〔註 57〕見《魏建功文集》第貳輯，頁 497。

> 分開。下平多了宣戈兩韻，足成三十韻了。（２）也不是王仁昫《刊謬補缺切韻》，因爲敦煌本王韻與陸韻平聲韻數相同，並不連敘；入聲也與陸韻同是三十二韻，而且德韻是三十，不是三十四；即使如故宮本，（國二）平聲上下相連，數目卻只五十四，還同陸韻一樣，入聲次第又另爲一系統。……現在我們更加肯定，這個刻本該是王仁昫以外的作者所寫定的《大唐刊謬補缺切韻》。〔註58〕

魏先生也排除是孫愐書，並認爲五代刊本是李舟《切韻》系統的刊補。主要建立於「宣」、「移」韻的判斷。如〈韻書研究綱目〉所歸納數點討論：第一、法六有「宣」韻，屬李舟系統特徵；平上去韻與入韻紐次不相貫，職德韻居入聲韻末。參以夏竦《古文四聲韻》，上聲或當有選韻。第二、孫愐《唐韻》平聲有「移」韻，無「宣」韻。此本有「宣」無「移」，當非孫愐《唐韻》。第三、伯希和送藝展 2014、2015 分爲兩書，一稱「切韻」（2015），一稱「大唐刊謬補缺切韻」（2014）；而 2014、2015 之內容實爲一系中不同之板本，名異而實近。「宣」韻之分，顯示李舟《切韻》亦得稱「刊補」矣。〔註59〕第四、「刊補」之名稱不限於王仁昫專書所使用。2014 是題名「刊謬補缺」的李舟韻型，因此有同爲「刊謬補缺」書名的可能。孫愐《唐韻》著於天寶十載，而初訂之本則在開元中，2016 之《切韻》乃天寶十載孫序，自是天寶以後本，仍稱《切韻》，無礙其爲「刊補」。蓋其刊補要點在紐次之排定也。2014 有李舟特徵，是李舟的刊補。第五、孫愐《唐韻》有「移」而此無，此本齊移韻合，更加宣韻，如係李舟開端，則此諸本乃爲由《唐韻》衍化之系統。第六、李舟《切韻》之貢獻，王國維已舉二事：「四聲一貫，音類相從」。今此系入聲排序與平上去三聲不連貫，若爲李舟書，則有兩種可能：１、王說有不盡然。２、李書或如王、孫之例，各有兩本，初依成規，後復訂新序。第七、敦煌石室中有宋初書籍，此本未必唐刻，大抵相傳五代刊爲近是。〔註 60〕「宣」韻於魏先生的討論中，仍然是主要證據，然而五代本定於李舟系統之說，還須要進一步討論。

〔註58〕同上注，頁 497～498。

〔註59〕魏先生說：「伯希和二零一四韻書，我們已經找出與李舟系統相關的痕跡，進一步從同樣的觀點和方法，可以決定二零一五韻書不過是被伯氏分編了號，也應該屬於一個系統的。」見《魏建功文集》第貳輯，頁 508。

〔註60〕見《魏建功文集》第貳輯，頁 409～414。

2、李舟韻的特色

王國維氏對於李舟《切韻》特色的說明，前文已有論述。李舟之大功在於使各韻「部類相從，相配之次不紊」。〔註61〕〈李舟切韻考〉說：

> 前者如降覃談於侵後，升蒸登於青後。覃談之降，於古韻及文字之偏旁諧聲皆有依據。不獨覃談二部，唐時早與侵鹽諸部字俱變而已。蒸登之升，則本於呂靜韻集。顏氏家訓謂韻集以成仍宏登合成兩韻，則呂氏書蒸登部字自與耕清爲類，而李舟從之。其次勝於陸孫諸韻遠甚。〔註62〕

唐代韻書在上去二聲末尾「咸銜嚴凡」四韻的表現最爲明顯，平聲沒有凡韻，上去聲沒有儼、釅韻。李舟將韻目重新增改調配，上聲爲「湛檻儼范」，去聲爲「陷鑑釅梵」，與平聲「咸銜嚴凡」，入聲「洽狎業乏」相配。王氏說：「戴氏《聲韻考》謂今《廣韻》儼釅二部在豏陷二部前者，乃後人據景祐《禮部韻略》改之，按《廣韻》既用李舟部次，不應此處或異，戴說是也。」又，「要之諸部以聲類相近爲次，又平上去入四聲相配秩然，乃李舟《切韻》之一特色，大徐改定《篆韻譜》，既用其次。陳彭年亦江南舊人，又嘗師事大徐，故修《廣韻》亦用之。以後《韻略》、《集韻》諸書，雖升嚴儼釅業四韻與《廣韻》異，然四聲之次無不相配。故李舟《切韻》之爲宋韻之祖，猶陸法言《切韻》之爲唐人韻書之祖也。乃南宋以後，皆以《廣韻》本於陸法言、孫愐，遂疑其次第亦本陸孫，致使李舟整齊畫一之功不顯於世，使陸孫二韻殘本及二徐《篆韻譜》不存，

〔註61〕魏先生以韻次排列的觀點來看，將李舟視爲《廣韻》以前的最後排序狀態。魏先生說：「隋、唐以來韻書系統，迄於李舟，當有四變：（1）陸法言以前至法言一變，可想定之要點凡三：（a）平上去包陰陽聲二類，與入分列。（b）入聲別列，次第當與陽聲韻類相對。（c）音類單一，韻部較少。（2）法言以來至孫愐一變，是爲唐時習用之韻目，其狀況如次：（a）平上去入合爲一貫。（b）入聲韻次仍其舊觀，陽聲韻類有變化，目次移亂，成平入不相對照現象。（c）音類變化繁複，韻部分合漸密。（3）孫愐以來，或竟並時，至此刻本所據原書時一變，其狀況如次：（a）平上去入既爲一貫，漸改穿錯不對之次第。（b）陽聲韻類位次又成新列，有上合於法言以前狀況者。（c）分合既密，韻部加多。（4）此刻本所據原書時至李舟一變，直與宋《廣韻》相同，平上去入固相配不紊，韻次之音類相從，下合於今音矣。」見《魏建功文集》第貳輯，頁29～30。

〔註62〕見《觀堂集林》，頁378。

此事將湮沒終古矣。」〔註 63〕是以李舟對韻次的安排得以爲後世沿用。

魏先生透過宣韻而建立起《法六》P2014 與李舟書的關係，又從注釋的相似論述五代本和《集韻》接近。然而從許多條件來看，五代本也有可能是一種雜揉的混合本。魏先生的論點：第一，李舟書雖然已經亡佚，徐鉉《說文解字篆韻譜》仍保留了韻數和韻次的痕跡可供考證；第二，五代本《切韻》中有「日」、「蓮」兩字，和《集韻》所記李舟說相合，故五代本與李舟韻書、《集韻》關係相近。〔註 64〕魏先生所說「日」、「蓮」兩字的問題是：「日」字《集韻》收在職韻，引李舟說，而五代本也收在職韻；「蓮」字《集韻》收在先韻，引李舟說，而五代本也收在先韻。周祖謨氏引姜亮夫氏曾認爲本書與李舟有關，並指出《集韻》引李舟說有八條，即「肜、腄、纂、蓮、楢、杋、謁、日」等〔註 65〕。此八條並未全見於五代本，而魏先生所引之「日」與「蓮」，周氏說：

> 先韻「蓮」字已見於宋跋本王韻，則未必採自李舟書。……至於職韻的「日」字，《集韻》是據李舟說采入的，但本書是否採自李舟書還很難確定。……李舟書現已無存，很難比證，可以存而不論，但本書在王韻和唐韻之外曾采及別家的韻書是可以肯定的。〔註 66〕

周氏從紐次的五音排列、反切的表現、或體、注釋、新加字等，考證出五代本是以王仁昫、《唐韻》爲底本而增修的，獨樹一格。是以，五代本除了「宣」韻、「栘」韻，或是採用《集韻》援引李舟的條目之外，還有更多的證據足以說明五代本不能單純定於李舟或其刊補一系。

3、韻次與類型

五代刊本屬於韻書殘片，缺乏平上去入各聲之完整韻次葉面，故僅能以推

〔註 63〕見《觀堂集林》，頁 379。

〔註 64〕見〈十韻彙編資料補並釋〉《魏建功文集》第貳輯，頁 506。

〔註 65〕包括：（1）東韻肜字云：「李舟從肉。」（2）支韻腄字云：「馬及鳥脛上結骨。李舟說。」（3）皆韻纂字云：「法可以纂罔人心。李舟說。」（4）先韻蓮字云：「詩蓮蓮者莪。李舟說。」（5）禡韻楢字云：「木參交以枝炊奧者。李舟說。」（6）薛韻杋字云：「無齒杷。李舟讀。」（7）薛韻謁字云：「白也。李舟說。」（8）職韻日字云：「太陽精也。李舟說。」周氏已有疏解，見《唐五代韻書集存》，頁 940～941。

〔註 66〕見《唐五代韻書集存》，頁 940～941。

算方式還原韻數。姜亮夫氏推算此本共210韻：

> 本卷韻部，存者惟東、冬、鍾、魚、虞、先、仙、宣、蕭、宵、肴、豪、侵、鹽、紙、駭、蟹、賄、薛、雪、錫、昔、麥、陌，共二十三韻，雖僅爲全書之絕少部份，然各韻皆存韻次數字，可以比較而推其前後，……下平韻始二十九先，蓋韻數與上平相承也。上平各韻諸家增損惟移、諄、桓三部，若韻數爲二十八，則諄部獨立，而桓亦不合於寒，移則仍合於齊。是則上平韻目爲東、冬、鍾、江、支、脂、之、微、魚、虞、模、齊、佳、皆、灰、哈、眞、諄、臻、文、殷、元、魂、痕、寒、桓、刪、山也。上去以是爲準。入聲有薛、雪二韻，正與平聲宣相配。錫昔麥陌尚存，當與青清耕庚相配。〔註67〕

如此一來，則平聲共有58韻，上聲56韻，去聲60韻，入聲35韻。其韻部特色爲：第一、諄、桓等各自獨立。第二、有宣韻。第三、蒸登在鹽添之後。第四、入聲薛分出雪韻，以配平聲宣韻。第五、錫昔合併。姜氏曰：

> 眞諄、寒桓之分，起於唐人孫愐，夏竦大小徐皆同，今廣韻亦同。仙宣之分，與夏氏二徐同，是皆唐以來習傳之說。蒸登分次鹽添之後，雖與陸、孫、夏、小徐小殊，而同次鹽添之後，則無大別，亦唐人舊第如是。所可異者，惟入聲薛雪分立，錫昔合併二事，爲隋唐以來諸家所不言，亦宋以後人之所不取。按薛之分雪，與仙之分宣同意，皆以齊齒撮口二等而分也……蓋自開元、天寶以後，入聲求與平上去相配，如李舟之所爲者，蓋已大有其人矣。平聲庚耕清青韻次本不與錫昔麥陌相次，錫昔皆齊撮二等字，其音質則昔較錫略輕而帶輔音性，則其于音理非不能相合矣。宋人以昔與陌麥同用，而錫獨用，蓋音變之一証。又按此卷韻目都數爲二百一十韻，視諸隋唐宋人韻書皆繁，而與夏氏四聲韻近，亦二百十部。〔註68〕

〔註67〕見《瀛涯敦煌韻輯》，頁397。

〔註68〕同上注，頁399。

同爲210韻，五代本與夏竦《古文四聲韻》之異同處爲：夏竦平聲多「移」韻，故爲59韻，「鹽添蒸登」，《刊》排列爲「鹽蒸添登」；上、去二聲韻數相同；入聲「刊」多一與痕韻相配之韻與「雪」韻，「昔」與「錫」合併，故爲36韻，夏竦「薛」韻以後次序混亂，不與平上去相承。

（四）唐寫本《切韻》殘卷三種

此本爲法國巴黎國家圖書館藏，有王國維手寫石印本。《十韻彙編》簡稱「切一」、「切二」、「切三」。魏先生稱爲「英一」、「英二」、「英三」，即S2683、S2055、S2071三卷。魏先生說：

> 王國維光緒戊申時，晤見伯希和，只知道伯氏得到五代刻本《切韻》，終他之身沒有能寓目；後來又聽說斯坦因得著的還要完善，那就迄至今日國人都沒有見著了。唐寫本呢，王氏起初並不知道，在民國初年伯希和寄了許多古書攝影給羅振玉、王國維，韻書不在內；等民國七八年之間，羅、王先後寫信向伯希和指明了要求這寫本的攝影，到民國十年秋季才寄到了天津。……原件好像是在倫敦，記得二十二年歲杪伯希和來中國的時候曾經對我說是斯坦因的照片，他轉送給王氏的。附記待考。〔註69〕

《切韻》殘卷三種之收藏地，〈彙編序〉引王國維說，而誤記藏於法國巴黎，故〈彙編序〉所論應可再商榷。葉師鍵得說：「（三卷）皆存于大英博物館，王國維間接得此三卷，並誤爲巴黎所有。魏建功〈十韻彙編序〉亦引爲法國巴黎國家圖書館藏，又疑爲倫敦所藏，爰謂『附記待考』。」〔註70〕魏先生〈十韻彙編資料補並釋〉，已定此三卷爲英國倫敦博物院藏唐寫本；又魏先生稱此三卷爲「英一」、「英二」、「英三」。是知對王國維藏地記載已做出修正。

王國維氏考證此三種《切韻》版本：《英一》是陸法言原書，韻字較少，注亦較簡；《英二》是長孫訥言箋注本，前有陸法言、長孫訥言二序，有新加字、案語，應是長孫氏所添；《英三》是長孫訥言注節本，有新加字、《英二》所加字和案語等，而略有刪修，是節錄大要者也。是以《英三》比《英二》晚，屬於刪減本。

〔註69〕見《魏建功文集》第貳輯，頁260～264。

〔註70〕見《十韻彙編研究》，頁49。

魏先生論此三本之性質與注訓，考慮到了《英二》、《英三》的先後問題。魏先生說：

> 我們不能不奇怪，何以王國維訂定英一是陸法言原書，而要說這（英三）是長孫注節本？他說英一「韻字視他二種爲少，注亦最簡」。英三既然和他相同，那些加字和稱案的地方很順理成章的是比較英二更接近英一的了。我想王氏是被英一款式與英三不同而發生錯覺，以爲英三要比英一多而加繁；又因爲英二與英三款式相類，想出個「先有箋注再有節注」的解釋來。〔註 71〕

新加字既可判斷版本先後，魏先生就《英二》、《英三》中「蛩愙鄴墀私梨蕤綏邳鎚飴其釐茲居渠鋤」等十七韻紐之韻字進行比較，發現《英二》收字數量皆較《英三》爲多。因此便可重新思考《英二》、《英三》之先後問題，《英二》或爲較晚出者。魏先生說：「我們已經分析過加字問題，……我們取英二、英三相同的地方再看……完全反證了王國維的說法，英三既與英一注訓相同，又沒有英二的加字，英二要比英三晚些。如果英一是陸法言原書，英三必得也是根據原書寫的，英二又可能根據英三寫的。」〔註 72〕此爲修正王國維之說也。

（五）唐寫本王仁昫《刊謬補闕切韻》一種

此本爲法國巴黎國家圖書館藏，有劉復《敦煌掇瑣》刻本。

《十韻彙編》簡稱「王一」，魏先生稱爲「法四」，即 P2011。魏先生所見此本，爲劉復先生留法時所抄錄，因此不知是否有朱書標記。魏先生說：「韻中每韻都提行起頭，不注韻次，每紐有點標識（是否朱筆待問）。」〔註 73〕葉師鍵得引潘重規先生說，證明確實有朱筆書寫記數。葉師說：「此卷字工，小韻皆朱點，計字皆朱書，朱色不甚顯，故差多漏去。韻目數字皆朱書。……今案潘師案語可知係朱筆也。」〔註 74〕

從法四 P2011 的韻目來看，魏先生認爲可能是混合本；「刊謬補缺」也有可能是一種體制，不見得是王仁昫書的專名。魏先生說：

〔註 71〕見《魏建功文集》第貳輯，頁 556。

〔註 72〕同上注，頁 556～559。

〔註 73〕見《魏建功文集》第貳輯，頁 265。

〔註 74〕見《十韻彙編研究》，頁 54。

> 我們不能不注意陸韻韻目和唐人韻目有無同異，那麼這本韻目下面的注字既和故宮本平聲相應，而故宮本入聲之有格韻又與《唐韻》講的陸韻相合，王、陸混合之跡更加顯明；然則唐人韻目是否已有變化，不問可知。現在，在王仁昫的韻目下面看到取捨分合的注，我們說王仁昫韻目同於陸氏，又安知不是改自王氏呢？五代刻本中間有「大唐刊謬補缺切韻」一頁，便是那小字本有「宣」韻的一種……前一說法「宣」韻是李舟韻徵，後一說法「移」韻是孫愐韻徵。最近巴黎通訊，記者惜乎沒有告訴我們是些什麼韻目，尤其是與「大唐刊謬補缺切韻」題字同頁的韻字和他所屬的韻目。如果這題字無王仁昫名，而竟是與「宣」、「鹽」兩韻的相關，我們也許可以添出幾種假設：《刊謬補缺切韻》不止王仁昫一種；孫愐或李舟書也許也有「刊補補缺」之名；或許別有像故宮本混合意味的韻書叫「刊謬補缺」。所最可疑的就是有題字的一頁恐怕原本不與這些小字本相合。那麼，這王仁昫韻才或許有與那頁題字的是一種的可能。這本韻目和所注各家分合以及新舊字數，還很有可研究的地方。〔註75〕

葉師鍵得引蔣經邦氏之語，以爲《王一》確爲王氏原書。蔣氏說：「王氏（王國維）謂『仁煦書既以刊謬補缺爲名，其於陸韻次序，蓋無變更』。今敦煌本韻次，亦正與《切三》同。《切三》、王書皆承陸法言《切韻》而成者也。則敦煌本韻次，爲法言之舊，殆無可疑。此可證敦煌本爲王氏原書者一。王仁昫重修《切韻》，除增補之外，兼正陸失，故其書所以用『刊謬』爲題也。今敦煌本中頗多釐訂陸書之語……凡此之類，責備陸氏之失，此王氏之所以作『刊謬補缺切韻』也。今遍檢故宮本中，絕無一語，則故宮本非但韻非王氏之朔，即其內容亦改易多矣。此可證敦煌本爲王氏原書者二。敦煌本每卷之首，均有右卷若干字一條，注云若干舊韻，若干新加韻……「舊韻」者，陸法言切韻之韻字也。「新加韻」者王仁昫新加之韻字也。此書於新舊字之統計，最爲精密……考仁昫序云『舊本墨寫，新加朱書，兼（原）本闕訓，亦用朱寫』，則王氏於新舊之間，分別最嚴，故其統計，能如斯精密。此其爲仁昫原注，蓋亦可信。此可證敦煌本

〔註75〕見《魏建功文集》第貳輯，頁266～267。

爲王氏原書者三。」〔註 76〕葉氏並說：「知此本韻目止多陸《韻》『广』『嚴』二韻。又其次序亦多與陸《韻》合，此本爲王氏原書，殆不誤。」〔註 77〕

藉由魏先生對王仁昫《刊謬補缺切韻》三種之斠讎比勘〔註 78〕，除全本以外，《法四》、《國二》系統仍得以有商榷之必要。

（六）唐寫本韻書斷片一種

此本爲日本大谷家藏，有《西域考古圖譜》影印本、王國維摹《韻學餘說》、《觀堂別集．後編》排印本。《十韻彙編》簡稱「西」，魏先生稱爲「日」。一斷片共正反兩面，字體完整者約存四十餘字，損壞殘半者約六字以下。

王國維氏判斷此本爲長孫注本《切韻》，以「無注」或「但注反切」作爲根據。王氏說：「日本大谷伯爵光瑞所印行之西域考古圖譜中有唐寫韻書二紙，共存十八行……右九行字皆在廣韻五支，存全字十九，半字二。……右九行字在廣韻六脂，存全字二十一，半字一。余以爲此殆長孫訥言箋注之陸法言切韻也。孫愐唐韻無字無注，蔣氏所藏殘本二卷足以證之。此斷片中支韻之卮枝二字，脂韻之諮維雖三字皆無注，又支韻之皮，脂韻之比，茨遲伊四字但注反切，反切者，陸韻所本有，非長孫氏所加也。是斷片四十字中無注者多至十字，則全書可推而知，此當是長孫氏注本。……箋之爲言表識也，意以緒正爲注，不必字字有注，此斷片有不注之字，而孫愐以下書無字不注，故知當爲長孫箋本也。」〔註 79〕

魏先生認爲「但注反切」即視爲「無注」之立論尚嫌不足。魏先生說：

> 王國維有考證，以爲是陸法言《切韻》之長孫訥言箋注。……如果「但注反切」的就當做「無注」論，王氏說蔣氏藏孫愐《唐韻》無字無注便是問題！蔣氏藏《唐韻》，御韻語字、去字、署字、詎字、絮字、助字、耡字、處字凡八字都是但注反切，佔全韻八分之一有

〔註 76〕見蔣經邦：〈敦煌本王仁昫刊謬補缺切韻跋〉《國立北京大學國學季刊》第四卷第三號（北京：國立北京大學出版組，民國二十三年），頁 419～421。

〔註 77〕見《十韻彙編研究》，頁 1148。

〔註 78〕時《十韻彙編》尚未收入王三，可由〈故宮本王仁昫《刊謬補缺切韻》緒論之甲〉及其他論著互參。

〔註 79〕見《觀堂別集．卷一》，頁 6～7。

> 餘；遇韻輸字、雨字、聚字、付字、娶字，暮韻吐字、護字、訴字、袴字、惡字，也是但注反切的，其他舉不勝舉。我們以爲王說長孫注本雖無從斷定其然否，孫愐《唐韻》無字無注卻可敢用他自己的觀點來否定了。……王氏弟子劉盼遂跋這斷片以爲是陸法言原本，以正王說。照此說來，《切韻》三殘卷的王氏考訂若成立，這斷片反與他所謂長孫箋注節鈔本相近，而所謂長孫箋注本反有不同，豈不是一個疑問了（劉氏舉了《切二》韄、茨二字之間有新加「𧼻」字斷片沒有，今查《切三》也沒有）？至於劉氏說這是陸法言原本，乃是從否定長孫箋注本而承認王說孫愐韻無字無注立論。我們已經反證了《唐韻》之非無字無注，未嘗不可是孫愐諸人的書，但沒有確實本子做對照，只有讓這問題存疑了。〔註 80〕

周祖謨氏說：「從斷片的體制來看，收字既少，注解亦簡略，不似長孫訥言本。……而王氏定爲長孫箋注的斯 2071 號和 2055 號韻書並不與此本相同。」〔註 81〕經過比較，可知《日》與王氏所謂長孫箋注本《切韻》(《英二》S2055、《英三》S2071）的注解內容、收字多寡、有注與無注等，實不相同，證明此斷片爲陸法言原書傳本之一，而不是長孫訥言的箋注本。

（七）唐寫本韻書斷片兩種

此本爲德國普魯士學士院藏攝影本，載於日本東北帝大《文化雜誌》武內義雄氏論文附錄印本、天津《益世報・讀書週刊》二十六期。

《十韻彙編》簡稱「德」，魏先生稱爲「德一」，即 JIVk75。葉師鍵得說：「此卷係德國勒可克（Albert August Von Le Coq）和格藍委得爾（Albert Grunwedel）於斯坦因、伯希和之後，前往新疆吐魯蕃探險所得文書。《彙編》所錄係魏建功抄自其友趙萬里所提供之影片。案德國普魯士學士院所藏唐寫本《切韻》殘卷斷片有八片。《彙編》所錄者爲上聲『止』至『賄』韻殘闕斷片。魏建功《彙編序》所錄者爲去聲『震』至『願』韻殘闕斷片。」〔註 82〕《十韻彙編研究》引上田正氏《切韻殘卷補正》編號 TIVk75-100b（正面止尾語三韻

〔註 80〕見《魏建功文集》第貳輯，頁 273～274。

〔註 81〕見《唐五代韻書集存》，頁 824。

〔註 82〕見《十韻彙編研究》，頁 52。

十一行，背面姥薺蟹賄五韻十一行）即《彙編》所錄之「德」，魏先生稱爲「德一」JIVk75。編號 TIVk75-100a（正面廢震二韻七行，背面問願兩韻七行）即〈彙編序〉所收武內義雄所送攝影本，魏先生稱爲「德二」，《唐五代韻書集存》編號列 TID。

魏先生〈彙編序〉從推論上反證「德一」亦有孫愐書的可能性。魏先生說：

> 武內從震、稕不分和韻目數次爲二十一到二十四的特徵上，斷定這是陸法言原本。他用夏竦《古文四聲韻》韻目當做孫愐《唐韻》的標準；據王國維考證孫愐共有兩本韻書，開元本和天寶本，開元本韻目與王仁昫（敦煌本）韻同出陸韻而上聲均多一韻，然則這斷片的韻目安知不是孫韻？蔣氏藏《唐韻》，王國維說是孫氏天寶本，韻目增加，才另名《唐韻》，原有第一次韻當是所謂「孫愐《切韻》」；如果這話成立了，再加天寶本與這種斷片一樣注訓簡略的印證，我們可否說是孫氏《切韻》？這都成爲無從考察的懸案，我們放著吧。
>
> 〔註 83〕

其後〈十韻彙編資料補並釋〉修正前說，斷定「德五和德一是王仁昫《刊謬補缺切韻》最早的殘本」〔註 84〕，而德一是最早的刊補系統的韻書。

（八）刻本《切韻》殘葉一種

此本爲德國普魯士學士院藏。據〈《十韻彙編》資料補並釋〉統計共有 4 張，稱爲「德三」。此本殘頁《十韻彙編》未編入，據武內義雄氏敘述共有 6 張，魏先生未得見。魏先生說：

> 《十韻彙編・序》敘述韻書資料（八），當時發表了一張書影，從武內教授得到的，後來找出他寄來的另一張，現在與周祖謨君《廣韻校勘記》所用的合起來，再加上向覺明君鈔給我的 JIID1c，總稱德三。〔註 85〕

〔註 83〕見《魏建功文集》第貳輯，頁 275。

〔註 84〕同上注，頁 569。此外，葉鍵得先生也說「《十韻彙編資料補并釋》已修正前說，以爲 JIVK75、JIVk75-100a、JIV70+71 等三殘卷蓋王仁昫《刊謬補缺切韻》最早之殘本。《十韻彙編研究》已作相關考釋。」見《十韻彙編研究》，頁 1137～1138。

〔註 85〕見《魏建功文集》第貳輯，頁 569。

德三是一組韻書殘片（含 JIID1a 慁恨翰韻、JIID1b 翰線號韻、JIID1c 效韻、JIID1d 笑效韻等），魏先生總稱 JIID1c。

（九）唐寫本韻書序二殘卷

二殘卷藏於法國巴黎國家圖書館，有劉復《敦煌掇瑣》刻本。

此爲切韻序之殘卷，魏先生說：「《敦煌掇瑣》下輯九九，收刻伯希和《敦煌書目》二一二九及二六三八兩號卷子。」〔註 86〕《敦煌掇瑣》以甲 2129、乙 2638 兩種切韻序寫本，參酌古逸叢書本《廣韻》所載切韻序加以校勘，並補足之。

（十）寫本守溫韻學殘卷一種

此本爲法國巴黎國家圖書館藏，有劉復《敦煌掇瑣》刻本、《國學季刊》一卷三號排印本。魏先生說：

> 《掇瑣》記原件分爲三截，首行存「南梁漢比丘守溫述」題字一行，劉半農先生故擬名「守溫撰論字音之書」，吾友羅常培曾經研究過一番，做了一篇跋文，稱之爲「敦煌寫本守溫韻學殘卷」。我們對於這一個卷子可以說是最早的等韻書。羅君的文章裡說了四件事：１、守溫的時代問題。２、守溫字母的數目問題。３、守溫字母對照梵藏字母與正齒二三等音及重輕脣音的分化問題。４、等韻創始及繁分門法問題。〔註 87〕

羅常培氏〈敦煌寫本守溫殘卷跋〉所論此四點之要旨爲：第一、南梁並非朝代。唐代以後惟朱溫國號曰梁，而其始都開封，繼遷洛陽，均不得冠以南名；則南梁必非朝代明矣。南梁或指汝西之故梁縣。第二、守溫三十字母與敦煌唐寫本《歸三十字母例》相同，較宋代韻圖少幫滂奉微娘牀六母。第三、守溫三十字母皆不出梵、藏字母之範圍，即宋人之三十六字母亦祇輕脣四紐爲華音所特有；惟正齒二等除審母外終以梵藏無可對之音而淪爲三等之附庸耳。故守溫三十字母雖定於唐末，而不能據此以證正齒音二等及輕脣音四母尚未分化。第四、守溫爲初期論等韻門法者。此卷除「類隔」之外，尚無他門。至元劉鑑定爲十三

〔註 86〕同上注，頁 278。

〔註 87〕見《魏建功文集》第貳輯，頁 279。

門，明釋眞空增爲二十門，益增轉繁。〔註 88〕

「南梁」經唐蘭先生、周祖謨先生考證爲地名，即陝西南鄭縣。又，根據「四等輕重例」中出現之「宣」、「選」韻，可知其根據爲時代較晚出之韻書。可與夏竦《古文四聲韻》所根據之《唐切韻》相互印證。〔註 89〕《守溫殘卷》又有「定四等重輕兼辯聲韻不合無字可切門」，魏先生判定重輕爲聲母之清濁，與《七音略》指韻母之開合不同；「門」指「門法」，亦爲等韻書稱「門」之最早記載。

守溫卷子反映出「反切」的名稱問題。魏先生說：

> 這裡使我們注意到「反切」的名稱和韻書名「切韻」的意味。我們對於「反切」一詞總以爲：初始稱「反」或言「翻」，唐末諱言「反」而改云「切」。〔註 90〕

守溫殘卷中的「反切」有不同的意涵：（１）「切」是聲母。（２）「切」是拼切。（３）「反」是兩字相切之音的名稱。「切」有名動兩義：名詞是指「聲」，動詞是指「拼音」，而和動詞「切」的意義相當的名詞是「反」。（４）「韻」是韻母。（５）「切韻」做書名與「聲韻」做書名一樣。（６）「反」、「切」初有名、動之別，後改動作名而廢棄了原有之名。所以，中古韻書裏注音現在見到幾種字樣：甲、某某反；乙、某某切；丙、某某反、某某切互用。從反改稱切，「反切」二字成一詞。〔註 91〕

（十一）唐寫本《歸三十字母例》一種

此本爲英國倫敦博物館藏，載於日本東洋學報第八卷第一第四兩號、日本濱田耕作《東亞考古學研究斯坦因氏發掘品過眼錄》、羅常培《敦煌寫本守溫韻學殘卷跋》錄。

《歸三十字母例》呈現之材料內容屬於等韻、字母一類，性質和韻書不同，而魏先生亦將此卷置於〈十韻彙編序〉中一併討論。

〔註 88〕見羅常培：《羅常培語言學論文選集》（臺北：九思出版社，民國六十七年三月），頁 200～205。

〔註 89〕參見《唐五代韻書集存》，頁 957～958。

〔註 90〕見《魏建功文集》第貳輯，頁 281。

〔註 91〕餐見《魏建功文集》第貳輯，頁 279～283。

《歸三十字母例》的研究價值在於聲母的排列法。此卷討論字母順序，與守溫韻學殘卷有相似之處，而次序卻不同。守溫卷子的聲母組合大致按照「脣舌牙齒喉」的順序；《歸三十字母例》則大致爲「舌齒牙喉脣」的順序。魏先生作〈十韻彙編序〉時，對兩者排列法的差別，尚無詳細說明；之後，魏先生另有〈《切韻》韻目次第考源〉一文，文章中說：

> 二十年前（1936）我爲《十韻彙編》的資料做系統的整理，寫過一篇〈論《切韻》系的韻書〉，發表在北京大學《國學季刊》五卷三號（也是《十韻彙編》的序）。文中說及《唐寫本歸三十字母例》。當時對這一件資料沒有認眞研究，只是說了：本件三十母次序，似有意義，似無意義，一時也不能說出具體的意見。……守溫卷子是以「脣音、舌音、牙音、齒音、喉音」爲序，已經和《韻鏡》一類系統接近了。《歸三十字母例》不分五音，以「端、透、定、泥」當頭，全部次序是：端透定泥審穿禪日心邪照精清從喻見磎群疑曉匣影知徹澄來不芳並明……最近我有機會檢用三十字母的資料，無意之中念到「端透定泥」開頭的次序，跟《廣韻》韻目的「東、冬、鍾、江……」開頭的次序比對，發見都一樣是舌頭音。這引起了我的注意。我把《歸三十字母例》分成下列幾組，拿韻目排進去，結果像「東冬鍾江」、「支脂之微」、「魚虞模」，都清清楚楚顯現出順序的系統。……這樣就初步了解到《廣韻》韻目次序是按照一定的聲母系統排列的。這一個系統是以舌音當頭的。〔註92〕

魏先生發現，《廣韻》韻目名稱的次序，合乎《歸三十字母例》的聲母系統排列；由「端透定泥」至「不芳並明」，規律爲「舌齒牙喉脣」音之趨勢，反覆排列。此種順序，韻攝與韻攝之間又互相吻合。魏先生認爲「凡是在音類系統相同的許多韻，自成一類排列次序，基本上依照字母系統排」這種配合情形「就是等韻的『攝』的輪廓」，分成十二大類。今製成表格如下：

類序	1	2	3	4	5	6
攝	通江	止	遇	蟹	臻	山

〔註92〕見〈《切韻》韻目次第考源〉《魏建功文集》，頁654～655。

韻目	東冬鍾江	支脂之微	魚虞模	齊佳皆灰咍／祭泰夬廢	眞諄臻文殷	元魂痕寒桓刪山先仙
音序	舌齒牙	齒脣	牙脣	齒牙喉／齒舌牙脣	齒脣喉	牙喉齒
類序	7	8	9	10	11	12
攝	效	果假	宕	梗曾	流	深咸
韻目	蕭宵肴豪	歌戈麻	陽唐	庚耕清青蒸登	尤侯幽	侵／覃談鹽添咸／嚴凡
音序	齒喉	牙脣	齒舌	牙齒舌	齒喉	齒／舌齒舌喉／牙脣

韻目次序基本上順著「舌齒牙喉脣」音的方向輪替。1、2、3、7、8、11類完全符合規律；4、5、6、9、10、12 等六類，應再討論如下：

1、聲類排序可以從較早的韻書材料中校勘比對。例如：a、第 4 類去聲的「祭泰夬廢」聲母排列爲「齒舌牙脣」，而比《廣韻》早的一些韻書（如《王一》、《王三》、《唐韻》等），順序爲「泰」在「祭」前；從《王二》開始，「泰」、「祭」的位置才開始移動。b、第 5 類「眞諄臻文殷」次序爲「齒脣喉」，「文」的次序在「殷」之後。倘若觀察比《廣韻》早的韻書，如《切三》，在這裡入聲韻目的次序爲「質物櫛迄」，按照四聲一貫的位次對應，平聲正應當爲「眞文臻殷」，剛好合於較早的對應模式與排列規則。c、第 10 類「庚耕清青」的聲母排列爲牙音在齒音之前，與三十字母齒音在先、牙音在後的順序相反。《廣韻》「庚耕清青」這四個平聲韻的順序其實是後來改動的。這四個平聲韻對應的入聲韻目「陌麥昔錫」，在唐代韻書中，它們的排列順序卻是「錫昔麥陌」，合乎三十字母脣音在後的規律。

2、韻目在韻攝中的錯綜排列亦合於聲類排列規律。例如第 6 類的「元魂痕寒桓刪山先仙」，「魂痕」屬臻攝，「元寒桓刪山先仙」屬山攝，韻攝排列交錯。依魏先生所見，「元魂痕寒桓」、「刪山先仙」是自成體系的兩組。《廣韻》的順列即使在韻攝概念中略有交錯，卻依然各自合於三十字母的聲類規律。

3、《廣韻》聲類排序也反映了古音殘留的痕跡。例如：a、第 9 類的「陽唐」、第 12 類的「鹽添」，都是齒音在舌音之前。然而「陽」與章切、「鹽」余廉切，都是喻母字，古音在舌音定母，則「陽唐」、「鹽添」今音雖類隔，而古聲相近。b、第 10 類的「蒸登」，排序爲齒音在前，舌音在後，然蒸字照母三等，古音與舌音端母相近。皆反映出殘存的歷史陳跡。

至於深咸二攝，韻目的排列較爲複雜。魏先生在這裡採用了綜合性的研究方法：首先將深、咸等收-m的二攝合併成一類，並加入宕、曾、梗等收-ŋ的韻目，排比成「陽唐八韻」和「侵覃九韻」；再利用《切韻》入聲韻的排序，重排次第；又反推回平聲韻目的次第（即「錫昔麥陌合盍洽狎葉怗緝藥鐸職德業乏」對應「青清耕庚覃談咸銜鹽添侵陽唐蒸登嚴凡」）；最後，把喻母、照母等恢復到古聲母之後，再把這十七個韻細分成數個小組，以求合於「舌齒牙喉脣」的先後順序輪迴。這樣的做法顯得略微牽合；而魏先生最後對於深咸二攝的排序，仍然沒有定論。是以「舌齒牙喉脣」的先後模式固然有規律，卻仍保有更深入研究的空間。

魏先生說：

> 《切韻》所用聲目是舌、齒、牙、喉、脣爲次的三十字母系統。……公元七世紀的漢語語音學者已經把那時候「古今」、「南北」的讀音概括成聲、韻、調交互紐合的基本系統，內容是：四聲調、九十韻、三十聲母。「東冬鍾江……」一些韻目是由三十聲母一定的次序在九十韻中間拼讀（並且按照聲調分多到一百九十三）出來的。……從《歸三十字母例》的文獻研究，我們初步認識《切韻》韻目的根源。從認識了《切韻》韻目的根源，我們也初步理解《歸三十字母例》的史料價值。〔註93〕

韻目用字必須結合韻中間所收的字和前後各韻的情況決定。可見得韻攝的概念，不僅限於「韻」的統攝與歸納，也必須融合了「聲」的音素考量。魏先生將韻攝的概念，以及韻目的命名邏輯，提升到了與聲母統貫配合的層次，跳脫以往對於韻目名稱僅限於同韻韻字疊韻的認知，使得韻目在音和韻的配合關係上，有了更多層次的理解以及更深的意蘊。

四、訂定韻書系統

韻書系統的訂立是判斷殘存材料系屬的重要依據。依魏先生之意，可以分成幾種不同的方向來進行：

〔註93〕見《魏建功文集》第貳輯，頁666。又〈《切韻》韻目四聲不一貫的解釋〉一文另有韻目用字考證，見《魏建功文集》第參輯，頁432～469。

<table>
<tr><td rowspan="5">聲韻史的研究</td><td rowspan="2">（１）由音類的分合情形論證聲韻的演變和音值。</td><td>ａ．兩部韻書的比較。</td></tr>
<tr><td>ｂ．一部韻書中的分析。</td></tr>
<tr><td colspan="2">（２）由韻中收字反切之穿錯，考定韻類分合的變遷並擬構音值。</td></tr>
<tr><td colspan="2">（３）由諧聲系統的分布狀況，窺測文字音讀的變遷。</td></tr>
<tr><td colspan="2">（４）由先後時代確定而系統不同的韻書裏分別統計增刪文字和音讀的狀況而為語音或語言變遷的考證。</td></tr>
<tr><td rowspan="2">定韻書的系統</td><td colspan="2">（１）韻目次第的同異變遷。</td></tr>
<tr><td colspan="2">（２）韻中收字及其音注的比較。</td></tr>
<tr><td rowspan="4">韻書體制中所包涵的音類標準</td><td colspan="2">（１）聲調標準——分成平上去入四類，為韻書分卷的依據。</td></tr>
<tr><td colspan="2">（２）音尾標準——分附聲不附聲的韻為陰陽入三類，成韻書分韻的條理，古音家以此為論韻的依據。</td></tr>
<tr><td colspan="2">（３）韻呼標準——分開合兩類，韻書間用為分韻的標準，而是斷定韻書系統的依據。</td></tr>
<tr><td colspan="2">（４）音符標準——這是未有韻書以前的諧聲字系統，消納在韻書裏而與聲韻的演變相關，也是探究古音的依據。</td></tr>
</table>

此外，切語亦是韻書音類分部別紐的總標準。

〈彙編序〉在末尾總結了三種考訂韻書系統的研究方法：第一，由體制看系統；第二，由分韻看系統；第三，由韻次看系統。此處再加入第四項「由新加字、注釋與否與加字朱書看系統」與第五項「由題名和韻字脫漏穿錯看系統」，並進一步論述如下：

（一）由體制看系統

魏先生共舉出十一項區分運輸系統之參考指標如下：

ａ、平聲分上下卷與不分上下卷。

ｂ、韻部相連而下與不相連而下。

ｃ、韻目冠數次與不冠數次。

ｄ、韻中紐首先注反切及字數後注釋與先注釋後注反切及字數。

ｅ、紐首所注反切用「反」字與用「切」字。

ｆ、紐首所注字數分別新加數目與不分。

ｇ、注釋每字皆注與不每字皆注。

ｈ、卷首韻目表下注「同用」、「獨用」及各家異同與不注。

ｉ、每韻韻目用別色書寫與不別色書寫。

j、每韻每紐加圈點標識與不加標識。

k、每韻韻目題刻上眉與不題刻上眉。

本章魏先生所列舉之韻書材料，亦可於諸標準中反映出實際情形：

國一（蔣斧天寶本唐《切韻》）只存去、入聲，韻目冠數次，先注注釋再注反切，拼切用「反」字。字數注明增加字。注釋每字皆注，韻目表不注同用獨用與各家異同，韻目別色書寫。韻紐不加圈點標誌，韻目題刻上眉。

國二（王二）平聲分卷，韻部相連而下。韻目冠數次，先注反切再注注釋，拼切用「反」字。字數注明增加字。注釋每字皆注，韻目表不注同用獨用與各家異同，韻目別色書寫。韻紐不加圈點標誌，韻目不題刻上眉。

國三（故宮全本王仁昫《刊謬補缺切韻》）平聲分卷，韻部相連而下。韻目冠數次，先注反切再注注釋，拼切用「反」字。字數不注明增加字。注釋每字皆注，韻目表注明各家異同，韻目不別色書寫。韻紐不加圈點標誌，韻目不題刻上眉。

英一（切三 S2683）存上聲 11 韻。韻目不冠數次，先注注釋再注反切，拼切用「反」字。字數不注增加字。注釋每字皆注。缺韻目表。韻目不別色書寫。韻紐加圈點標誌，韻目題刻上眉。

英二（切二 S2055）存平聲 9 韻，韻部相連而下。韻目冠數次。先注反切再注訓解與先注訓解再注反切兩者並用，前者爲多。拼切用「反」字。字數注明增加字。注釋通常字多不訓，但注反切。韻目表不注同用獨用與各家異同，韻目不別色書寫。無圈點標誌，韻目不題刻上眉。

英三（切三 S2071）平聲分卷，平聲韻目不相連，韻目冠數次，先注注釋再注反切，拼切用「反」字。字數不注明新加。注解在反切前。注釋不每字皆注，韻目表不注同用獨用與各家異同，韻目不別色書寫。韻紐不加圈點標誌，韻目不題刻上眉。

法一（唐寫本孫愐序《切韻》P2016（b））僅存東韻殘韻，平聲存目表示分卷。韻目不冠數次，先注注釋再注反切，拼切用「反」字。字數不注明增加字。注釋每字皆注，韻目表不注各家異同，韻目不別色書寫。韻紐不加圈點標誌，韻目不題刻上眉。

法二（唐寫本陸法言序《切韻》P2017）存韻目頁，未知平聲分卷與否，韻部相連而下。韻目冠數次，先注反切再注注釋，拼切用「反」字。字數注明增加字。注釋每字皆注，韻目表不注同用獨用與各家異同，韻目不別色書寫。韻紐不加圈點標誌，韻目不題刻上眉。

法三（唐寫本《唐韻》P2018）存平聲一東末三行上段、二東三行上段、三鐘六行半又半行夾注字。平聲分卷與否，是否連敘而下，都未可知。韻目冠數次，先注注釋再注反切，拼切用「反」字。字數注明增加字。注釋每字皆注，韻目不別色書寫。韻紐不加圈點標誌，韻目題刻上眉。

法四（唐寫本王仁昫《刊謬補缺切韻》P2011、王一）平聲分卷，韻部是否相連而下未知。韻目不冠數次，先注反切再注注釋，拼切用「反」字。字數不注明增加字。注釋每字皆注，韻目表注明各家異同，韻目不別色書寫。韻紐加圈點標誌，韻目不題刻上眉。

法五（刻本 P5531）殘存上聲 5 韻、入聲 5 韻。韻目冠數次，先注反切再注注釋，拼切用「反」字。字數不注明增加字。注釋每字皆注，韻目別色書寫。韻紐加圈點標誌，韻目不題刻上眉。

法六（五代本《切韻》P2014、P2015 等）平聲分卷由 P2014 廿九先韻前陳列下平韻目可知。韻部相連而下。韻目冠數次，先注反切再注注釋，拼切用「反」字。字數不注明增加字。注釋每字皆注，韻目表不注同用獨用與各家異同，韻目不別色書寫。韻紐加圈點標誌，韻目不題刻上眉。

法七（箋注本《切韻》P3693）平聲分卷，韻部相連而下。韻目冠數次，先注反切再注注釋，拼切用「反」字。字數注明增加字。注釋每字皆注，韻目表不注同用獨用與各家異同，韻目別色書寫。韻紐不加圈點標誌，韻目不題刻上眉。

法八（P3694）存部份去聲與部份入聲，正面有「切韻卷第五入聲」一行，可知平聲分卷。韻目冠數次，先注注釋再注反切，拼切用「反」字。字數注明增加字。注釋不每字皆注，韻目表不注同用獨用與各家異同，韻目不別色書寫。韻紐不加圈點標誌，韻目不題刻上眉。

法九（P3696）存去聲韻目。韻目冠數次，反切、注釋先後並行，拼切用「反」字。字數注明增加字。注釋不每字皆注，韻目表不注同用獨用與各家異同，韻目不別色書寫。韻紐不加圈點標誌，韻目不題刻上眉。

德一（唐寫本 JIVk75）殘片總數爲七小片。存平聲九魚十虞十一模十二齊十九文，上聲旨止尾語姥薺蟹賄等韻部份字。韻目冠數次，先注反切再注注釋，拼切用「反」字。字數注明增加字。注釋不每字皆注，缺韻目表故不知是否注明各家分合（魏先生合併德五後認爲當有註解）。韻目不別色書寫。韻紐不加圈點標誌，韻目題刻上眉。

德二（唐寫本 JIVk-100a）存去聲震問願兩斷片，〈彙編序〉已收摹本。韻目冠數次，先注注釋再注反切，拼切用「反」字。字數不注明增加字。注釋不每字皆注，韻目不別色書寫。韻紐不加圈點標誌，韻目題刻上眉。

德三（刻本《切韻》JIID1）存一小部份去聲。韻目冠數次，反切再注釋先後並用，拼切用「反」字。字數不注明增加字。注釋不每字皆注，韻目不別色書寫。韻紐加圈點標誌，韻目不題刻上眉。

德四（刻本韻書殘頁 TIL1015）爲一殘頁，存平聲廿六寒廿七桓部份。韻目冠數次，先注注釋再注反切，拼切用「反」字。字數不注明增加字。注釋不每字皆注，缺韻目表故不知是否注明各家異同，然「桓」韻下注云「陸入寒韻，不切，今別桓」，故可能存有各家異同比較，今仍以材料呈現爲準。韻目不別色書寫。韻紐加圈點標誌，韻目題刻上眉。

德五（唐寫本 JIV70+71）爲去聲頁首一小斷片。拼切用「反」字。字數注明增加字。注釋不每字皆注，韻目表注明各家異同，韻目不別色書寫。韻紐不加圈點標誌。

日（西）先注注釋再注反切，拼切用「反」字。字數注明增加字。注釋不每字皆注。韻紐不加圈點標誌。

因各韻書斷片實際殘損情形不同（如韻目頁、各卷首尾之卷數、韻目、上中下各截等），故若干項目無法判定；又，k 項之韻目包括數次，上眉之題刻，則題寫與刀刻視爲相同。這些韻書的現象，可作爲論述系統演變的依據。依照上述體制標準製成表格如下：

韻書體制對照表〔註 94〕

	國一	國二	國三	英一	英二	英三	法一	法二	法三	法四	法五	法六	法七	法八	法九	德一	德二	德三	德四	德五	日
a	─	是	是	─	是	是	是	─	─	是	─	是	─	是	─	─	─	─	─	─	─
b	─	是	是	─	─	否	─	是	─	─	─	是	─	─	─	─	─	─	─	─	─
c	是	是	是	否	是	是	否	是	是	否	是	是	是	是	是	是	是	是	是	─	─
d	注	反	反	注	並	注	注	反	注	反	反	反	並	注	並	反	注	並	注	─	注
e	反	反	反	反	反	反	反	反	反	反	反	反	反	反	反	反	反	反	反	反	反
f	是	是	否	否	是	否	否	是	是	否	否	否	是	是	是	是	否	否	否	是	否
g	是	是	是	否	否	否	是	是	是	是	是	是	否	否	否	否	否	否	否	否	否
h	否	否	是	─	否	否	否	否	─	是	─	否	─	否	否	─	─	─	─	是	─
i	是	是	否	否	否	否	否	否	否	否	是	否	否	否	否	否	否	否	否	否	─
j	否	否	否	是	否	否	否	否	否	是	是	是	否	否	否	否	否	是	是	否	否
k	是	否	否	是	否	否	否	否	是	否	否	否	否	否	否	是	是	否	否	─	─

（二）由分韻看系統

按照韻書的開合口分韻的痕跡，也是斷定韻書系統的觀察項目。例如：第一，眞諄、寒桓、歌戈、軫準、旱緩、哿果、儼范、震稕、翰換、箇過、釅梵、質術、曷末的不分韻，如陸法言《切韻》。第二，仙宣分韻，如李舟《切韻》。

（三）由韻次看系統

切韻系韻書的音系排列順序，大致按照著音尾的群聚而區隔；平上去三聲相承，各自陰陽條貫，而入聲韻則與陽聲相配。從《十韻彙編》的材料排比與觀察，韻次的差異標誌著類別的變化。

例如：第一，陽聲「臻文」與入聲「櫛物」四韻的先後與《廣韻》次第各有不同。入聲的「櫛物」二韻，《唐韻》、《王一》、《切三》的順序都倒成了「物櫛」。與「櫛物」二韻相承的陽聲「臻文」，按照上述順序，順序應爲「文臻」。然《切三》、《王三》是作「臻文」排序。

第二，基於「四聲一貫」與「音類相從」的音理上來說，「陽唐」八韻與「侵覃」九韻反應在某些韻書的配列上，顯得特別不整齊。「陽唐庚耕清青蒸登侵覃

〔註 94〕韻書編號參照前文表列所編；因材料殘缺而無法判斷者以一號表示，此爲未經推論之書面呈現。

談鹽添咸銜嚴凡」諸韻，《廣韻》相對的入聲爲「藥鐸陌麥昔錫職德緝合盍葉怗洽狎業乏」，這是符合音理的配列。反觀《切三》、《王三》陽聲作「覃談陽唐庚耕清青侵鹽添蒸登咸銜嚴凡」；《切三》、《唐韻》、《王一》的入聲次序爲「錫昔麥陌合盍洽狎葉怗緝藥鐸職德業乏」，較爲混亂且不相對。《王二》則大致陽入相對。

若以上述《切三》、《唐韻》、《王一》的入聲次序，逆推回陽聲的排列，可得「青清耕庚覃談咸銜鹽添侵陽唐蒸登嚴凡」。魏先生說：

> 韻目次第，初無定序，音系相從，應爲定則；抄錄轉譌，穿錯有之，要不出於其類；求之音史，且宜有說；至於四聲配繫，論音者得以按據，考史者未可尼守也。……王氏寫第三種殘卷，其平上入三聲韻目次第及相配情形，平上相貫，入與平上配對參差。細玩之，猶可得其理解。疑韻書最初排列平上去爲一貫，入自獨立……則此韻本平上去相貫固無疑義，即入聲別成次第亦所許可。此正李舟《切韻》所以不同於唐以上而新開《廣韻》以來韻次例者，在以入從平確定對繫之先後耳。〔註 95〕

從假定的陽聲「青清」到「嚴凡」次序，可以觀察出入聲的獨立性質以及音韻的變遷。魏先生說：「（１）庚耕清青之逆次仍相連續，於音韻沿革無何大變；（２）七韻附脣鼻聲自爲排列；及（３）陽、唐、蒸、登不在庚、青前後而與嚴、凡同列，隋、唐音聲變遷之跡賴以考見。蓋此韻書平聲覃、談、陽、唐相連在庚前，蒸、登在鹽、添後，嚴、凡在咸、銜後〔註 96〕，而覃、談原與咸、銜、鹽、添、侵爲一類，陽、唐、蒸、登、嚴、凡爲一類〔註 97〕，本截然不淆，故入聲之次序乃是舊觀；大抵自隋、唐以來平上去顯有新出之異分，寫韻者因變其舊第，合於一音類者輒爲比近，於是成平上去次第不與入聲相對之現象。蔣印《唐韻》、敦煌本王仁昫《切韻》及王寫此本皆是類也。」〔註 98〕

有鑑於韻書韻目大致上仍符合音理配列，而陽唐、侵覃等陽聲韻的移動，

〔註 95〕見〈唐宋兩系韻書體制之演變〉《魏建功文集》第貳輯，頁 14～15。

〔註 96〕指原書排列。

〔註 97〕指假定排列。

〔註 98〕見《魏建功文集》第貳輯，頁 16。

從音理上解釋，或與鼻化現象有關。魏先生推論為：

> 音之轉變，往復迴環，不可究詰，自甲之乙，乙而之丙，丙復近乙，乙又為甲，皆不外時地習俗，口齒狃便，為之肯綮。今方音陽、唐類多有讀 ã、ãŋ 者，蒸、登類多有讀 ã、ẽ、õŋ、ẽŋ 者，嚴、凡類多有讀 ĩ、ã者，皆所謂「鼻韻」。古音系統中必有此特殊部類，今盡入於近世假設陽聲韻讀中……參合方音情形觀之，皆足使人深信附~之韻於吾族語音為最重要之因素也。如此實際重要之語音，假設其於字音沿革上必有特殊地位也必不為誤。然則假設表示字音沿革之韻書部目於此特殊音素必有其居留之陳跡也又必不為誤。今於隋、唐一系韻目中考見陽、唐、蒸、登、嚴、凡為一類，且即此特別音素之一類也當亦必不為誤。此余說所謂：「求之音史，且宜有說；至於四聲配繫，論音者得以按據，考史者未可尼守也。」〔註 99〕

韻書韻目的四聲一貫，依照王國維的論點，是李舟有計畫的讓四聲次第相配不紊，所以王氏說李舟於「韻學上有大功」。魏先生在討論《切韻》時，便注意到韻目次第與四聲相配的問題。入聲的紊亂現象為「藥鐸以下全異於《廣韻》，亦不予其陽聲相對」，而「韻目音韻相從一事與廣韻大異，而其在平上去似又合四聲相貫之嚴格規律」。魏先生說：

> 蓋依平上去之韻次，其入聲如以原序客觀排列，滅裂無理，何當於《切韻》？乃如王仁昫加之刊補，而法四之目亦如此，則其始蓋為一種與《廣韻》相異之編制。疑陰陽入三者平列，平上去三部之陰陽韻相貫，入聲部份初未嘗承繫，或不失為一種解釋。〔註 100〕

魏先生從音理角度解釋文獻呈現的次第，把陰陽入聲各自分開。陽聲韻的排列移動，可與方音及鼻韻的變化配合說解；入聲韻則自成一類。如此說法，實屬權宜之論。魏先生說：

> 從許多系統的零星材料中間，我們可以知道韻書的演變，六朝到唐，唐到宋，平上去入排列成四聲一貫，陰陽入音類相從不紊，這才產生出《廣韻》的標準，前前後後經過若干次數的移動。這種移動也

〔註 99〕見《魏建功文集》第貳輯，頁 20。

〔註 100〕同上注，頁 364。

許毫無音值改估的意義，不過我們相信卻是值得注意的史跡。我們由這上頭可以了解：（1）唐代韻書當與陸法言《切韻》原本的音系有差異；（2）陸法言《切韻》與其前的韻書也當有差異；（3）這些差異最著的是陽入二聲的韻次移動，陰聲韻簡直沒有什麼變化。〔註101〕

切韻系韻書殘卷在進入《廣韻》整齊的陽入相對的排列概念之前，文獻紀錄的參差不齊現象，有無音理可說，還等待進一步的探究。〔註102〕

（四）由新加字、注釋與否與加字朱書看系統

除了〈彙編序〉所列三項系統判別方法外，尚有其他分析歸納法。如〈十韻彙編資料補並釋〉表列，利用同樣是陸法言紐次系統的幾種殘本，比較它們不同的刊補形式。略作修改如下：

韻本編號	反切	訓解	按語	加字	紐次	類別
英二	在前	在反切後，間有在前的。往往無訓解。	有	不注明	陸法言	ㄅ
德一	在前	同上的反切後，多無訓解。	無	不注明	陸法言	ㄆ
德五	在前	存在資料太少，不足斷定。	無	不可考	陸法言	ㄆ
法二	在前	在反切字數之後。有無訓解的。	無	不注明	陸法言	ㄆ
法三	在後	在反切之前。有無訓解的。	無	逐一注明	陸法言	ㄇ
國一	在後	在反切之前。有無訓解的。	無	逐一注明	陸法言	ㄇ
國二上平	在前	在反切字數之後。有無訓解的。	有	不注明	陸法言	ㄅ

依魏先生分析：

（1）有案語的訓解是一派韻書，反切在訓解之前（用ㄅ標類）；（2）反切在訓解之前的韻書，另有一派韻書無案語（用ㄆ標類）；（3）這兩派韻書紀錄字數，都是先原有字數，次後加字數，要算總字數

〔註101〕同上注，頁226～292。

〔註102〕如〈《切韻》韻目四聲不一貫的解釋〉說：「現在從一個韻目體系縱橫排列的依據上粗糙地看出這樣的現象究竟恰當不恰當，還有待於漢語史同道同志的指教。我們希望大家注意給我們解說一下這些表所表現先後事實的音理意義，不管各個主張構擬《切韻》音系或上古音系是什麼，這一個韻書史料告訴我們的語音實際總是眞實存在的。」見《魏建功文集》第參輯，頁465。

> 兩數全要計算；（4）這兩派韻書雖然詳記原有和後加字數，但是哪一個字原有哪一個後加卻無從知道；（5）在這兩派韻書之外，又有一派韻書，沒有案語，反切在訓解後面，記錄字數先總數，次後加數，每一個後加的字注明一個「加」字（用ㄇ標類）；（6）ㄅ類韻書是英二和國二上平，ㄆ類是德一、德五、法二，ㄇ類是法三和國一。〔註103〕

此表應該是簡要的研究方法實踐，並非總合性統整。第一，新加字、注釋與否與加字朱書是次要的部份特徵，反應條件有限，僅能作為旁證。第二，表中有加字特徵的本子並不完全，如法七 P3693、法八 P3694、法九 P3696 等殘本亦可補入。第三，英二反切在前與反切在後兩者並用，只是反切在前者略多，故判斷上必須權宜。第四，德五資料過少，不足以斷定反切與注解之前後。第五，德五有新加字（貢字下注云：「古送反，四加一。」）。進一步說，與陸韻相同紐次系統的韻書殘卷，其間雖有小異，而分別都有其實質之「刊補」意義，不限於王仁昫所專。

「加字朱書」本來是簡便區分新加字與原字的方法，卻會因為傳抄的關係，一律改成墨寫，而模糊了新加字和原本的分別。魏先生說：「這種加字朱書的辦法，最初是嚴格認眞的，經過傳鈔，很容易成為一律墨寫，便成了不注加字不記加數（國三）。記原數與加數的韻書，是不用『加字朱書』辦法的第一種心理表現：有一個『原本』的觀念和『新加』的觀念平列，沒有考慮總自數是多少。不用朱書加字，而要注意表示哪是加字，所以記數就先記總數，再記加數；這種心理並不重視原本，特別注意加字，並且逐字注明『加』字。根據這些理解，對於法三這種韻書的時代可以知道比較晚些，而逐字注『加』的道理原來就是較晚的表現。」〔註104〕

（五）由題名和韻字脫漏穿錯看系統

魏先生在〈故宮完整本王仁昫《刊謬補缺切韻》緒論之甲〉提供了幾種系統比對方式，並以王仁昫《刊謬補缺切韻》的三種不同版本為基礎進行核對，可觀察其先後。

〔註103〕見《魏建功文集》第貳輯，頁531。

〔註104〕見《魏建功文集》第貳輯，頁533。

今歸納此數類比較方法如下：第一，題名的比對。魏先生說：

> 目前所見三個版本的王仁昫《刊謬補缺切韻》，即法四（王一）、國二（王二）、國三（王三），可由卷首卷尾書名卷第、聲調、題名、眉題等，互相校勘原本和晚出本。（1）書名卷第：「法四卷首殘缺了，從後三卷知道每卷頭尾該都寫明《刊謬補缺切韻》卷第幾；國三只是卷第一的頭上寫「刊謬補缺切韻」，其餘卷一尾卷二以下頭尾盡寫著「切韻卷第幾」；國二在卷第一頭上就寫著「切韻」，而且下面不是寫卷第，先接上「平聲」兩個字，上去入連「切韻」兩個字都沒有。」（2）聲調：「什麼聲，在法四、國三都注在卷第下面，好像王仁昫的書該是這樣，所以國二很自然的透露出非王仁昫原本。」（3）題名：「連帶我們注意題名也很有些消息：國二題「王仁昫撰」，除了官銜以外，跟法四、國三有「字德溫」以及「新撰定」完全兩樣；並且同時寫了「長孫訥言注」，依次序第三寫「裴務齊正字」，好像王仁昫最早，長孫訥言次之，裴務齊又晚些。」（4）眉題：「再連帶注意序子的情形，法四看不到了，國二在王序眉題「王仁昫序」，長孫序眉題「長孫序」；國三王序不題字，接著是陸序前面寫「陸詞字法言撰《切韻》序」；不是原著，才會題眉題，國三就確切近於原本了。〔註105〕

依魏先生所述，表列如下：

韻　書	著者題寫情形	書名題寫情形	
法四（王一）	朝議郎行衢州信安縣尉王仁昫字德溫新撰定	卷首	（缺）
		卷一首	（缺）
		卷二末	刊謬補缺切韻卷第二韻廿八
		卷三首	刊謬補缺切韻卷第三上聲五十二韻
		卷三末	刊謬補缺切韻卷第□上聲五十二韻
		卷四首	刊謬補缺切韻卷第四去聲五十七韻
		卷四末	（上缺）聲五十七韻
		卷五首	（缺）
		卷五末	（缺）
		卷末	（缺）

〔註105〕見《魏建功文集》第貳輯，頁575～576。

國二（王二）	朝議郎行衢州信安縣尉王仁昫撰 前德州司戶參軍長孫訥言注 承奉郎行江夏縣主簿裴務齊正字	卷首	刊謬補缺切韻並序
		卷一首	切韻平聲一
		卷二末	（無字）
		卷三首	上聲卷第三
		卷三末	（無字）
		卷四首	去聲卷第四
		卷四末	（無字）
		卷五首	入聲卷第五
		卷五末	（無字）
		卷末	切韻一部
國三（王三）	朝議郎行衢州信安縣尉王仁昫字德溫新撰定	卷首	刊謬補缺切韻序
		卷一首	刊謬補缺切韻卷第一　平聲五十四韻
		卷二末	切韻卷第二盡
		卷三首	切韻卷第三上聲五十二韻
		卷三末	切韻卷第三盡
		卷四首	切韻卷第四去聲五十七韻
		卷四末	切韻卷第四盡
		卷五首	切韻卷第五　入聲凡卅二韻
		卷五末	切韻卷第五
		卷末	（無字）

從書名、聲調、卷數、韻數的比對，魏先生認爲「越接近原本的每卷都有題名，書名與人名款式一定前後一致的。」從法四（王一）的題寫格式：「書名／卷第／聲／韻數」來看，最爲完整；國二（王二）、國三（王三）都有省略。由於法四已殘缺，部份內容無法得知。魏先生推測法四（王一）應較爲接近原本，完整性亦較高。

第二，韻字的脫漏穿錯。魏先生比勘較爲相近的法四與國三之後，列舉了 48 個韻字互有脫漏穿錯的例子，包括：支韻疵紐、支韻貲紐、微韻幃紐、微韻祈紐、虞韻扶紐、咍韻來紐、寒韻干紐、先韻馬紐、蕭韻蕭紐、蕭韻堯紐、豪韻猱紐、歌韻歌紐、唐韻唐紐、尤韻遒紐、蒸韻繩紐、語韻杵紐、語韻墅紐、麌韻栩紐、麌韻甫紐、吻韻惲紐、混韻閫紐、旱韻纂紐、小韻標紐、馬韻跒紐、馬韻槎紐、至韻次紐、霽韻慧紐、霽韻麗紐、霰韻宴紐、勘韻勘紐、候韻瘷紐、屋韻蹙紐、覺韻渥紐、覺韻學紐、質韻七紐、質韻聿紐、月韻鱖紐、月韻髮紐、沒韻勃紐、末韻末紐、末韻剌紐、鎋韻鵽紐、鎋韻刖紐、錫韻激紐、錫韻靂紐、昔韻昔紐、葉韻接紐、葉韻捷紐等，最終歸納出幾項結論：國三（王三）是根據另一個比較早的本子抄寫而成，抄畢之後，再注字數，而注字者與抄寫、校對者似乎不是同一人，於是產生幾種情形，如：一、記載字數多於實際字數。二、記載字數與實際字數相同，但是內容錯誤。三、鈔寫錯亂與記數混併。四、記載字數與實際字數相符但注解等於抄寫中脫落。五、記載字數少於實際字數。六、記數因紐首字脫落，補在紐中。七、同一紐之字分入他紐下。八、實數記入前一紐末一字下，以致前一紐記數與實數不符。九、紐中有記數兩出的，而兩數比對有出入。十、記數參雜在紐字中間。上述脫漏穿錯的問題，以法四、國三兩本互相比對，可以正得失；而法四時間較早。

第三節　小結

韻書的形成從三國魏的李登《聲類》、呂靜《韻集》開始，之後夏侯該、李季節、陽休之、杜臺卿等人，陸續增加了同類著作。到了隋代，陸法言寫了《切韻》，等於是初期的集成性質韻書。歷經唐代王仁昫、孫愐、李舟的刊補，而宋代時有了統一刊定的《廣韻》。〔註 106〕

《切韻》系韻書至《廣韻》之發展脈絡，依魏建功先生構想中的發展脈絡，可依序建立七項系統如下：一、《切三》、《王一》等入聲韻陽聲韻韻次相合之系統（假設更早者應有陽與入對或入與陽對兩種）。二、《切三》、《王一》等現存

〔註 106〕如林燾、耿振生先生說：「宋代仍然把《切韻》用做官韻，但是又進行了更大規模的修訂。修訂工作在宋太宗時就做過，到宋眞宗時又敕令陳彭年、丘雍等再度重修，大中祥符元年（西元 1008 年）完成後，改名爲《大宋重修廣韻》，通稱《廣韻》。《廣韻》是《切韻》系韻書的集大成之作，把唐代各種修訂本的長處都吸收了。它收字多，共有韻字 26194 個，注解 191692 字。分韻也多，共有 206 韻，即在陸法言原書 193 韻的基礎上，增加王仁昫的 2 韻，和天寶本《唐韻》的 11 韻。韻數的增加，實際上只是把原書的某些韻一分爲二，並沒有增加韻母數，因而音系不變。《廣韻》各韻的排列次第，則按照李舟的《切韻》。《廣韻》頒布以後，前代韻書失去了原來的作用，漸次失傳，《廣韻》就成了《切韻》系韻書的唯一代表。清代人有時把《廣韻》叫做「唐韻」或「切韻」。直到現在，雖然見到了《切韻》殘卷和完整的《刊謬補缺切韻》抄本，還是把《廣韻》當作中古韻書的首要代表。」見林燾、耿振正：《聲韻學》（臺北：三民書局，民國八十六年），頁 89～91。

之韻次（陽入分歧，唐代通行的）。三、《唐韻》之系統。四、五代刊大字本之系統（陽入全歧否未可知，蒸登職德居末可知）。五、《王二》韻次之系統（內容另有問題）。六、五代刊小字本之系統（分宣韻者）。七、《廣韻》所本之系統。〔註 107〕

第一項與第二項，《切三》S2071 與《王一》P2011 的韻目系統，屬於較初期的《切韻》系韻書型態。陽、入二聲，將韻目按照系統補足之後，排列結果如下表：

	韻目															
陽	東	冬	鍾	江	眞	臻	文	殷	元	魂	痕	寒	刪	先	仙	覃
入	屋	沃	燭	覺	質	物	櫛	迄	月	沒	末	黠	鎋	屑	薛	錫
陽	談	陽	唐	庚	耕	清	青	侵	鹽	添	蒸	登	咸	銜	嚴	凡
入	昔	麥	陌	合	盍	洽	狎	葉	怗	緝	藥	鐸	職	德	業	乏

承前所述，陽聲的「臻文」、「陽唐」八韻與「侵覃」九韻，和入聲的「櫛物」，「藥鐸」八韻與「緝合」九韻本應相對，而在《切三》與《王一》的順序排列卻各有先後。依魏先生所見，這是屬於唐代通行的排列法，但更早之前或許陽入有整齊配對的可能，並以陽、入其中一種爲順序基準，到了唐代才改變面貌。

第三項，《唐韻》開元本系統多了儼釅二韻；天寶本系統則就「眞寒歌」及相承之上去聲，分出合口韻「諄桓戈」（賅上去）；「齊」則多分出「移」。

第四項與第六項，魏先生將五代刊本「（蒸登）職德居末」與《韻鏡》的「蒸登居末」的排列法聯繫在一起，又因爲《韻鏡》沒有宣韻，於是又切開成兩類，分爲「大字本」系統與「小字本」系統，以合其說。魏先生說：

> 今傳《韻鏡》用目全同於李舟，又應知其曾受時代影響，必經改易，而先後轉次大抵率賡本制，故陽、唐雖以易位，而蒸登特次嚴、凡後，不因李舟改清、青後也。〔註 108〕

《韻鏡》的韻次與李舟、《廣韻》已經十分相似，陽聲韻次大抵不亂。此種排列，顯示《韻鏡》已經過調整與修改。然而「蒸登」卻排在最後，略顯突兀。或許

〔註 107〕見《魏建功文集》第貳輯，頁 288～289。

〔註 108〕見《魏建功文集》第貳輯，頁 23。

是宋以前遺留的痕跡。反觀五代刊本，「蒸登職德」雖然排在後面，卻不是全書的最末尾。「蒸登職德」依然排在「嚴凡」之前。如此的序次，與《韻鏡》即便相似，卻仍有差別（何況《韻鏡》也無宣韻）；將五代刊本與《韻鏡》直接歸爲同一種，或說根據同一本韻書，都有扞格之處。魏先生將五代刊本拆開成「有宣韻／無宣韻」、「蒸登居末／蒸登不居末」兩種，分成兩系，已與後期之理論不合（2014、2015 於〈彙編序〉已編作《刊》；〈資料補並釋〉仍本此說，又補入視爲同系之 2016、4747）。魏先生第四項與第六項的分合，還需要更多的引證與補充。第五項《王二》系統已於前文說明。第七項《廣韻》系統則是最終修訂的韻次。〔註 109〕故大致建立斷代系統如下：甲、隋代系統。如《王一》、《王三》等承接《切三》爲隋代系統。乙、唐代系統。如《王二》、《刊》等。丙、宋代系統。如《廣韻》。

〔註 109〕魏先生說：「我們可以知道韻書的演變，六朝到唐，唐到宋，平上去入排列成四聲一貫，陰陽入音類相從不紊，這才產生出《廣韻》的標準，前前後後經過若干次數的移動。這種移動也許毫無音值改估的意義，不過我們相信卻是值得注意的史跡。我們從這上頭可以了解：1、唐代韻書當與陸法言《切韻》原本的音系有差異；2、陸法言《切韻》與其前的韻書也當有差異；3、這些差異最著的是陽入二聲的韻次移動，陰聲韻簡直沒有什麼變化。」見《魏建功文集》第貳輯，頁 289。

第五章　國語運動

「國語」的定義，若以廣義的概念來說，一個國家內所有的語言文字，都應稱為國語。倘若將限定的範疇縮小，在特定的時間、地域中，經過國家頒布，進而推行全國的標準語，才是我們現在所論述的「國語」。方師鐸先生說：「『國語』是中華民族全體人民共同採用的一種標準語。也是國家法定的對內和對外公用的語言系統。」〔註1〕董同龢先生說：「所謂『國語』，就是現代中國的標準語，他是以北平受過相當教育的人的語言為基礎的，幾百年來，中國社會上的領導人物都以北平為活動的中心，並且曾用活的語言寫出許多文學作品，所以他們用的語言早就成為約定俗成的『官話』了。『國語』則不過是民國以後政府頒行的名詞。」〔註2〕因此，國語是大多數國民用來交換思想情感，得以普遍通行，並用來作為統一標準的語言。

魏先生認為廣義的國語，可以提升到語文層面，延伸至民族意識。他說：「用國音讀出來國字寫出來的國文就是國語。」〔註3〕而狹義的國語，就是「雅言」，

〔註1〕見方師鐸：《五十年來中國國語運動史》（臺北：國語日報社，民國五十八年），頁1。

〔註2〕見《漢語音韻學》，頁15。

〔註3〕魏先生說：「一、聲音表現意思——形成語言；二、圖形表現意思——形成文字；三、動作表現意思——形成語言或文字；四、語言與文字表現意思——形成文學。五、民族共同所有的表現意思的聲音是國音；六、民族共同所有的表現意思的圖形是國字；七、民族共同所有的表現意思的編錄是國文；八、用國音讀出來國字寫出

但雅言依然是兼容並蓄的。他說：

> 提到「國語」這一個名詞，它的沿革就包涵了很多的民族興衰的回憶了。偉大的中華民族器度是沒有種族和血統的歧視。純粹從文化上融和起來，歷代往往容納進許多的宗族。宗族和宗族之間的交際，互相採取足以達到完全了解的工具，所以用聲音表示的語言工具有所謂「雅言」。記錄語言用圖形或符號表示的文字，在我們國家就成了一種共同表意的標識。我們的文字可以被宗族以外的民族借用的道理在這裏。〔註 4〕

魏先生所指的「雅言」，即是雅正的通語、標準語，與方言對稱。

國語運動是促進教育普及的長期文化運動，王天昌先生說：「『運動』（Movement）都是以解決某一種社會問題爲目的。它是喚起社會群眾對那一種社會問題的注意和認識，因而引發他們貢獻力量而建立那一種社會事業，以解決那一種社會問題；國語運動也是這樣的。」〔註 5〕語言的整理，能發揮教育、溝通與文化傳承的功能；魏建功先生在國語運動中，亦具有承先啓後的代表性意義。

第一節　國語運動之簡述

一、國語運動性質簡述

國語運動的分期大致有兩種不同區分法，概以民國元年爲分野。一種以創立新拼音文字、拼音法，及其流行開始，可追溯至清末盧戇章、王照、勞乃宣等；一種則由民國元年「讀音統一會」之相關行政運作爲基準。第一種分類法依黎錦熙先生《國語運動史綱》的分期，可分爲四期：

第一期「切音運動時期」。以盧戇章《切音新字》（清光緒十八年，西元 1892）與吳敬恆《豆芽字母》（清光緒二十一年，西元 1895）爲代表。

來的國文就是國語，最精采的成爲文學；九、國語有時間空間的不同，因爲如此標準也有些變遷，就成爲國音沿革，國字源流，古今文體以及文學史。」見〈國語通訊書端〉《魏建功文集》第肆輯，頁 304～305。

〔註 4〕見〈「國語運動在臺灣的意義」申解〉《魏建功文集》第肆輯，頁 306～307。

〔註 5〕見王天昌：《國音》（臺北市：世界書局，民國七十五年），頁 6。

第二期「簡字運動時期」。以王照《官話字母》(清光緒二十六年，西元1900)、勞乃宣《簡字》(清光緒三十年，西元1904)與章炳麟《紐文》、《韻文》(清光緒三十四年，西元1908)等著作問世爲主。

第三期「注音字母與新文學聯合運動時期」。包括「讀音統一會」(民國二年)、「國語研究會」(民國五年)、「國語統一籌備會」(民國八年)的成立。

第四期「國語羅馬字與注音符號推進運動時期」。包含議定國語羅馬字(民國十五年)、修訂國語標準音(民國十三年)、推行注音符號(民國十九年)、公布國音常用字彙(民國二十一年)、「國語統一籌備委員會」的持續運作等等。

第二種分類法如林清江先生將國語運動的發展情形分爲五個階段：

第一階段「民國初年的國語運動」。由民國元年起，至民國十六年。相關重大措施與方案有：吳稚暉先生執行國語統一策略，主持讀音統一會，通過注音字母與國音推行方法七條；〔註6〕開始設立注音傳習所；黎錦熙等組織國語研究會；各地高等師範學院始附設國語講習科，並以正式之注音符號作爲各地推行國語之準則；教育部正式成立國語統一籌備會，並實行相關政策〔註7〕等等。本階段著重於讀音統一工作。

第二階段「國民政府成立後的國語運動」。由民國十七年開始，至民國二十五年。重大事項如：吳稚暉先生擔任國語統一籌備委員會主席，展開數項重要工作，包括公佈國語羅馬字、努力宣傳推行國音字母、規定漢字注音、提倡語體文與標準語、添製方音字母、草擬簡體字譜、編纂大規模的辭典、鑄造注音

〔註6〕包括：一、各省設立國音字母傳習所，令各縣派人學習；再由各縣設立傳習所傳習推廣。二、由教育部將公定字母從速核定公布。三、由教育部製備「國音留聲機」，以便傳播。四、由教育部將初等小學「國文」一科改作「國語」，或另添「國語」一門。五、中學師範國文教員及小學教員，必以「國音」教授。六、「國音彙編」頒布後，凡公布通告等件，一律在漢字旁添注國音。參見《國語推行政策及措施之檢討與改進》，頁14～15。

〔註7〕包括：一、民國九年，教育部通令全國各國民學校「國文」一科改爲「國語」，課文改用「語體文」。二、民國十年，語體文、注音字母、發音學、國音沿革、國語文法、國語教授法等列入師範學校與高等師範學校必修科目。三、民國十三年，北京話定爲標準語。四、民國十六年，上海組織全國語教育促進會，每年舉辦國語運動宣傳會。見林清江等：《國語推行政策及措施之檢討與改進》(臺北市：行政院研究發展考核委員會，民國七十一年)，頁16。

漢字銅模等。各級教育機關皆統一採用注音符號；教育部規定北平音爲標準的國音常用字彙；成立國語推行委員會等。本階段主要政策爲加強組織工作。

第三階段「抗戰時期的國語運動」。從民國二十六年開始，至民國三十四年。期間，抗日戰爭開始，國語運動面臨短暫停擺，之後又再度興盛。重大事項如：教育部核定公佈中華新韻；制定全國國語運動綱領，包括：一、實行國字讀音標準化，統一全國讀音。二、推行國語，使能通行全國，並作外人學習我國語言的標準。三、推行注音國字，以普及識字教育，奠定民主基礎。四、推行注音符號，以溝通邊疆語文。五、研究國語教學法，以增進教育效率。〔註8〕令國立西北師範學院（蘭州）、國立女子師範學院（四川白沙）、國立社會教育學院（四川璧山）等添設國語教育科，培養相關師資。本階段重點工作爲培育師資，及教授有關國語課程。

第四階段「光復初期的國語運動」。從民國三十五年，至中華文化復興運動開始前（約五十五年）止。臺灣光復之後，爲一改日據時期之語言限制，更凸顯相關工作之重要性。重要事項如：成立臺灣省國語推行委員會，於各縣市成立國語推行所〔註9〕；調派西北師範學院、女子師範學院、社會教育學院三校之國語專修科學生來台推行國語，臺灣大學、臺灣師範學院亦附設國語專修科；教育廳設置國語推行委員會，掌管諸多重要工作〔註10〕等等。本階段主要政策在掃除日本施予的文化壓制及語文隔閡。

第五階段「現階段的國語運動」。約從民國五十五年開始。其中包含教育部實施「加強推行國語辦法」〔註11〕，提高基層人員國語能力，並於山地鄉設國

〔註8〕見《國語推行政策及措施之檢討與改進》，頁18。

〔註9〕國語推行委員會所訂國語運動綱領，包括：一、實行台語復原，從方言比較學習國語。二、注重國字讀音，由「孔子曰」引渡到國音。三、刷清日語句法，以國音直接讀文，達成文章還原。四、研究詞類對照，充實語文內容，建設新生國語。五、利用注音符號，溝通民族意志，融貫中華文化。見《國語推行政策及措施之檢討與改進》，頁19。

〔註10〕包括大量訓練師資、輔導、示範讀音與廣播教學、編印國語書刊、加強語文課程等。

〔註11〕辦法如下：一、立即恢復教育部推行國語委員會，統一籌劃，積極督導各級國語會推行工作。二、充實省市及各縣市國語推行委員會人員經費，加強督導實施。三、推行國語運動目標，應自下列四方面同時著手：(一) 加強學校國語教學，及培養國語師資人才。(二) 加強社會國語教學，舉辦鄉村、工礦、工廠、山地成年

語推行員等。本階段主要政策爲恢復教育部國語推行委員會組織，督導推行國語事宜，並重視山地鄉國語教育。〔註 12〕

魏先生民國三十五年初至臺灣時，曾對國語運動的過程做出提要，由清末拼音文字的創始與流行敘述起。他說：

> 民國紀元前七年，公曆一九零五，前清光緒三十一年，這時候我們國勢和國語運動情形是：一、臺灣已經被日本割據了十年！二、膠州灣被德意志佔據了八年！三、滿清政府采納康有爲的建議變法圖強，因爲那拉后與光緒帝不相容，發生「戊戌政變」，變法的事情停頓，是前七年的事。四、北方愚民組織「義和團」，得那拉后方面的縱容，散開排外活動，引起八國聯軍攻進北京的大事件，結果訂立「北京條約」，在前五年九月七日。五、俄國先派兵佔領奉天，引起日俄戰爭，是前一年的事。六、國語運動開始有各家注意「文字簡易」，創制拼音文字。計有：１．盧贛章用他的「中國第一快切音新字」製成《夏腔一目了然初階》，他是第一位造拼音文字的人，而第一種被製造拼音文字的語言就是臺語有關的廈門話，《夏腔一目了然初階》是這以前十三年。２．吳稚暉先生造成《豆芽字母》，在這以前十年。他依據《康熙字典》前邊等韻的系統編制，用在家庭間與他的夫人通信，直到老年（吳夫人去年才故去）。３．蔡錫勇製成《傳音快字》。後來北京政府時期國會以及一切會議場所的速記術就是這個系統。從此以下五種都是這以前九年的事。４．力捷三製《閩音快字》。５．王炳耀製《拼音字譜》。王氏是王寵惠博士的父親。６．沈學著《盛世元音》，親自在上海大馬路一家茶館裏傳授給人。７．康有爲有《十六音》，見梁啓超序《盛世元音》文中。８．王照造成

及失學民眾補習教育。（三）改進廣播、電視台節目，應減少外語及方言節目，增加國語節目。（四）加強海外華僑國語教育，利用課本、唱片、電影等教材，向海外推行。四、請民意代表在會議時，應用國語發言，擴大影響。五、規定各級機關、學校、辦公室及各種公共場所，應一律使用國語，公務人員尤應以身作則。六、爲提高說國語興趣，應運用各項比賽及活動，以引起民眾對說國語之重視。見《國語推行政策及措施之檢討與改進》，頁 21。

〔註 12〕詳見《國語推行政策及措施之檢討與改進》，頁 13～24。

《官話合聲字母》，在這以前五年。9・本年，勞乃宣承用王照官話合聲字母的系統，作爲《簡字》。這時候距離現在整四十年，當時國語運動之所以發達，不消説是國勢危急的感悟。官話字母在北方得到北洋政府總督袁世凱的提倡，成效大著，流行到直（今稱冀）魯蘇將及關外，現在還可以找到六十多歲老太婆知道這種文字。勞乃宣這時在南京極力勸兩江總督周馥春設「簡字學堂」，一時也有很好的成績。這兩種系統後來都沒有得到有力者的提倡推行，後十三年又由政府頒布了「注音字母」就代替了。〔註 13〕

民初的國語運動追溯至切音字運動時期，有其歷史淵源。1894 的中日甲午戰爭失利，知識份子把中國積弱，列國強盛的原因，導向於文字和教育。相對於外國的文字簡便和教育普及；難寫、難記的漢字則必須改革，國勢才得以興盛。因此國語運動帶有民族改革的精神，是使人民富強的一種文化運動。1945 年，戰爭平息，臺灣由日人手中收回，國語運動在臺灣具有象徵性的意義；而魏先生在臺灣時期，也是他推行國語成績最輝煌的階段。

二、推行國語之理論

魏先生推行國語之高峰時期，爲 1925 年至 1949 年之間，約廿五年。魏乃等先生將魏建功先生此段期間的運作過程，做了一段簡述，說：

先生於 1928 年經錢玄同先生介紹投身「國語運動」，任國語統一籌備委員會（後改名「國語推行委員會」）常委。1941 年受「國語會」的委託與黎錦熙、盧前等合編《中華新韻》，經國民政府頒布爲國家韻書，沿用至今。1943 年按「國語會」的決議在西南女子師範學院創設「國語專修科」。1945 年抗戰勝利後，率國語專修科師生赴臺，任臺灣省「國語推行委員會」主任委員，主持「推行國語」的工作。當時臺灣城市中普遍流行日語，很多學生已不會講祖國語言。先生針對當時臺灣用學日語的方法，把「國語」當作「外語」來學的問題，提出以臺灣方言與「國語」對應的規律掌握「國語」，收到很好的效果。他安排專人在電台廣播語文教科書，幫助全省中小學教師

〔註 13〕 見《魏建功文集》第肆輯，頁 322～323。

用「國語」備課，受到全省中小學教師和各界人士的熱烈歡迎。爲幫助臺灣各族同胞學習掌握祖國語言，編寫出版了《國音標準匯編》，在《新生報》上辦《國語週刊》，在北投設「國語示範推行所」，並大力提倡舉辦各種「國語」演講競賽。他還親自回大陸招聘「國語推行員」赴臺，並在臺灣大學辦了「國語專修科」，以充實推行「國語」的力量。經過他的努力開拓，以及後人的繼續努力，實現了全省兩千萬人普遍會講「國語」的局面，有效地清除了日本人奴化教育的影響，對維護民族團結和國家統一做出了巨大貢獻。1948 年，在最後完成了創辦《國語日報》的工作後，他辭去了出任臺灣大學文學院長之約，回到北京大學任中文系教授。〔註 14〕

魏先生 24 歲（1925）開始積極投入《國語週刊》，參與編輯、撰稿；45 歲（1946）赴臺，至 47 歲（1949）返回大陸，自是因應時代背景之需求。然而在臺灣推行國語，也是一項揉合歷史更革與變遷的作業。魯國堯先生說：

日本帝國主義佔領臺灣 51 年，臺灣光復後，推行國語有其特殊背景，特殊困難。在關鍵時刻，以魏建功先生爲首的一群語言學家臨「難」受命，在臺灣進行了艱苦卓絕的努力，取得了十分顯著的成效。〔註 15〕

其後，大陸轉爲共黨掌權，魏先生進而投向主持文字改革、辭書編纂等工作，因此大致上以民國三十八年爲學術成就之分界，以下就曹達〈魏建功年譜〉所記，按年編排如下：

民國十四年（1925），魏建功先生以《國語週刊》的編輯、撰稿工作，作爲他參與國語運動的起始點。曹達先生說：

一九二五年，二十四歲。一月，錢玄同、黎錦熙創辦《國語週刊》，針對章士釗創辦之《甲寅雜誌》做捍衛白話文的鬥爭，魏建功參與了編輯工作，並爲主要撰稿人之一。〔註 16〕

〔註 14〕見魏乃、魏至、魏重：〈魏建功先生傳略〉《文教資料》1996 年第 4 期，頁 6。

〔註 15〕見魯國堯：〈臺灣光復後的國語推行運動和《國音標準匯編》〉《語文研究》2004 年第 4 期，頁 1。

〔註 16〕見曹達：〈魏建功年譜〉《文教資料》1996 年第 5 期，頁 6。

魏乃等先生說：「先生自青年時代起即受到錢玄同先生的感召，傾心『國語運動』。1925 年章士釗恢復《甲寅雜誌》『佈告徵文，不收白話』，對白話文發起了公開挑戰。錢玄同、黎錦熙等創辦《國語週刊》，『歡迎投稿，不取文言』，與之針鋒相對，先生參加週刊的編輯工作，並爲主要撰稿人之一。」〔註 17〕黎錦熙先生說：「《國語週刊》是錢玄同先生和我以私人名義組織的，擔任撰述者爲魏建功、蕭家霖、杜同力、白滌洲、蘇耀祖、董渭川和吳敬恆、胡適、林語堂、周豈明諸位先生。」〔註 18〕是以魏先生於青年時期便積極投入了國語文工作行列。

民國十七年（1928），教育部改組「國語統一籌備會」。該會自民國八年成立以來，幾經變革，曹達說：

> 一九二八年，二十七歲。十二月，大學院院長蔡元培電約錢玄同、黎錦熙等籌辦「國語統一籌備會」，該會前身爲辛亥革命後成立之「讀音統一會」，以「統一語言、提倡言文一致、改革文字」爲目標。魏建功經錢玄同動員參加該會工作，被推爲常委、分工編審工作，編輯《國語旬刊》，兼「大詞典編纂處」資料員。從此，語文運動成爲他終身所從事的事業。〔註 19〕

黎錦熙先生說：「民十七之秋，大學院仍改稱『教育部』（部長蔣夢麟，政務次長馬敘倫，常次吳雷川）；國語統一會也恢復了『籌備』二字，定名『國語統一籌備委員會』，（以前簡稱『統一會』，現可簡稱『國語籌委會』，更簡稱『國語會』。）」〔註 20〕國語統一籌備委員會主席爲吳敬恆，魏建功先生等七人由教育部聘爲常務委員，並執行相關任務。常委包括錢玄同、黎錦熙、陳懋治、汪怡、沈頤、白鎮瀛、魏建功、趙元任、蕭家霖等；委員爲蔡元培、張一麐、吳敬恆、李煜瀛、李書華、錢玄同、黎錦熙、陳懋治、汪怡、胡適、劉復、周作人、李步青、沈頤、陸基、朱文熊、魏建功、曾彝進、孫世慶、方毅、沈兼士、黎錦暉、趙元任、許地山、白鎮瀛、林語堂、任鴻雋、馬體乾、錢稻孫、馬裕藻、

〔註 17〕見〈魏建功先生傳略〉，頁 4。

〔註 18〕見《國語運動史綱》，頁 135。

〔註 19〕見〈魏建功年譜〉，頁 8～9。

〔註 20〕見黎錦熙：《國語運動史綱》（上海：商務印書館，民國二十三年），頁 191。

蕭家霖等。相關任務即「編輯關於國語之定期刊物及其他必要之圖書」、「撰擬並刊佈關於國語之各項宣傳品」、「徵集並審查各種國語讀物」、「編製關於國語之各項統計」、「調查各地國語教育進行狀況」、「視察各學校國語科之教學狀況」、「計劃關於促進國語統一之各種方法」等，見於規程第二條。以「編輯刊物與圖書」爲例，期間魏氏主編之刊物有《國語旬刊》。黎氏說：

> 《國語旬刊》魏建功主編。北平文化學社承印發行。十八年八月一日第一期出版。第四期爲《國音字母專號》，終於未出；第五期爲《國語羅馬字與威妥瑪氏對照專號》，後亦有單行本；第十及十一期合刊爲《國音字母解難專號》，專載審查文件。出至第十三期停刊，凡十一冊。〔註21〕

民國十九年（1930）一月，召開第一屆年會，由主席吳敬恆議定在南京、北平、上海、無錫等地作爲普及傳習試驗對象，魏建功與白滌洲先生提出三個方案，包括籌設國語文獻館、專設國音書報印刷所，以及開辦專門訓練的國語研究所，皆得以採用。

民國二十二年（1933）十一月，國語羅馬字促進會的編譯工作持續進行。（在此之前，《國音常用字彙》已於民國二十年編定付印，民國二十一年由教育部公布，即是標準國音之定本，並附國語羅馬字之拼法。）黎錦熙先生說：「《國音常用字彙》一書，導源於民十二（1923）國語統一籌備會的第五次大會，確定原則於民十三（1924），的談話會，議決體例於民十五（1926）的國音字典增修委員會。何以修訂《國音字典》案議決於民十二，而這書體例須到民十五才能議決？因爲要等《國語羅馬字拼音法式》制定後，方好塞進去也；又何以《國語羅馬字拼音法式》於民十五制定，而這書須到民十七以後才著手編纂？因爲要等《國語羅馬字拼音法式》正式公布後，塞進去方無問題也。」幾經編修增刪，終於民國二十一年，教育部正式公告云：「查《國音字典》一書，於民國九年經前教育部公布在案。迄今十餘載，闕疑尚多。民國十七年，本部國語統一籌備委員會成立，重修《國音字典》，改編爲《國音常用字彙》一書。」國音羅馬字之拼法亦已確立。〔註22〕國羅促進會於交通行政方面，發展國音電報事務，

〔註21〕見《國語運動史綱》，頁198。

〔註22〕同上注，頁262～263。

並修《國音電報彙編》。此書由魏先生與趙元任先生共同協助校訂。

民國二十三年（1934），魏先生在國語統一籌委會提出多條方案。此類多條材料，亦爲魏先生所擬，而散見於《國語運動史綱》等著作，於《魏建功文集》中無收，故羅列於此，以資參照。此類材料包括：

第一、將國語羅馬字的辦法，應用在對外國語教學上的「編輯對外的國語教科書案」。魏先生說明其理由曰：「東西洋人，學習中國國語或方言，向來各有其沿用之課本。學習之方式，大抵不外二途：一以中國人教授，一由外國人自修。無論教授或自修，所用課本，往往不能免音詞間之錯誤及觀念上之紕繆。本會既有『統一國語』之專責，對此外僑亦應特編一種合宜的課本，以作準繩。」其辦法曰：「依中外語音歧異難易之標準分別先後，由單音而詞類而語句而選文，使外國人既可學習我國語言，並有閱讀書報能力。其標準以標準國語區受過教育的人所用語言爲基本，充量應用國語羅馬字隨處注意矯正外人所編書中音詞之錯誤，並糾正外人所編書中觀念之紕繆。」〔註23〕

第二、編審工作中，對於小學教科書、參考用書之審核，提出的「總檢定全國各書局編行小學教科書所用國語詞類（附注音）案」。魏先生說明其理由曰：「國音推行，基本實賴國語的發達；國語發達，主要又在詞類的統一。蓋音之所表，依託於語，語所由成，根源於詞。假使全國詞類統一，則國語構造之方式易就規律；語音或終爲方域風土所限，雖不能絕對合一，但能有詞類語法之規律相聯繫，於教育及文化前途，必得易於促進之便利。本會推行國音工作，似應再深一層，達到實現『統一國語』之階段。按近年社會上自然變遷之情勢，文體趨向與語言接近，純粹古文已存虛聲。而小學自民九頒定『國語』科目以來，坊間編行教科書，書甚繁夥，除選用少數現成白話作品外，其中所用文體往往成一種不倫不類之形式，句法詞類盡隨編者之意爲之，或根本不詞，或誤用方言，不加檢定，影響無窮。」其辦法曰：「由本會先行搜羅凡用本國語編寫之教科書，分別重要次要，次序一一檢查其所用國語詞。此項教科書，不問其內容性質（即國語科以外者一併在內），但注意二事：（一）注音之正誤；（二）詞語之正誤。檢查手續略分『簽注』『錄片』『編次』三種。所得結果再行斟酌公布或呈部處理。又此項工作連帶注意之事項有二：（一）標準國語詞類或中學

〔註23〕見《國語運動史綱》，頁296～297。

國語詞類及基本詞類的調查。（二）標準音中常用音素之統計及傳習程序之討論。」〔註 24〕

第三、「組織『國音電報討論會』與交通部合作案」。魏先生說明其理由曰：「我國電報以漢字爲單位，行用極多不變，將來社會業務發達，殊無以節省時間及經濟。國音字母一二兩式，於表達語言之效能，本甚裕如，正應提倡推用於電報之中，改良舊有方法，依語詞爲單位。此項事業，於國語運動之進展，足示人以極顯著之信用。故擬組織委員會討論之。電政實行之權，本屬交部，並應與之合作。」其辦法曰：「由本會常委組織『國音電報討論會』，報部核轉交部，請其合作。本會負理論上規定建議之責，交部負技術上改良進行之責。延約電政界熱心國語國音者及與國音電報有關係者共同參加，作長期的討論。」〔註 25〕

第四、「請教育部實行視察國語教育辦法以資督勵案」。魏先生說明其理由曰：「國語教育施行已有年所，但近年來，未曾按部就班切實督察，以致今日學校教育中，多一面講授語體文，一面仍用鄉音鄉調，不依功令用注音符號教授國音，有失普及國語統一讀音之旨；民眾教育中，亦多一面提倡識字運動，而一面亦置注音符號於不聞不問之列，更非解救文盲的上策。查推行注音符號，曾由教育部特組委員會，並頒布《各省市縣推行注音符號辦法》廿五條，與本會協力進行，亦以三數年於茲。但本會既係籌備『國語統一』之專設的機關，其使命更重且大，況本會規程中已明定有調查各地並視察各校國語教育進行及教學狀況之職責，以後似應加重此項負擔。蓋學校教育中之實施狀況，民眾教育中之設計方案，不有督察，每易廢弛。應向教部建議：對於國語教育當特別重視，實行專派視察人員，嚴加督勵。」其辦法曰：「定期分區，由部委任本會負責視察，經費另請從督學項下規定撥發。視察後，對會報告結果，公司審查決定各地各校成績優劣，及應行興革情形，呈部核辦。每區分學校教育及民眾教育二項：民眾教育責成民眾教育館推行，先期通令注意舉辦注音符號傳習班；學校教育亦先通令各教育廳局注意。並宜頒訂獎懲條例，將國語教育列爲各地教育廳局及民眾教育館負責人員之考成。」〔註 26〕

〔註 24〕同上注，頁 375～376。

〔註 25〕同上注，頁 381。

〔註 26〕見《國語運動史綱》，頁 399～400。

第五、「小學國語課程中『寫字』教學在初級必須以練習注音符號爲主要作業案」。魏先生說明其理由曰：「小學國語課程，現在多半只存講授語體文一事而已。縱有利用注音符號輔助識字讀音，其注音雖照國音，實際上往往仍以鄉音讀解，則國音注音符號徒成虛飾之具。且據本席考察，現在小學生於注音符號，實多茫然無知。此其責任固在教員之玩忽功令；但能重申前令切實督責，尚易糾正。惟在小學生學習注音符號之時，非如專門傳習者可以自行練習；應於講授各種功課時儘量使用外，特別利用習字時間令其練習。以注音符號爲習字教材，即於漢字書寫正可作基本訓練；蓋楷體草體筆勢，皆與漢字組織上有相當關係也。」其辦法曰：「由本會參酌民十一部定之《注音符號書法體式》，製印楷草兩體之毛筆鋼筆二式樣本，呈部通令頒行。注音符號印刷草體並宜酌量製定。」〔註 27〕以上方案爲國語推行之行政工作。魏先生皆提出有效且具體的執行策略。〔註 28〕

民國二十四年（1935），政府因預算緊縮，裁撤「教育部國語統一籌備會」，另成立無給職的「教育部國語推行委員會」，以保持國語工作的運行。魏建功先生並擔任常務委員。〔註 29〕印刷用的「注音鉛字」是當時的首要計畫，方師鐸先生說：

> 在印刷上，注音符號楷體之外，也宜研究準備一種：橫直雙行，單注兼宜，寫印兩便的草體式出來。因此在民國二十三年，「教育部國語統一籌備委員會」開第二十九次「常務委員會」的時候，魏建功

〔註 27〕同上注，頁 401～402。

〔註 28〕此外，魏先生並提議制訂注音符號印刷體。黎錦熙先生說：「漢字帶注音的鉛字，又牽涉到《注音符號書法體式》問題。因爲民十一（1922）公布的兩種《書法體式》，其草體只適用於橫行的單獨書寫，而不便於直行的注音印刷；若如日本的平假名例，在印刷上，注音符號楷體之外，也宜準備一種橫直雙行，單注兼宜，寫印兩便的草體式出來。故民二十三第二十九次常委會，魏建功提出『製定注音符號印刷草體案』；議決：以與楷體相差不遠爲原則，專爲漢字直行注音之用。推定魏建功黎錦熙錢玄同爲起草委員。」見《國語運動史綱》，頁 384～385。

〔註 29〕廿四年組織的教育部國語推行委員會，主任委員爲吳敬恆，常務委員爲錢玄同、黎錦熙、汪怡、陳懋治、魏建功，委員爲蔡元培、趙元任、林語堂、顧頡剛、胡適、蕭家霖、董淮等。

> 就提出「製定注音符號印刷草體案」。其目的就是解決：注音鉛字直排和橫排時的「體式」問題的。〔註 30〕

注音鉛字案迅速通過之後，原預計於一年內鑄成大小尺寸不同之四套鉛字，以供印刷之急。完成兩套之後，中日戰爭旋即發生，後兩套方於六年內陸續竣工。

民國二十六年（1937），對日戰爭致使國語運動暫時停頓，至民國二十九年，教育部決定恢復「國語推行委員會」工作，並擴大組織。主席由吳敬恆擔任，魏建功先生則擔任該會之常務委員。〔註 31〕該年委員會議中決議由黎錦熙、盧前、魏建功、蕭家霖等，編訂「中華新韻」，一年之後編訂完成。

民國三十三年（1944），教育部在甘肅蘭州的西北師範學院、四川白沙的國立女子師範學院和四川壁山的國立社會教育學院等三處，設置了國語專修科。白沙女子師範學院科主任即爲魏建功先生。同年，魏先生應允赴臺推行國語。曹達說：

> 一九四四年，四十三歲。「教育部」趙迺傳通過女師學院院長謝循初約魏去臺主持推行國語，魏接受了此項邀請。〔註 32〕

民國三十四年（1945），八年抗戰結束，國語重建是島內文化建設重要的一環。〔註 33〕曹達說：

〔註 30〕見《五十年來中國國語運動史》，頁 83。

〔註 31〕常務委員有黎錦熙、魏建功、林語堂、潘公展、陳禮江；委員有汪怡、陳懋治、趙元任、董淮、胡適、蕭家霖、顧頡剛、何艾齡、李蒸、廖世承、張一麐、顧樹森、陳鶴琴、謝循初、錢雲階、盧前、傅斯年、朱自清、許地山。

〔註 32〕見〈魏建功年譜〉，頁 13。

〔註 33〕光復初期，臺灣在國語推行上，有其獨特的歷史背景因素以及需求。從日據時期的語言改革，以至於重新恢復使用漢語系統，須要一套官方正規的學習、使用國語的標準，和相關的教學人材。如王曉明說：「1895 年至 1945 年期間，日本侵佔我國領土臺灣，強行規定日語爲官方語言。但在民眾中，漢語閩南、客家方言爲主要交流語言。抗戰勝利前夕，黎錦熙就向教育部提議將來要在臺灣推行國語，提高當地國民運用本國語言的能力，並建議開辦國語專修科，爲在臺灣推行國語養師資。1946 屆國語專修科學生畢業時，黎錦熙動員學生奔赴臺灣推行國語。他說：『日本在那裡統治了五十年，那裡的臺胞說的是日語，現在，抗日勝利了，臺灣光復了。你們是國語專修科的畢業生，去那裡推行國語，學以致用，責無旁貸。』廣大師生積極響應號召，有 100 餘人奔赴臺灣。同學中不但有國語專修科的，還

> 一九四五年，四十四歲。上半年：重慶方面開始著手準備接收臺灣的具體工作，在「中訓團」開設「臺灣行政幹部訓練班」，魏建功應邀與王玉川同去重慶爲該班「教育組」(即將來的臺灣行政長官公署「教育處」工作人員）講授「國語」課。八月，日本無條件投降。以「國語會常委」資格，被臺灣行政長官公署教育處「借調」去臺灣推行國語。一同被借調者還有「駐會委員」何容（子祥)、「幹事」王炬。〔註 34〕

立法院通過「教育部國語推行委員會」組織，主任委員爲吳敬恆，魏先生擔任常務委員〔註 35〕。方師鐸先生說：

> 臺灣光復以後「臺灣省行政長官公署」感覺國語推行工作的重要和繁難，就洽請教育部派員協助；教育部中原有「國語推行委員會」的設置，這一工作當然就交由該會辦理；於是由該會派出了常務委員魏建

有國文系和教育系的；除了畢業生以外，還有在校生。有些老師也加入了他們的行列。」見王曉明：〈北京高師——國語運動的發祥地〉《北京師範大學學報》第 5 期，2002 年，頁 157。仇志群、范登堡也說：「日本佔領臺灣期間，實行嚴格的奴化教育，到四十年代時，漢語在臺灣地區已瀕於被滅絕的境地。絕大多數年輕人只會日語日文，不會講臺灣話，更不用說國語了。語言建設成了『光復』後社會當務之急。當時的困難比較多，但社會對國語的需要也很迫切，各界人士的積極性很高，短期內形成了一種國語熱。這個時期的國語推行運動，值得注意的有以下幾個方面：一、選派各級國語推行人員。……臺灣收復不久，教育部就先後派出了魏建功、何容等人。……二、成立專門機構。魏建功、何容等人來台後，開始協助籌建一個推行國語的領導機構，一九四六年四月二日正式成立了臺灣國語推行委員會。該機構一開始就有完整的組織規程，配備有專職的工作人員，並進行任務分組（下分 4 個組，其中 3 個爲專業組)。國語會還在每個縣建立了國語推行所，一九四六年一年就成立了 13 個國語推行所。推行所也有一套規程，設置人數不等的國語推行員，推行所徹併以後，還一直保留國語推行員的編制。見仇志群、范登堡：〈臺灣推行國語的歷史和現狀〉《臺灣研究．教育》1994 年第 4 期，頁 77～78。

〔註 34〕見〈魏建功年譜〉，頁 14。

〔註 35〕常務委員有黎錦熙、沈兼士；專任委員爲蕭家霖、何容、周炅；委員有胡適、趙元任、傅斯年、朱自清、陳禮江、徐炳昶、李方桂、羅常培、王力、周辨明、王玉川、黃如今、凌純聲、齊鐵恨等諸位先生。

> 功，和專任委員何容，帶領了一部分工作人員，以及推行國語的法令、書籍、和器材，於三十四年十一月到達臺灣，當即展開：籌設「臺灣省國語推行委員會」和各縣市「國語推行所」的工作。〔註36〕

魏先生來臺後對國語的耕耘，建立了日後國語普及的良好基礎。〔註37〕

民國三十五年（1946），臺灣省國語推行委員會成立，主任委員即魏先生。〔註38〕曹達說：

> 一九四六年，四十五歲。二月，農曆年前到達臺北，立即著手組建臺灣「國語推行委員會」的工作。「國語會」成立前，爲解決急需在廣播電台開設了國語講座，由齊鐵恨先生口授，林良先生（現臺灣《國語日報》社董事長）用閩南話翻譯，幫助臺省小學教員備課，備受臺灣同胞及各界人士的歡迎。四月，「臺灣省國語推行委員會」正式成立，魏建功爲主任委員，何容爲副主任委員。……十一月，回北京招聘「國語推行員」。爲研究中小學語文教育問題，召開「中國語文誦讀法座談會」，引起文教界很大興趣。〔註39〕

〔註36〕見《五十年來中國國語運動史》，頁117。

〔註37〕如段寶林先生說：「魏建功先生是中國語言學大師，早在上世紀20年代即以研究古音韻的專著享譽學界……而他在1945年臺灣光復後，親赴臺灣，主持國語（普通話）推廣工作，使普通話在臺灣推廣得比閩粵還好，這是一個不小的奇蹟。」見段寶林：〈回憶魏建功先生〉《文史知識》2011年6月，頁83。

〔註38〕國語推行委員會設主任委員一人、副主任委員一人、常務委員5～7人、委員19～25人，多由教育處遴選語文學術專家。國語推行委員會委員除了主任委員魏建功、副主任委員何容之外，尚有常務委員方師鐸、李劍南、齊鐵恨、孫培良、王玉川，委員馬學良、黎錦熙、林紹賢、龔書熾、蕭家霖、徐敘賢、周辨明、張同光、朱兆祥、沈仲章、曾德培、葉桐、嚴學窘、吳守禮、王潔宇、王炬等諸位先生。魯國堯先生說：「在敘述臺灣這段歷史時，我們必須記住赴臺推行國語的第一功臣魏建功先生。……魏建功先生到達臺灣之後，當務之急是籌建機構。1946年4月2日臺灣省國語推行委員會正式成立。其組成人員如下：……（筆者按，黎錦熙、馬學良、嚴學窘、周辨明皆魏建功先生的老友或學生，當系魏先生所推薦，然未至，以後另聘他人）。」見魯國堯：〈臺灣光復後的國語推行運動和《國音標準匯編》〉，頁3～4。

〔註39〕見〈魏建功年譜〉，頁14。

史習培先生說：

> 魏建功教授等三人調派赴臺組建「臺灣省國語推行委員會」。隨後，重慶、上海等地多位語言文字專家應邀加盟。他們爲臺灣省籍人編訂加注漢語拼音的國語教材，舉辦國際示範廣播，舉辦各種國語培訓班，並通過臺灣省內各縣市相繼設立的「國語推行所」，將普及國文、國語的工作全面鋪開。〔註 40〕

該年，魏先生比照民國三十三年，爲「國語運動宣傳週」所編訂的「全國國語運動綱領」五條，配合地區性的需要，加以調整修改：

> 民國三十三年三月，在重慶，教育部發動舉行過一次國語運動週，並令行各省市縣遵照舉辦。當時印發了「國語運動綱領」五條。這五條綱領包括現在全國國語運動的目標和途徑，至今也還適用。原文是：１．實行國字讀音標準化，統一全國讀音。２．推行國語，始能通行全國，並做外人學習我國語言的標準。３．推行「注音國字」，以普及識字教育。４．推行注音符號，以溝通邊疆語文。５．研究國語教學法，以增進教育效率。……我們簡單明瞭的重排次序，另換語句，提出臺灣省國語運動綱領如下：１．實行臺語復原，從方音比較學習國語。２．注重國字讀音，由「孔子曰」引渡到「國音」。３．刷清日語句法，以國音直接讀文達成文章還原。４．研究詞類對照，充實語文內容建設新生國語。５．利用注音符號，溝通各族意志融貫中華文化。6．鼓勵學習心理，增進教學效能。〔註 41〕

日據時代（1895～1945）所帶來的日本殖民文化長達五十年，主要以方言或日語作爲溝通方式，缺少的是統一的官方標準語。因此，語文的復原是學者專家們一致努力的目標。

民國三十六年（1947），在臺灣高等院校的國語專修科開辦；國語會進行改組。曹達說：

> 一九四七年，四十六歲。四月，回到臺北，「國語會」改組。何容任

〔註 40〕見史習培：〈光復初期臺灣教育重建與兩岸教育交流芻議〉《臺灣研究．教育》第 1 期，2002 年，頁 94。

〔註 41〕見《魏建功文集》第肆輯，頁 317～318。

主任委員，洪炎秋任副主任委員。另設「教育部國語推行委員會閩台區辦事處」，由魏以常委身份主持工作。同時，受台大聘任特約教授。在中文系創辦「國語專修科」，教員由國語會工作人員擔任。並著手在台籌辦《國語日報》。〔註42〕

魯國堯先生說：

1947年6月國語會改組，何容任主委，洪炎秋任副主委，魏建功任專委。臺灣省國語推行委員會（此後一般簡稱「臺灣國語會」）成立前後，主委魏建功先生和委員們發表了許多文章，編印了國語書刊，做了大量宣傳工作。……臺灣光復後的推行國語運動，取得極爲顯著的成效，那時的600萬人都說國語，如今2300萬人都說國語。〔註43〕

其後，教育部在臺北市設立「教育部國語推行委員會閩臺區辦事處」，魏先生擔任常委，何容先生擔任專委，委員則有汪怡、王玉川、齊鐵恨等先生。此外，增設培育專業國語教育的人才專班，已勢在必行。是以臺灣大學、師範學院亦同樣設置國語專修科，魏建功先生即是主持人之一。〔註44〕

民國三十七年（1948），教育部決定將北平的《國語小報》所有編制移至臺灣，辦一個小型的注音日報。此爲《國語日報》之開端。曹達說：

一九四八年，四十七歲。六月，回北京辦理《國語小報》設備遷台事宜，同時先行開始在北大中文系上課。……九月，返臺北辦理「國語會」交待手續，同時創辦「國語日報社」。社長魏建功、副社長王茀青、總編梁若容、經理方師鐸、社務設計委員有何容、洪炎秋、齊鐵恨、祁致賢、王玉川等5人。十月二十五日，《國語日報》創刊號正式發行。〔註45〕

〔註42〕見〈魏建功年譜〉，頁14～15。

〔註43〕見魯國堯：〈臺灣光復後的國語推行運動和《國音標準匯編》〉，頁3～4。

〔註44〕方師鐸先生說：「民國三十六年十二月，教育部命令國立臺灣大學，在文學院內附設二年制國語專修科。令文如下：查本部爲積極推行國語教育，並依方言分區推行起見，特指定該校文學院，辦理二年制國語專修科。該科師資，可即就近聘請魏建功、何容、王玉川等主持。」見《五十年來中國國語運動史》，頁152。

〔註45〕見〈魏建功年譜〉，頁15。

方師鐸先生說：「國語日報是民國三十七年十月二十五日『臺灣省光復節』那天創刊的。」論及國語日報之緣起，方氏並引教育部訓令，說：「查臺灣省推行國語已著有成效，各級教員及社會人士均感有編刊注音報紙之需要。茲經本部核定：將北平『國語小報』移臺辦理，改爲『國語日報』，著由該會常務委員魏建功，專任委員何容，負責主持，迅速籌編出版。」〔註 46〕之後魏先生離臺，社務由副社長王壽康接管。國語日報採用白話文書寫，全部以注音國字編排印刷，以廣大的社會民眾爲閱讀對象，自然能夠發揮它的普遍性與價值。〔註 47〕

民國三十八年（1949）之後，魏先生前往大陸從事相關教育工作，編纂字書、修訂辭典、整理漢字等，研究範疇與性質，已與在台推行國語時期略爲不同。因此，該年可以視爲魏先生在國語運動參與過程中的一個暫停點。國語運動的範疇囊括了語音統一、制定注音字母、白話文學、國語文法、教學、音韻發展與沿革……等。魏先生竭盡心力，投注其中，貢獻是十分顯著的。魏先生這二十多年間的成就和發揮的影響力，具有指標性的意義；先生對於國語運動志業的挹注心力，及對學術、教育的貢獻，形成了不可移易的典範。〔註 48〕

〔註 46〕見《五十年來中國國語運動史》，頁 161～162。

〔註 47〕如徐知免先生就將創建國語日報，視爲魏先生來臺灣後兩件要務的其中之一。他說：「抗戰勝利後，魏先生去了臺灣，推行國語（即普通話）運動。他集中精力做了兩件事：一是在臺灣大學開設『國語專修科』，培養推行普通話的人才；二是將原來設在北平的《國語小報》遷到臺北，辦起了《國語日報》。當時臺灣一般都是講閩南話，經過他和他的同事們的大力倡導、推廣，普通話才逐漸通行起來。……他在這方面做出了很大貢獻。」見徐知免：〈回憶魏建功先生〉《散文》1999 年 7 月，頁 15。

〔註 48〕例如魯國堯先生說：「飲水思源，我們緬懷先賢，首先是當時的臺灣省國語會主委魏建功先生。魏先生是《國音標準匯編》的編者，張清源等〈紀念魏建功先生〉和魏乃等〈魏建功先生傳略〉均如此記載，當爲可信。當時的臺灣省國語會的組成人員中，副主任何容先生是語法學家，赴臺的委員中只有主任魏建功先生是音韻學家。《國音標準匯編》的第三部份「國音簡說」及所附的「中華新韻韻目」「中華新韻韻略表」「國音「儿」化韻表」，都是採擇自《中華新韻》的，而《中華新韻》就是魏先生主編的。而且當時的臺灣省國語會的在臺委員中，惟有魏先生是國語運動的「老人」。……魏建功先生曾經對臺灣推行國語的運動做過簡要的敘述。周有光先生回憶道：「關於推普，他最有發言權，因爲他是國語運動的老前輩，又是臺灣推廣國語的創辦人。誰的經驗也沒有他豐富。他曾告訴我，臺灣在日本

第二節　國語推行之方法與特色

一、倡導言文一致

提倡白話文學是從清末就開始的風潮，由胡適領軍、包含陳獨秀、錢玄同、劉半農、沈尹默、傅斯年、羅家倫……等，都在無數的報章雜誌中，以白話文學的形式，力圖開創一番新的文化氣象，呈現出更貼近人心的眞摯情感。方祖燊先生等說：

> 由於民國八年五月四日，北京學生爲抗議日本侵略我國，展開愛國的新文化運動，報紙雜誌紛用白話文撰稿，要求一切革新，因此白話文學蓬勃發展了起來……十六年六月十四日，錢玄同、黎錦熙在北平又創辦國語週刊，附在京報出版，十二月停刊，撰稿者有胡適、吳稚暉、林語堂、白滌洲……等人。〔註49〕

這一場近似於西方文藝復興的運動，發起後立刻掀起一股無法阻攔的熱潮。

國語運動的運作也並不完全順利。民國十四年，章士釗先生就任教育廳長，他對於新文學運動是強烈反對的。魏建功先生有鑑於守舊思想對於新文學的打

統治下原來以日語爲行政和教育語言，光復後不能繼續使用日語，臺灣變成語言的空白區，推廣國語成首要的工作。臺灣人民學習國語非常努力，當局推行國語非常認眞，上下同心同力是成功的保證。」見魯國堯：〈臺灣光復後的國語推行運動和《國音標準匯編》〉，頁5～6。王震亞先生說：彼時的臺灣，語言是個大問題。因爲在整整半個世紀中，日本殖民當局強制推行日語教育，至1944年，在臺灣的日語普及率已達到了71％（據簡後聰《臺灣史》）。……正是在這樣的情況下，魏建功施展了他作爲語言學家的全部功力。他以「臺灣省國語推行委員會」主任委員的身份，組織編訂《國音標準匯編》（由臺灣省行政長官公署於1946年5月30日公布），作爲推行標準國語的根據：積極創辦《國語日報》（全文標注注音符號，創刊於1948年10月25日），致力於國語的推廣；同時撰寫並發表了一系列文章，如〈「國語運動在臺灣的意義」申解〉、〈國語運動綱領〉、〈國語的德行〉、〈怎樣從臺灣話學習國語〉、〈談注音符號教學方法〉等，指出：「推行國語的急務是樹立國語標準」……如今，當我們驚嘆臺灣地區民眾的國語普及率甚至比大陸的某些省份都高時，不應忘記當年魏建功及其同事們的功績。見王震亞：〈早期台大的三位大陸籍教授〉《民主》2011年6月，頁12～13。

〔註49〕見程發軔主編：《六十年來之國學》（臺北市：正中書局，民國六十一年），頁478～479。

壓，便開始積極參與相關的國語運動。魏先生曾發表〈打倒國語運動的攔路虎〉一文針砭時政。他說：

> 話說北京城裡近來忽然鬧起虎來了！這大蟲生性殘毒，一心要吃盡國中有望的青年，憑著盤踞在高崗上的地位，每過七日便跳出山來，滿街滿巷的咆哮，尤其是對了咱們的國語運動。這大蟲空挂了一面「文以載道」的招牌，講道是「鐵飯碗」的道，講文是「不知所出」的文；却口口聲聲說甚麼「文章大事並有子雲草玄寂寞之嘆」，「白話蕪詞」，「近年士習日非，文詞鄙俚，國家未滅，文字先亡」，「梁任公獻媚小生，從風而靡，天下病之」。豈知他自己不是學楊雄「劇秦美新」式的口吻，便是把純潔的女學生家架詞誣枉，說的人格全無。這便是他的「載道」之文！這便是他的文章大事！……這大蟲說過的：世習日壞，學殖全荒。國家設學，且惟摧毀國學是務。所謂俗惡俊弃，世疵文雅，古有是嘆，今觀厥成。假使他承認這段話是他自己說的，不至于像抵賴禁止學生運動的公文一樣，那就該問：如今的「學殖」怎樣個荒法？……咱們個個都是孫行者，咱們個個都該起來，一心皈依「聖僧」，普渡眾生。現在魔難當前，大家抖擻精神，奮力廝殺，打倒國語運動的攔路「虎」！……玄同先生！就請你把那位赤手空拳打虎的吳老將請上場來吧！鼓兒響東東，旗兒飄蕩蕩，營門開處，且看那位老將出場；俺小卒退陣也！〔註50〕

該文原載於1925年8月30日的《國語週刊》第十二期；魏先生當時24歲，所謂的「虎」，自然是指章士釗先生。章氏在〈孔傳考——答吳承仕〉一文中說：

> 吳君檢齋，爲太炎高足弟子。近得吾兄書，稱：「去歲作《清建國別記》，啓予者溥泉，而門人歙吳承仕，爲檢明代實錄，助我亦多。吾在司法部充僉事，學問精實，與季剛輩相埒，而中正穩練，則過於季剛，望善視之也。」間從檢齋考其近時著錄，又札所述，足見一斑。經學愚未致力，艱於辨難，而此刊大抵論政之作，不比《華國》，多錄高文。檢齋亦不欲過自發露，惹人譏嫌。嘻！士習日壞，學殖全荒，國家設學，且惟摧毀國學是務。所謂俗惡俊異，世疵文雅，

〔註50〕見《魏建功文集》第伍輯，頁433～434。

古有是歟。今觀厥成，檢齋沉淪下僚，獨治絕學，豈僅今之，肉食者宜有愧色已哉！〔註 51〕

這段話當然帶有批評白話文學風行的意味；白話文學的暢行，不見得與「反對文言」畫上等號，歷來二者皆得以並行不悖。章氏所謂的「世疵文雅」，「文言」的反對浪潮固然存在，而無形之中，卻多半沈溺於意識形態裡；若說「雅言」是說國語的標準，數百年來也已在口語中悄悄建立起穩定的結構。

反對白話文運動的立論基礎，在於文體的更革，將使思想隳壞、國故消滅。如林紓說：「晚清之末造，慨世者恆曰去科舉，停資格，廢八股，斬豚尾，復天足，逐滿人，撲專制，整軍備，則中國必強。今百凡皆逐矣，強又安在？」並說：「若盡廢古書，行用土語爲文字，則都下引車賣漿之徒，所操之語，按之皆有文法，……據此則凡京津之稗販，均可用爲教授矣。」文言與白話的形式區隔，未必直接關聯到個人學養、學術貢獻、思想價值的高低。林紓的「引車賣漿」之語，已經混淆了語言形式與思想內涵的相關性。林氏的說法非但不能達到撼動的效果，反而激起了學界對於白話文風氣的重視。〔註 52〕

〔註 51〕見章士釗：《章士釗全集》第五卷（上海：文匯出版社，2000 年），頁 90。羅志田先生說：「五四學生運動前後的思想界的確存在各種『主義』間的對立和競爭，但思想界的主要特徵毋寧說是各種流派的混雜難分；甚至時人特別看重的新舊之間的對立，也沒有既存研究所陳述的那樣強烈。民初中國是一個非常特殊的時代，就世界範圍言則是一個非常特殊的地域。試舉一個體現『特殊』的例子：五四運動幾年後，身爲內閣總長的章士釗同時自辦刊物《甲寅》議政。他在言說中仍以士人自居，把吳承仕擔任司法部僉事視爲『沈淪下僚』；更在其致吳的公開信中攻擊政府學務，說當時『士習日壞，學殖全荒。國家設學，且惟摧毀國學是務』。那時章士釗自己就擔任教育總長，以中央政府負責教育的部長在自辦刊物上攻擊『國家設學』，這樣的行爲，在沒有雜誌的古代中國自不可能，在所謂現代政治中也相當特殊。」見羅志田：〈因相近而區分：「問題與主義」之爭再認識之一〉《近代史研究》2005 年第 3 期，頁 54。

〔註 52〕林紓的文章是寫給蔡元培的報刊投書，蔡氏的答覆是：「一、請先查北京大學是否已盡廢古文而專用白話，國文之課本，皆古文也，本科中國文學史、古代文學、中古文學、近古文學……皆文言文也。二、大學教員所編講義固皆文言，上講壇後決不能以背誦講義塞責，必有賴白話之講演。吾輩少時讀四書集注，十三經注疏，使塾師不以白話講演之，而爲文言以相授，吾輩豈能解乎？若謂白話不足以講說文，講古籀，講鐘鼎之文，……必不容以白話講演之歟？三、考察大學教員

《國語週刊》的部份強烈批判色彩，即是面對倡導文言者偏頗的意識形態的反饋。魏先生當時激烈的言論，承襲了此種風貌。《國語週刊》創辦者之一的錢玄同說：

> 「引車賣漿之徒，瓮牖繩樞之子」，「伍」們的「口語」，詞句是活潑美麗的，意義是眞切精密的，表情達意都能得到眞自由，應該把它歡迎到新中國來，跟咱們活人做伴；《選》學、桐城之輩，儒林搢紳之流，『他』們的「古文」，詞句是僵死腐臭的，意義是模糊淫泛的，用字謀篇老是守著鳥義法，應該把它捆送到博物院去，與彼等死鬼爲鄰。這是我們對於國語的主張。我們因爲要把這個主張發揮，宣傳，使它實現，所以辦這《國語週刊》。」〔註 53〕又說：「這個國語週刊，是黎劭西先生和我所辦的。……（ㄅ）我們相信這幾年來的國語運動是中華民族起死回生的一味聖藥，因爲有了國語，全國國民才能彼此互通情愫，教育才能普及，人們的情感思想才能自由表達。所以我們對於最近「古文」和「學校的文言課本」陰謀復辟，認爲有撲滅它之必要；我們要和那些殭屍魔鬼決鬥，拼個你死我活！（ㄆ）我們相信正則的國語應該以民眾的活語言爲基礎，因爲他是活潑的，美麗的，純任自然的，所以我們對於現在那種由古文蛻化的國語，認爲不能滿足；我們要根據活語言來建立新國語。……我們歡迎大家投稿，但主張古文反對白話的人要除外，因爲他們是我們的敵人；我們不但不歡迎他們，而且拒絕他們！他們若在別處發表謬論，我們高興時也許要加以駁斥；但若送到這兒

提倡白話之文字，是否與引車賣漿所操之語相等。白話與文言形式不同而已，內容一也。天演論、法意、原富等，原皆白話也，而嚴幼陵君譯爲文言。小仲馬、迭更司、哈葛德等所著小說，皆白話也，而公譯爲文言。公能謂公及嚴君之所譯，高出於原本乎？若（文言）內容淺薄……儘有不值一讀者，能勝於白話乎？且不特引車賣漿之徒而已；清代目不識丁之宗室，其能說漂亮之京話，與紅樓夢中相埒。其言果有價值歟？熟讀水滸、紅樓夢之小說，能於讀水滸傳、紅樓夢等書以外，爲科學哲學之講演乎？」可見得形式只是表達、承載思想內容的工具而已。見《六十年來之國學》，頁 513～514。

〔註 53〕原發表於 1925 年 6 月《京報》。見〈《國語週刊》的廣告〉《錢玄同文集》第三卷，頁 155。

> 來，則我們一定擺出「訑訑之聲音顏色拒人於千里之外」的態度給他們看！〔註 54〕

錢氏列舉《國語週刊》的經常撰稿人有吳稚暉、胡適之、林語堂、周豈明、顧頡剛、魏建功、蕭家霖、杜同力、李遇安、董渭川、蘇耀祖以及趙元任、劉半農諸位先生；魏建功先生的文章便融入了當時的文化氛圍。

基於形式和內容的區別，林語堂先生分辨了這兩種性質的差異，並且找出它們的平衡點。他認爲理想的文人國語應是「言文一致」：擺脫俚俗的口語，並與文言調和成雅馴的文字；將白話和文言做調和與融會鎔鑄，貴在傳達情意，而非冷僻艱深。他說：

> 因爲向來我國有白話與文言之分，所以無形中我們一提到國語，就想到白話。因此又想到中學課程白話與文言的過渡問題。這是目前自然的現象。但是常要引起誤會，國語只是白話，白話只是口語，這就把白話及國語的範圍縮小了，而白話與文言之間，立了一條鴻溝，不能相通。我想我們的目標，是要做到「語文一致」並非專講「引車賣漿之流」的口語，也非要專學三代以上的文章。要寫的出來，也唸得出來。這樣才可以算是理想的白話文學。要唸得出，聽的懂，這才是文人的國語。……一、文學的國語應以語言爲主體，而在這白話當中，可以容納凡需要的文言成語的部份。要這樣，才能演成文人的國語，而漸達到語文一致的地步。也要這樣，我們才能有善於傳達情意的國語。二、各國用白話爲主體的「國語」，實際上都有鄙語、俚語、粗俗與文雅的文字的分別。英文一篇演講稿與一篇遊記小品，也有不同，只是英文中口語與文言，沒有一條鴻溝。有些俚話，在某種文章，便認爲粗鄙不可入文。也有過於文謅謅的言詞，用得過多，有矯揉造作之嫌，令人討厭。這是普通行文上的毛病，而違背文字清順自然的理想。文言成語，在某種場合不該用。雅馴的國語寫作，應是文從字順，就是通順自然，意到筆隨而已。遇到必需文言成語始能達意之時，順手牽羊，要在用得切當。譬如「欲速則不達」，有他該用而不可不用之時。「水到渠成」也未嘗不

〔註 54〕見〈《國語週刊》發刊詞〉《錢玄同文集》第三卷，頁 196～197。

可用。再深一點，如「惟精惟一」「允執厥中」，並非通常口語之部份，只在某種場合，才能運用得宜。國語也好，國文也好，文人技倆，專在「用字恰當」四字而已。總而言之，這樣把我們語言文字中幾千年鍛鍊出來的辭語，融會於文人的口語中，而以語言爲主體，語文一致是可以辦到的。〔註 55〕

林先生的論述，說明了語體文同樣也可以忠實嚴肅的反映人生、表現情思，並傳達情感的優美。

魏建功先生同樣鼓勵「言文一致」白話文學和口語化書寫的語文學習。魏先生說：

語言的規範化是導致講求語言和文字雙方一致的途徑。向來文字改革運動者提出「言文一致」的口號，就是從這個角度來看文字問題的。我們講語音的規範原是口頭說話的問題，一聯到文字，就成了如何把口頭的語言書面化的問題。〔註 56〕

目的是爲了消除書面語造成的隔閡。然而語文學習的阻礙，除了書面文字以外，還有語音的問題。〈國語通訊書端〉說：

因爲文學史料所顯示的聲音變遷和文體組織變遷，沒有從語言觀點上注意，就誤分了『文』『白』的界限，說國語是白話。現代國語是白話，上代國語有些成了『文言』，所謂『文言』只應該說是某時某地的語言文學，臺灣地方把說話和讀書的聲音絕對分開了，正顯示一個是古一點的一個是現代的。從整個中華民族看，文學史是一貫的，有語言標準的時和地的差異，增長了研究和應用的煩難，而不是切斷兩截的。這是我們建設新生國語以及國語文學的人應該澈底覺悟的一件事。從這臺灣國語推行工作上要求我們由國音到國文的具體切實回答民眾的教訓上，我察覺了新文學運動最後而是最基礎的工作是這四個字的目標：由『語』而『文』。這四字訣包括『由語句而文章』『由語音而文字』『由語言而文學』三條道路，或

〔註 55〕見林語堂：〈論言文一致〉《國語與國文正名問題》（臺北市：國語日報社，民國五十六年），頁 60～63。

〔註 56〕見《魏建功文集》第肆輯，頁 612。

是三個方面。〔註57〕

魏先生認爲說話音與讀書音的區分，有古今、語言標準的時地差異，增加了研究與應用的困難。「言」與「文」的分別，不僅限於文章句法；語音和讀音的複雜差異，也成爲語言學習的障礙。字音的一致，應建立於約定俗成之上，於是推動國語文學，語音層面的建設和文章、文學是同等重要的。讀音和語音的分別，存在已久，可以從音理或材料上解釋；日常的應用與溝通，卻不用刻意藉由讀書音、說話音的不同，來分別雅俗意識，造成溝通與理解的問題。魏先生說：

> 言文一致的問題是國語在時間上先後有了演變發生出來的。（申解）我們語言文字的聲音系統隨著應用實際情形有分別。最普通的是「文言」「口語」的不同，例如一個「車」字讀「ㄐㄩ」是「文言」裏用的音，讀「ㄔㄜ」是「口音」裏用的音。這是全國各地一致的分別，聲音的內容儘可以參差錯綜的不同。上海人叫南京路做「大英大馬路」，上一個「大」字讀「ㄉㄚ」，下一個「大」字讀「ㄉㄛ」；正是「大英」於文言的詞，「大馬路」是方言的口語。假使「車轔轔，馬蕭蕭」的「車」讀成「ㄔㄜ」，而「火車站」說做「火ㄐㄩ站」，聽的人一定感覺奇怪，但是象棋的「車馬砲」儘管「ㄐㄩ」「ㄔㄜ」兩便的讀。這都是標準裏所包括的問題。這些在言文一致的問題上，原則都是有語文科學的根據可以說明的。我們有一些忽略了語文科學基礎的認識的人，誤解了「雅」「俗」與「文」「語」的事實和價值的分別，往往拘墟於文言白話的外貌，而抹煞了日常生活上應用的狀況……如果從語文工具的觀念上出發，實事求是做到言文一致的工夫，哪是文言，哪是口語，哪是文言口語都沒有的，能分辨清楚，說得出，寫得下，人家一念就聽得懂，便是國語運動的成功，便是眞的國文的建設。……所以我們在臺灣的國語推行工作不僅是「傳習國語」和「認識國字」兩件事，而最主要的就在「言文一致」的標準語說寫。〔註58〕

〔註57〕見《魏建功文集》第肆輯，頁304～305。

〔註58〕同上注，頁306～316。

文言音、讀音與白話音、語音的分別，是一個字，字義相同，但用途不同，因此讀音也不相同。古文辭、文言、詩歌朗讀專用的音爲讀音，口語說話的音爲語音，例如「白」語音ㄅㄛˊ、讀音ㄅㄞˊ；「黑」語音ㄏㄟ、讀音ㄏㄜˋ；「北」語音ㄅㄟˇ、讀音ㄅㄛˋ；「薄」語音ㄅㄠˊ、讀音ㄅㄛˊ；「肉」語音ㄖㄡˋ、讀音ㄖㄨˋ；「熟」語音ㄕㄡˊ、讀音ㄕㄨˊ……等等，多半反應了古音遺留的特徵。《國音學》云：

> 「語音」與「讀音」並不是每個字都有這樣的分，只是有些字有，有些字沒有。至於現在有些字的語音、讀音分的很清楚，有些字就無所謂了，那是現代語言混亂，習非成是的問題……假如稍加留意，不難發現這一類的字，往往是某一處方言裏跟某一套音的變化，都是有規律的，當然國語也不例外。國語裏多半分文白的字，就是古收[-k]尾的入聲字的異讀。〔註 59〕

在國語中，文白兩讀並非每一字都有，而或多或少，又受到各地方言土語的影響。倘若音讀的分歧，並沒有辨義的作用，那麼訂定必然的共同標準，也就成爲國語學習中可以統整的項目。

求得統一的語音，合併一字同義的異音或是文白異讀，在語言使用規範上是可以確立標準的。李師添富論「可以併合的異讀又音」，列舉文白兩讀可以合併的例子，說：

> 在現行的國音當中，有著許多有異音而無異義的語詞，就異音所以別義的觀點而言，這些語詞的異音應是可以併合的……因文言、白話不同而造成的異讀，在國音中佔相當的比率。站在語音規範的立場，這一部份是可併合爲一的。〔註 60〕

音讀不同而意義不分的字，包括「剝」皮（文言 puo˥、白話 pau˥）、顏「色」（文言 sɤ˥˩、白話 sai˨˩˦）、李「白」（文言 puo˧˥、白話 pai˧˥）……等，是可以取得統一音讀的。

語音、讀音的不同，包涵了古今、時地、韻書、方言、音變等等造成的分

〔註 59〕見《國音學》，頁 338～339。

〔註 60〕見李師添富：〈語音規範的問題〉《輔仁國文學報》民國七十九年六月第六集，頁 328。

別。王志成先生說：

> 當今字辭、書所謂「讀音、語音」之現象，可從幾個方向來歸納：就音產生之時代而言，有始於廣韻者，有始於集韻……有民國以來始出現者；就音之演變情形而言，有聲母之變者，有韻母之變者……有不相干而多出者；就音之演變因素而言，有發音部位之變者，有發音方式之變者……有混用他字之音者。〔註61〕

這些差異，需要更清楚的分辨，方能通行無礙地溝通，令語文明白暢達。魏先生說：「聽的懂，便是國語運動的成功，便是眞的國文的建設。」語音是「文言一致」當中不可忽視的一環。

二、分析國語趨勢

國語以北京音作爲標準語音的基礎，有歷史的語言沿革，並且也是數百年來所普遍通行的官方語言。方師鐸先生說：「在六億中國國民中百分之九十以上都是操『漢語』的人；而北平一地，自遼、金、元、明、清，以至民國，作爲五方雜處的大都會，幾達千年之久；在不知不覺中，北平方言已被全國各地的人，利用爲相互之間表情達意的工具，而稱之爲『官話』。我們現在選用北平話爲『國語』，北平音爲『國音』，只不過看清這一歷史事實，因勢乘便，順其自然而已。」〔註62〕魏建功先生定義國語的標準，說：

> 我們的國語是用北平話做標準的。北平話的標準也是有條件的。這條件是北平社會受過中等教育的人日常應用的話，並不是北平話一概算做國語。〔註63〕

魏岫明先生認爲國語的產生可分爲文學與政治兩個層面；國語採用北平音系，

〔註61〕見王志成：《多音字分讀研究》（臺北市：文史哲出版社，民國七十六年），頁21。王氏將語音、讀音的產生以韻書和時代爲準，分成八個階段：「始於廣韻」、「始於集韻」、「始於中原音韻」、「始於韻略易通」、「始於中州音韻」、「始於音韻闡微」、「始於韻學驪珠」、「始於民國」等。讀音、語音的混淆現象則有十二種：誤用偏旁、合口呼說成開口呼、ㄋㄌ不分、ㄧㄩ不分、ㄥㄣ不分、陽平變陰平、輕聲、語言變音、混用、習慣、不知原因、中原音韻而來等。

〔註62〕見《五十年來中國國語運動史》，頁1。

〔註63〕見〈「國語運動在臺灣的意義」申解〉《魏建功文集》第肆輯，頁306。

卻不完全是北平話。魏先生說：「１、在政治上，北平六百多年一直是政治中心，歷代帝王建都最久的所在地。知識階層所說的『官話』既然長久以來都是『優勢語言』，也自然爲全國人民所樂於仿傚或採用。同時，也因爲如此，官話通行的區域最廣。２、在文學上，北平既爲政治中心，自然也成了文化薈萃之地。明清以來許多作家，多以接近北平話的白話文來寫文學作品。例如羅貫中的三國演義、吳承恩的西遊記、吳敬梓的儒林外史、曹雪芹的紅樓夢、劉鶚的老殘遊記等，莫不早已在民間流傳久遠，深入民心。這些影響深遠的文學鉅著，對於國語標準的確立自是居功甚偉。由此可知，近幾百年來，北平話早已成爲社會上大眾所普遍接受的語言。訂之爲國語，不過是因勢利導而已。但是有一觀念必須弄清楚的是，北平話並非就是國語。據《國音常用字彙》中的說明：『所謂以現代的北平音爲標準者，係指現代的北平音系而言，並非把北平的一切讀法整個兒搬了過來，就算國音。』而早在民國九年教育部公布《國音字典》時就已經明言：『至北京一隅之土音，無論行於何地，均爲不變者，則斷難曲從。該會所欲定爲國音之北京音，當指北京之官音而言，決非強全國人人共奉北京音之土音爲國音也。』由此可知，北平話並不是國語的同義詞，國音也絕不是北平土音。」〔註64〕

魏建功先生認爲北平話（或北平官話音系統）做標準國語，是有它的來歷的。他說：

> 「中華民國人民共同採用的一種標準的語言是國語；國語是國家法定的對內對外，公用的語言系統。」這個系統由許多語言不同系統的人薈萃在一處，互相融和，盡力推心置腹，不知不覺，去泰去甚，選擇出最方便容易的聲音鍛鍊成最簡單明瞭的組織。國語包括（１）代表意思的聲音叫「國音」，（２）記錄聲音的形體叫「國字」，（３）聲音形體排列組合表達出全部的思想叫「國文」。排列組合的規矩就是「文法」。……我們在沒有分歧的文字和文法之中，共同拿最方便容易的聲音來表示，便是國語要標準化的惟一理由。北平話合於這一個理由上的條件，……文化進步而組織健全的國家，沒有不是確

〔註64〕見魏岫明：《國語演變之研究》（臺北市：國立臺灣大學出版委員會，民國七十三年），頁13。

用一個標準聲音系統做國語的。〔註65〕

自元、明以來，北方官話音系長時間的使用和流行，已經形成了一個穩定的系統。無論是當代編修的韻書（例如《中原音韻》），或是民間流行的押韻形式（例如「十三轍」〔註66〕），都反應了實際的語音狀況，也非常接近我們現代音。因此現代北平音系在眾多條件的聚合下，具備了作爲國語的優勢。〔註67〕

標準語因應時代而變遷，韻書也勢必得重修。民國三十年，由魏先生、黎錦熙、盧前和蕭家霖等編訂的《中華新韻》，宣告完成。魏先生說：

〔註65〕見〈「國語運動在臺灣的意義」申解〉《魏建功文集》第肆輯，頁306～308。

〔註66〕林燾、耿振生說：「清代北方戲曲、曲藝界流傳著一種『十三轍』，是民間藝人編寫、演唱各種戲曲和曲藝的用韻系統，僅在藝人中間口耳相傳，一直沒有出現正式的韻書，被稱爲『有目無書』的韻部系統。由於是口頭流傳，轍名用字和排列順序都有不同的說法。」根據北方俗曲的用韻，「十三轍」的韻目、韻母包括發花、梭坡、乜斜、懷來、灰堆、遙迢、尤求、一七、姑蘇、言前、人辰、江陽、中東。林、耿二氏又說：「除以上十三轍以外，還有兩個用兒化韻構成的『小言前』和『小人辰』轍，是由兒化後韻母變成同音的各轍合併成的。例如『玩兒』和『花兒』、『牌兒』可以押韻，說明兒化後的言前轍、發花轍和懷來轍應該合併，都屬於『小言前』轍。京劇和北方的地方戲以及曲藝都尊奉十三轍，但分類和歸字並不完全相同。從總體上看，十三轍能夠反映出民間的押韻規律，對瞭解清代以來北京話韻母的特點和變化是重要的參考資料。」見《聲韻學》，頁351～352。

〔註67〕例如林清江先生說：「北京話定爲標準語的主要理由爲：（1）使用範圍最大，人數最多，普及較易。（2）已產生大量文學作品及韻書，有充分學習資料。（3）音素簡單，只有二十一個聲母，十六個韻母、四個調。中國所有的方言，沒有比它更簡單的。音素簡單，學習也比較容易。」見《國語推行政策及措施之檢討與改進》，頁16。竺家寧先生認爲國語是以北方官話爲基礎，自然形成的全民語。竺先生說：「第一，北方官話使用的人口最多，通行的區域最廣。由東北的黑龍江濱到西南的雲南邊境，說話的口音都大同小異（其中包含了西南官話。）第二，北方音的語音系統簡單易學。例如韻母方面，國語只有三十多種，客家話、福州話都有五十多種，廣東話更高達七十多種。聲調方面，國語有四類，閩南話有七類，廣東話達九類。第三，北方一直是中國的政治中心。在北京建都也長達千年之久，隨著政治力量的延伸，北方音遂成爲最有勢力的語言。第四，明清以來盛行的白話小說往往都是依據北方語言寫的。無論南北的人都喜歡閱讀，無形中助長了北方語言的影響力。」見《聲韻學》，頁69～70。王天昌先生則歸納爲「語音清晰有理」、「流行區域廣大」和「文字實錄眾多」等三項，見《國音》頁8～9。

> 作詩用韻而完全奉韻書爲準則，是始於宋朝。……因爲考試用韻須根據韻書，而科舉時代一般人作詩的目的又在獵取功名，所以，自然而然的，一般詩人都根據韻書押韻。久而久之，變成了作詩非用韻書裡的韻不可了。其實這些韻書裡所收的韻，只不過是一種韻類——寫在書中的標準，在編排時並沒有注意到韻值——各地的方言和時代的音變，因此，在當時用起來已經有些地方不適合，現在我們用起來便感到不方便，實有重新訂定的必要。……《中華新韻》所收的字大半曾見于舊有韻書，但讀音完全以現在的自然國語爲標準。〔註68〕

北平是政治文化的會聚地，北平語（魏先生或稱爲北平音系）混和成許多方言夾雜，自然形成的都會語言。魏先生說：「大凡一個語言標準系統的成立，乃是許多不同語系的人薈萃在一處，互相融合，竭力推置，不知不覺，去泰去甚，把語言的音素選拔出最便易的，將語言的組織鍛鍊成最簡明的；所以都會最久的地方語言系統聚的最複雜，混合而成的標準卻最易於溥及四方。」〔註69〕並假定北平語系是大部分漢人方言的混合，時間可上推至遼。

從《中原音韻》到今日，約六百多年間的聲韻變化，魏先生列出有十四條重要原則及其演變結果：「1、濁聲母除了鼻聲和分聲一律消失。2、鼻聲的一部分消失，一部分合併。3、腭化的聲母發達而獨立。4、陽聲韻合併爲兩類。5、入聲韻消失爲陰聲韻。6、陰聲韻盡量分析，特別立母。7、同化作用的元音發達。8、後元音多於前元音。9、三合元音規則化（其中亦有二合元音）。10、附加聲母的入聲韻字派進陰聲韻的平上去三聲。11、平聲分成兩類。12、上聲字一部分分進去聲。13、去聲字不變。14、語音中間有變調。這樣的結果就是二十一聲類，十八韻類，四調類（帀韻實是兩類，調類名五實四）。由那些原則仔細分析成這個系統乃是我們今日所謂的『北平音系』。」〔註70〕按照《國音簡說》〔註71〕，製成表格如下：

〔註68〕見〈關於《中華新韻》——1942年7月在中央大學的講演〉《魏建功文集》第壹輯，頁634。

〔註69〕見〈張洵如《北平音系十三轍》序〉《魏建功文集》第貳輯，頁297。

〔註70〕見《魏建功文集》第貳輯，頁295～309。

〔註71〕見《魏建功文集》第壹輯，頁628～631。

國音聲母		雙唇聲		唇齒聲	舌尖聲		舌根聲	舌面聲	翹舌尖聲		平舌尖聲
		清	濁	清	清	濁	清	清	清	濁	清
塞爆聲	不送氣	ㄅ			ㄉ		ㄍ				
	送氣	ㄆ			ㄊ		ㄎ				
塞擦聲	不送氣							ㄐ	ㄓ		ㄗ
	送氣							ㄑ	ㄔ		ㄘ
鼻聲			ㄇ			ㄋ					
通聲				ㄈ			ㄏ	ㄒ	ㄕ	ㄖ	ㄙ
分聲						ㄌ					

國音韻母	
單純韻	ㄧㄨㄩㄚㄛㄜㄝ
複合韻	ㄞㄟㄠㄡ
附聲韻或聲隨韻	ㄢㄣㄤㄥ
聲化韻	ㄦㄭ

國音元音舌位	舌後韻		舌中韻	舌前韻	
	圓　唇	展　唇		圓　唇	展　唇
舌升韻	ㄨ			ㄩ	ㄧ
舌半升韻	ㄛ	ㄜ	ㄜ		ㄝ
舌半降韻					
舌降韻		ㄚ			

結合韻之配對組合												
開口		ㄚ	ㄛ	ㄝ	ㄞ	ㄟ	ㄠ	ㄡ	ㄢ	ㄣ	ㄤ	ㄥ
齊齒	ㄧ	ㄧㄚ	ㄧㄛ	ㄧㄝ	ㄧㄞ		ㄧㄠ	ㄧㄡ	ㄧㄢ	ㄧㄣ	ㄧㄤ	ㄧㄥ
合口	ㄨ	ㄨㄚ	ㄨㄛ		ㄨㄞ	ㄨㄟ			ㄨㄢ	ㄨㄣ	ㄨㄤ	ㄨㄥ
撮口	ㄩ			ㄩㄝ					ㄩㄢ	ㄩㄣ		ㄩㄥ

根據魏先生所列十四條原則與演變結果，推論如下：

１、國語單獨音位裏沒有濁的塞音和塞擦音，但ㄖ（ʐ）是保留下來的。

2、鼻音聲母：舌根鼻音兀（ŋ）已消失，舌面鼻音广（ȵ）與ㄋ一合併。

3、ㄐㄑㄒ三個顎化聲母獨立出音位。

4、中古音陽聲韻-m、-n、-ŋ 韻尾，到現代音時山臻兩攝仍然保持-n，曾梗通宕江仍保持-ŋ，而深咸兩攝的-m 尾轉變爲-n。

5、入聲韻的輔音韻尾-p、-t、-k 已消失。

6、陰聲韻的析分：如《中原音韻》的歌戈韻分成ㄛ、ㄜ兩類，車遮韻分成ㄜ、ㄝ兩類，支思韻分成ㄝ、ㄓ、ㄦ三類，齊微韻分成ㄧ、ㄟ兩類，魚模韻分成ㄛ、ㄩ兩類。

7、元音受同化作用的影響，如「耶邪且」等，韻母本讀作-ia，國語讀作-ie；「艱閒眼」等，韻母元代本讀作-ian，國語變作-ien，是 a 受前面的 i 同化而影響，發音部位向前靠近。〔註 72〕

8、後元音數量不見得比前元音多。以單純韻來說，ㄜ具有央元音 ə、後元音 ɤ 兩種元音性質；ㄚ，魏先生歸爲後 ɑ，然而實際上拼合時，ɑ 則隨著前後音素同化而移動（如ㄞ ai、ㄚ A、ㄤ ɑŋ）。另外還有ʅ、ɿ、ɚ 三個舌尖元音也得一併列入計算，故前元音數量甚至多於後元音。

9、三合元音固定以介音ㄧㄨㄩ拼合複元音。

１０、中古入聲至國語時併入平上去三調，大致上入聲次濁字變成國語第四聲；全濁字多數變成國語第二聲，少數變成第四聲；清聲字分入一二三四聲。

１１、即平聲分爲陰平、陽平聲。

１２、中古上聲的全濁聲母變作國語去聲。

１３、中古去聲字全變爲國語去聲。

１４、語音變調如兩個上聲字相連的連音變化，第一個字的聲調變作陽平調。

無論從各種角度看來，這些變遷囊括了古今南北的特質，使國語在吸收了各地方言的養分之後，成爲一種與時俱變，最爲簡易，並爲大眾所認可通行的官話。證明國語是兼容並蓄的。

〔註 72〕見《聲韻學》，頁 53。

標準國語是純粹雅言的演變，誠如魏先生說：

> 按著「客隨主變」的慣例，在國際間的交際上，從「主權」以及「地位」的關係，倒是應該互相尊重，兩方面的語言要有同樣行使的權利和機會；若是大家共同選擇一種語言來做雙方表達意思的工具，就顯得更加「開誠布公」些。所以，理想的大同世界一定會有用共同了解的一種聲音系統做語言的一天。根據這樣的意義，人類的若干界限要逐漸消除，文化就這樣交流起來。我們中華民族歷史之長，散佈之廣，無須多說，其中互相表達意思的工具，在聲音的系統上，實實在在都有脈絡相通的關係……這樣長的歷史和這樣廣的散布，中間發生了若干交流的變化，逐漸消除了許多隔閡，在語言方面是共同選擇了一種大家應用最方便的聲音系統，順著大家共同方便的組織習慣，來表達意思，就是「國語」的正確性質。我們可以說這種標準的國語條件是聲音系統和組織習慣是全國人民最方便使用的。〔註73〕

國語的選擇建立在以最簡便的方式，達到溝通及交流的效果，並賦予了民族文化的傳承意義，帶出了國語推行的正當性及其理想。

三、制定教學方法

國音的教學必須考量環境的需要而因時、因地制宜，擬定不同的教學策略。語言的學習，不外乎聽、說、讀、寫等。魏先生注重口語和朗誦的作用，讓使用者自然而然地熟悉語音。〔註74〕語音是口語中最基礎的要項，掌握了語音，

〔註73〕見《魏建功文集》第肆輯，頁308。

〔註74〕如朱自清先生說：「黎錦熙先生提倡國語的誦讀教學，魏建功先生也提倡國語的誦讀教學。魏先生是臺灣國語推行委員會主任委員。他爲『中國語文誦讀方法座談會』的事寫信給我，說『台省國語事業與國文教學不能分離，而於誦讀問題尤甚關切。』黎先生也曾說『訓練白話文等於訓練國語』，因而強調誦讀教學。黎先生的話和魏先生的話合看，相得益彰。在語言跟國語大不相同的臺灣省，才更見出誦讀教學的重要來。國語對於現在的臺灣同胞差不多是一種新的語言；學習新的語言，得從『說』入手；但是要同時學習『說』和『寫』，就非注重誦讀教學不可。誦讀教學在一般看來是注重了解和寫作，黎先生的意見，據報上所記，正是如此。魏先生似乎更注意誦讀對於說的效用，就是對於口語的效用。這一層是我們容忽

便可提昇語言學習及語文能力。魏先生的國音教學方法可分為下列幾種：

（一）方言教學法

日據時期的日語教育長達五十年，臺灣光復之後，欲推行國語，無論是從語音或是語法著手，都要重整最基本的語言結構。臺灣匯集了各種不同的漢語方言，亦屬於閩南方言區，和以廈門為中心的閩南話基本上一致。從方言中對照並學習，是一種執簡馭繁的方法。魏先生〈何以要提倡從臺灣話學習國語〉中說：

> 受日本語五十年的侵染，教育文化上如何使得精神復原，這才是今日臺灣國語推行的主要問題，這才是整個的，核心的，百年大計的。……我們主張從臺灣話裏學習國語，並不是一種特殊辦法，在現在的情形裏卻是一種顯得特殊的主張。〔註 75〕

文中舉出九種光復初期的語言使用現象：第一、寫文章，多少有受一點日本語法的影響。第二、認國字（漢字），幾乎全是日文裏的漢字觀念。第三、學國語受日人語音的影響，也大半採用日人學中國話的方法。第四、說臺灣話沒有說日本話方便。第五、在交際場所往往不知不覺要使用日語，即是日人所謂「挨拶」的時候都要說日語。第六、因為臺灣話與日本話關係疏遠，因而對於國語的感覺也疏遠。第七、因為日本話的標準訓練，養成很自然的日語標準習慣，對國語沒有絕對標準頗感困難。第八、臺灣話用詞與國語相同，卻不清楚國語的用詞詞彙。第九、沒有從方音自然復原對照現象國語的觀念。可見得日語已經根植於生活中，要恢復漢語體系，無非要採取更有效的教學策略。

漢語方言對於國語的學習是非常有利的。除了日語之外，方言仍是作為廣泛的日常用語。魏先生透過各種媒體，闡述國語教學的概念，也說明了方言的效用。如〈學國語應該注意的事情〉說：

略的。我們現在學習外國語，一般的倒是從朗讀入手，這是事實。照唸的『說』出來，雖然不很流利，卻也可以成話。這可見誦讀可以幫助造成口語。但是我們學習國語，一般的是從『說』入手。這原是更有效的直接辦法。不過在臺灣這種直接法事實上恐怕一時不能普遍推行，所以就是撇開『寫』單就『說』而論，也還得從誦讀入手。我猜想魏先生的意思是如此。」見《讀寫指導》，頁 11～12。

〔註 75〕見《魏建功文集》第肆輯，頁 319～320。

> 臺灣話的閩南語系統和客家話系統都是祖國語音的一種，使用這些祖國語音的全省人口約有六百萬。在這過去五十一年中間，日本政府的力量，把我們這些祖國語言推擠回到家庭使用，實造成中年以下的青年人少年人漸漸不會說，是從不許自由使用變成不會自由使用的地步！〔註76〕

這六百萬人的總數自然是廣義的使用漢語方言的人數，包含閩南語、臺語、客語……等。這些方音和國語在聲音上都是可以對照並且類推的。魏先生又說：

> 就像臺灣話的「話」字國音念「ㄚ」韻，臺灣話念成「ㄝ」，其他念「ㄚ」的國音多半臺灣語裏也念「ㄝ」，於是乎我們對於龍蝦的「蝦」，上下的「下」，春夏的「夏」，牛馬的「馬」，把守的「把」，扒高的「扒」，手帕的「帕」，住家的「家」，加減的「加」，眞假的「假」，牙齒的「牙」，書架的「架」，綫紗的「紗」……都可以知道是念「ㄝ」韻的。……我們恢復了母語，可以補救國語一時不能普及的缺陷，同時也可以增加應用國語的啓示。同是祖國一系的語言，很多相同的地方，先知道了相同的，再研究不同的，大部分的話就說成功了。〔註77〕

方言的對照學習方式可以降低國語教學的難度，並且有一定的規律可供類推。因此，從臺語和國語比較對照學習標準音，是魏先生大力推廣的語言學習法。

（二）注音符號教學法

注音符號是一種科學的國音標注法。林慶勳先生說：

> 教育部在民國七年十一月二十三日，正式公佈注音符號時原名叫「注音字母」，共有三十九個，比現在的三十七個多「万」[v-]、「兀」[-ng]、「广」[-ŋ̥]三個聲母，少「ㄜ」[ɤ]一個韻母。民國九年由多數專家討論，最後決議由「ㄛ」[o]中分出「ㄛ̇」，但是ㄛ上面的圓點書寫不便，容易與其他調號相混，因此改爲「ㄜ」，至此注音字母一共有四十個。民國十九年國語運動前輩學者吳敬恆先生建議，「字母」僅

〔註76〕見《魏建功文集》第肆輯，頁341。該文原爲1946年7月11日於電台之廣播詞。

〔註77〕同上注，頁341～342。

在注音不可造字，不宜稱爲「注音字母」，應改稱爲「注音符號」，此項建議旋即受到採納定案。而前述万、兀、广三個聲母，因不適合北平話爲主的國語注音所需，漸漸的自然而消失……因此今天通用的國語注音符號，加減之後實得三十七個，即聲母二十一、介母三、韻母十三。〔註78〕

由此可知，注音符號是經過不斷修訂，並能配合國語特色以及性質、有利於教學所使用的科學工具。魏先生藉由民國二十三年國語會行政調查工作中的實驗報告，由教學理論，說明注音具有可分析性。報告中陳述河北省定縣平民教育促進會，對一般民眾施行的語文教學法及其成效。魏先生說：

他們實驗的兩種方法，成爲教學注音符號先綜合後分析的原則。一不用教學字母和拼讀，直接教以四百十一個陰平字符；二改「聲母」拼「結合韻母」爲聲介合母與「韻母」連讀。原來注音符號多少有些分析性，我們可以按照純音理教學拼音，把聲母的「名稱」和「價值」分開來。ㄅㄆㄇㄈ不管把名稱讀做「ㄅㄜ　ㄆㄜ　ㄇㄜ　ㄈㄜ」或「ㄅㄛ　ㄆㄛ　ㄇㄛ　ㄈㄛ」，拼音的時候後面的ㄜㄛ並不發生作用，然後拼韻母然後拼韻母才可以正確的讀出音來。……在臺灣教學注音符號是否要用分析法下手，倒成問題。我們還是利用假名的綜合性與中國切音雙拼慣例混合起來教呢？或者按照純音理的分析教學呢？實驗報告的第一種方法，可以答復這個問題。〔註79〕

〔註78〕見林慶勳：〈注音符號的回顧——漢字標音方式的發展〉《國文天地》1989年10月5卷5期，頁21。

〔註79〕原文說：「尋常教注音符號，多半讓學生先習聲母的名稱，再習韻母的讀音，然後教學拼音，最後教給他們辨讀平上去各聲的方法，這樣的教學，對於習過西文的人，也許可以用；但施之於一般無拼音訓練的民眾，失敗乃是當然的事。因爲學生將聲母名稱，高聲朗讀，熟記以後，至拼音時，例如ㄆㄠ，他們便依照讀字的習慣，讀成ㄆㄛㄠ，要想他們拼成『拋』，終歸不可混；三拼尤感困難，例如ㄇ拼一拼ㄢ，他們只會朗讀ㄇ，一，ㄢ，或者讀成ㄇ，一ㄢ，甚至於讀出與此三母毫無關係的一個音來。教學一兩個月之久，學生中能讀音正確者固然也有，可是他們都是隨著教員之多少次教讀而熟習，並非眞正了解拼法，而能自行拼讀。與其如此，何不直接教以國音中的四百一十個陰平字音，如ㄅㄚ讀巴，ㄆㄠ讀拋，ㄅ一ㄢ讀邊，既可免教學字母的麻煩，更可免教學拼音的困難！」這個方法對於不

爲了凸顯聲母特徵而搭配的韻符，其實不具辨義作用。張博宇先生說：

> 在聲上拼的韻音，本來拼哪個都可以，目的是使人聽的清楚，但是也有一定習慣和傳統，不能任意的呼讀，我們的聲符讀法是：ㄅㄜ、ㄆㄜ、ㄇㄜ、ㄈㄜ……到了民國二十一年，採用北平音爲國音，北平音ㄅ、ㄆ、ㄇ、ㄈ不和ㄜ相拼，爲實用上方便起見拼ㄛ，讀做ㄅㄛ、ㄆㄛ、ㄇㄛ、ㄈㄛ；實際上的音值是ㄅㄨㄛ、ㄆㄨㄛ、ㄇㄨㄛ、ㄈㄨㄛ。〔註80〕

唇音聲母ㄅ、ㄆ、ㄇ、ㄈ性質本爲輔音，讀時加上元音，以輔助發聲。讓不帶音的輔音清聲母音符帶音，只是利於辨認，沒有實際的意義。拼合時只取p-、p'-、m-、f-等特徵，輔助發聲的O或ɤ，並不加入拼切或另成一音節。無論ㄅㄆㄇㄈ的讀法是輔音後帶O或帶ɤ，都不影響影響拼合概念；存在兩種讀法，而這種差異並不影響聲韻拼合的判斷。

相較於一個聲符與一個韻符的兩拼，聲符、介符、韻符三拼在學習上是複雜的。注音符號三拼有多種學習方式。魏先生說：

> 實驗報告的第二種方法，是兩種辦法的比較。我們姑且分稱甲和乙：甲，聲符拼結合韻符　如ㄍ·ㄨㄤ是「廣」。乙，聲介合母拼韻符　如ㄍㄨ·ㄤ是「廣」。乙法便是十八課「沽」「骯」的連讀，甲法例便是十八課「歐」與附課「汪」的連讀（都要念上聲）。依照國語發音學分析音素，我們知道甲法有根據；然而中國文字切音的習慣又指引我們有乙法的成功，其實是國語運動前輩經驗出來的。〔註81〕我

懂拼音和學不會拼音的人未嘗不是一種「直接」教學法，想來總要有一個條件，就是原本會發國音或與國音系統相近的聲音，現在用之於臺灣卻有問題。假使有人教人的國音，明白分析拼音法又明白聲符讀法與名稱的分別，傳習的結果，見效稍緩，正確較難，但一旦成功是極標準而合理想的。否則，自己不明白，千萬別蒙蔽學習的人！見《魏建功文集》第肆輯，頁337～338。

〔註80〕見張博宇編：《國語教學的理論和實際》（臺北市：臺灣書店，民國五十九年），頁157。

〔註81〕原文云：「去年（按是民國二十二年）二月間，研究王照的官話字母，發見它的一個長處，就是有許多字不需拼讀，指須連讀。例如拼一『面』字，只須將『米』『安』兩音連讀，便讀成『面』音。本會（按指平教會）四年前（民十九）教學注音符

們可以了解甲法與前面講的分析法還相類似，例如ㄇ，ㄧ，ㄢ改成ㄇ，ㄧㄢ，這ㄇ與ㄧ之間的分析成份依然存在；ㄇㄧ，ㄢ就把問題的部份解決了。我們從學理的根據，甲法已成為國語界正則的教學法，而乙法就稱為「折衷法」。

正則法是先拼結合韻，熟悉音讀後，再搭配聲符；「折衷法」，是相對於甲法，而有所變通，所以稱作折衷，其實是先將聲母與介音拼合，再搭配韻符。提倡的代表人物為王照，故又稱王小航法。

王照先以聲介合符，如ㄅㄧ、ㄆㄧ、ㄇㄧ……等，聲母先與介母拼合。優點是可以先把學習上聲符造成混淆的韻音ɤ去掉，例如「憋ㄅㄧㄝ」，不致於拼成ㄅㄜㄧㄝ。然而，有幾種結合韻音讀產生了變化，影響了實際音值。這些音變在聲介合符法中無法突顯出來，如ㄧㄢ、ㄧㄣ、ㄧㄥ、ㄨㄥ、ㄩㄢ、ㄩㄣ、ㄩㄥ等。〔註82〕如欲拼ㄅㄧㄢ、ㄅㄧㄣ等音，ㄧㄢ ian 變成 ien，ㄧㄣ iən 變成 in。兩種拼法下的結果，ㄅㄧ拼ㄣ和ㄅ拼ㄧㄣ不同，ㄅㄧ拼ㄢ與ㄅ拼ㄧㄢ不同。是以聲介合符法和正則法都存有類似的矛盾情形。於是又有蕭家霖發明的介音重用法，聲介母先結合為ㄅㄧ，介母再與下連成結合韻ㄧㄢ，二者連讀，結合為ㄅㄧㄢ，介音在聲與韻當中都重用一次。無論是正則法、聲介合符拼音法或是介音重用法，都必須先明白結合韻的變化與省略。正則法的拼合方式較適合

號，曾因用三拼法而有一次的失敗，以後實驗學校都改用『聲母』與『韻母』或『結合韻母』的兩拼法。實驗結果：學生的資質在中等以下的，初學時多少還有點困難，如ㄇ拼ㄧㄢ，必須ㄇ－ㄧㄢ，ㄇ－ㄧㄢ……拼讀多次之後，方能發出ㄇㄧㄢ音。此法之未能盡善盡美，無可諱言。這次，許多實驗學校所用的教學方法，是把『結合韻母』改為『聲介合母』，就是把ㄧㄨㄩ三母，與聲母結合為一，如ㄆㄧ，ㄇㄧ。例如讓學生拼讀『飄』『面』兩字，將ㄆㄧ，ㄠ兩母和ㄇㄧ，ㄢ兩母寫出，便連續快讀下去，就可讀成『飄』『面』兩音。」《魏建功文集》第肆輯，頁339。

〔註82〕發生音變的原因，例如：(一) 韻母的歸併。歷來韻書「曾」「梗」「通」分攝「庚」「青」與「東」「冬」分韻，本不相混，至字母切韻要法，併成了一個「庚」攝。五方元音併成了一個『龍』韻，國音沿其習慣，併為一個「ㄥ」韻，於是混合起來。庚青蒸為 iəŋ、yəŋ，東冬為 uoŋ、ioŋ，讀音有所改變。(二) 鄰音的影響。舌位升高，如 ian 變成 iɛn。元音併呑，如 iəŋ 變成 iŋ 等等。見《國語教學的理論和實際》，頁198。

結合韻的學習，因此提倡以此爲主者較多；〔註 83〕折衷法也有其特色與優點。因此魏先生主張兩者可以互相輔助，降低注音符號拼讀教學的困難。

（三）聲調教學法

民國七年公佈注音字母時，仍是依照陰平、陽平、上、去、入等圈點法標記調類，並沒有規定實際調値、音高與長短等，各地方言的調類即便一致，音高也不相同，導致「國音鄉調」的情形。民國九年至民國十一年，廖宇春、趙元任、黎錦熙等主張以北京聲調爲準；國語聲調的一、二、三、四聲，即定爲陰平、陽平、上聲和去聲。「國音京調」的標準確定，意味著學習與推廣的重要。黎錦熙先生論國音聲調的學習，說：

> 我們說國語時，個人把固有的讀音和聲調完全根本取消，全照著學說外國話的樣子去學說純粹的北京話，那倒也沒有問題。然而這一定要小孩子們或不識字的人們才辦得到……至於那些把漢字已經運用得純熟了的人們，在學習「母語」以外的本國語言時，常是把彼此公用的文字做依靠，而對於這種語言，一定要發生紬繹、剖析、類比等種種的心理作用。〔註 84〕

國語在臺灣面臨的主要推行問題是日語觀念的突破；教學對象是具備固有語言觀念的社會大眾，而不是學童。魏先生對於聲調問題，採取一種自然學習的方式，而不是「四聲」的規範排比。〈談注音符號教學方法〉說：

> 無論正則法與折衷法，有一件事是同樣的，就是聲調的教學不單獨另教。從前舊學房的老師要教學童做對字時，把口頭上自來有的四聲依次朗讀，教人調四聲，是先有字音的觀念不過加以練習，辨別平仄而已；學習語言不應該有什麼一二三四聲觀念去死排。一個小孩學習說話並不要單練一二三四聲，他的母親或保姆也許都不識字

〔註 83〕如黎錦熙先生說：「在以前，如王勞兩家都主張要『結合聲母』而不要『結合韻母』；（如「ㄅㄨ」「ㄆㄨ」「ㄇㄨ」……「ㄅㄧ」「ㄆㄧ」「ㄇㄧ」……「ㄋㄩ」「ㄌㄩ」……勞氏所謂『分等（ㄧ，ㄨ，ㄩ）於母（聲母）』而不『分等於韻』是也。）教學上固然可以隨便，系統上却以『結合韻母』較爲簡明而合於音理也。」見《國語運動史綱》，頁 85。

〔註 84〕同上注，頁 103～104。

> 也不會教他四聲，但是四聲在婦孺嘴裡是與整個聲音一同分不開的。日本人把我們學究調聲的方法用來教話，結果造成一種「找」四聲的惡習。在臺灣，我們聽到許多人不能在口耳之間純熟的分別四聲，教人時候只是呆板的含糊的調聲，並且老要交代一句「第幾聲」！中國人對聲調從來沒有編過號，有的也只是外國人這樣辦法，威妥瑪（T.Wade）開端，日本人抄襲。〔註85〕

日語沒有調值的高低區別，所以對慣用日語的人來說才會有「找」四聲的習慣；漢語四聲規範的建立是從朗讀、辨別平仄開始。魏先生又說：

> 標準語裹只有「陰陽上去」以及「輕」；現在有人居然把「輕聲」也給編號「第五聲」，大錯！實驗報告裏說：「至於辨別聲調方面，在開始教學『聲介合母』時，就讓學生們練習。例如第一次教的是ㄐ一，同時把『急』『幾』『季』三聲都教給他們，不要跟他們說什麼陰陽平上去，也不用提什麼第一聲，第二聲，……只教給他們讀『幾』時所附的記號是個甚麼，又讀『季』時，所附的記號是個甚麼。這樣的練習一個星期，他們就能自動的辨聲。有時候比教的人還來的正確。」這一種教法，就是先綜合，讓學者熟語以後再加分析。〔註86〕

由「ㄐ一」而「急」、「幾」、「季」的練習法，橫向結合了字音與字形的判斷，而非縱向的先從調值的音高判斷才帶入單字裡。這種學習法近似於陰陽上去的四字句次序排列學習，例如「三民主義」、「飛簷走壁」、「光明璀璨」等，是一種綜合的教學方式，不限於漢語方言，熟悉之後學習者便可自行分析聲調規律。因此魏先生反對刻版的調音，鼓勵自然的字音字形學習。〔註87〕

〔註85〕見《魏建功文集》第肆輯，頁339。

〔註86〕見《魏建功文集》第肆輯，頁337～340。

〔註87〕如張博宇先生說：「練習國音，最好照標準國音的四聲讀，但是在國語運動史上，對於四聲這個『字調』問題，原有兩種辦法：一、國音國調，就是照標準國音（北平）的四聲，這個不過是最好而已，並不是一定要如此，並不是非如此不可。二、國音讀鄉調，就是各照本地本鄉（例如蘭州天水等）自然的四聲讀……用國音練習四聲譜，如『中華史地』，『徵文考獻』，『天文好記』，『呼朋引類』等句，來練習國音音調固然『最好』，用來練習『國音鄉調』也一樣的適宜；因爲中國字的四

四、辨別日語隔閡

1895年日本佔領臺灣後，不斷強制推行日本語。日語在當時的臺灣佔有特殊的地位，是「主態語言」。〔註88〕

民國三十四年（1945）十月二十五日臺灣光復時，三十歲以下的人，對於國語、國字、閩南話或客家話的使用，都不如日文來的方便。方祖燊等先生說：「當時臺灣推行國語，目的不止使台胞會用國語說話，最主要的還是臺灣在日本佔據了五十年後，如何使我國固有的文化與民族的精神，在台胞的心中重新恢復？」〔註89〕魏先生也說：「保存母語，推行國語，成了光復以後的雙重責任，這不過是一種原則，意義在：恢復民族意識，建設學習心理。」〔註90〕從民族文化層面爲出發點，推行國語確實有更宏大的遠程目標與理想。

從恢復母語開始，改革五十年來的日語教育，再學習國語，才能循序漸進，發揮效果。方祖燊先生說：

> 日語對台胞的影響很大，年輕人當時只知日語日文，說臺灣話也變了質；老年人雖會說流利的臺灣話，「用孔子白」（讀書音）來讀中國古書，極大多數也不會講國語。要在這樣的環境推行國語，當然很困難。不過臺灣方言害國語是同系的語言，語法用詞，大同小異，語音雖有差異，仍有痕跡可尋……所以由比較台語來學習國語，比較容易。〔註91〕

爲求改變日語的使用習慣，相較之下，民眾對於閩南方言地熟悉程度較國語來的高。從比較的方式，瞭解方言與國語的差異，可以提高學習效率，自然也能改變過去以日語爲主的語言習慣。

聲字應屬某聲，早已規定在一千四五百年前（南北朝齊梁之際）……都是一致的，這叫『調類』，書面上的調類，雖然規定得很早，統一得很廣，但是各地各鄉實際的讀法，有顯著的不同，這叫『調值』。口頭上字的調值，雖然如此分歧，如此不統一，但是某字應屬某聲，所謂調類，仍舊是整整齊齊……所以『陰陽上去』四聲的練習，任何『鄉調』都能適用。」見《國語教學的理論和實際》，頁226。

〔註88〕見〈臺灣光復後的國語推行運動和《國音標準匯編》〉，頁1。

〔註89〕見《六十年來之國學》第二冊，頁538。

〔註90〕見〈何以要提倡從臺灣話學習國語〉《魏建功文集》第肆輯，頁321。

〔註91〕見《六十年來之國學》第二冊，頁538～539。

論日漢之間的聲母性質以及聲調差異，魏先生說：

> 本省經過一番假名練習，很能仔細分析發音，所以將來讀音之劃一正確，也無疑的可以辦到。從大家認眞辨音的事實上，我們卻發現幾點受日本語影響而不能分辨的現狀。……第一，我們中國語各個方言裏頭都把送氣音和不送氣音做發音的基本分別，國語如此，臺語也是如此。所以ㄅㄉㄍㄐㄓㄗ不送氣都有送氣的ㄆㄊㄎㄑㄔㄘ相對著，這在西洋語文就往往相混而不分，日本語更顯奇怪：他們的カタ實在是送氣的音相當我們的ㄎㄊ，ガダ濁音才不送氣可也不是ㄍㄉ；但是日本人學習中國音硬把カタ派做對照我們ㄍㄉ的不送氣，另外特別標明送氣的ㄎㄊ用カ.和タ.表示。……其次，中國語任何地方都有聲調，存在個人嘴裡，無需另外尋求。這種聲調各地方不同，但是每一聲調的類目大家依著上代傳來的，絕對相同。「中華語調」「高揚起降」「三民主義」「他來你看」「陰陽上去」「風颱很大」「梳頭洗面」「非錢可辦」「天然景致」「開門引路」，這十組排列，凡第一字各地都屬陰平，第二字都屬陽平，第三字都屬上，第四字都屬去，盡管甲地陰平字念得和乙地去聲相同，而乙地陽平和甲地陰平相顛倒。我們不比日本人，他們語言裏沒有聲調，所以把我們的聲調，提出來很嚴重的呆摳！……我們嘴裏發種種不同的聲調是很自然的，應該從自家的讀法對照對照，也無須像日本人那樣。〔註 92〕

日語的語言特徵無法直接與漢語對應。史存直先生說：

> 一個民族在借用其他民族的詞語的時候，一般只是用本民族所固有的音類來代替其他民族的音類，並不能像語音學家那樣，用精密的音標把其他民族的語音記錄下來，所以通常不稱爲「記音」，而稱爲「譯音」或「對音」。既然如此，「譯音」或「對音」一般地說來就只能和「原音」有一定程度的近似，而不能完全相同，完全相同是偶然的。換句話説，「譯音」或「對音」能把「原音」的類別劃分清楚就算不錯的了，有時甚至連「原音」的類別也會被搞混的……就

〔註 92〕見〈臺灣語音受日本語影響的情形〉《魏建功文集》第肆輯，頁 348～349。

> 《廣韻》的41聲類來說，其中的口腔音既有清濁的對立，又有送氣不送氣的對立。而日語的口腔音就只有清濁的對立，沒有送氣不送氣的對立，所以日本人碰到漢語中的送氣不送氣的對立就沒有辦法把他們區別開來，只好把它們混而爲一了事。這種混而爲一的情況是比較明白，容易看得出來的。〔註93〕

日語缺少不送氣清聲母，並且是沒有聲調的語言。不同民族，不同的語言系統譯音時出現音值的差異，是必然的現象，由此可以證明日語和漢語方言語支間的關係是較爲疏遠的。

論由聲韻史料和方言對照通曉語音系統之流變。魏先生說：

> 「標準國語跟臺灣方言中間的脈絡」（原辭）上面我說的意思，是說明國語是跟各地方言土語中間血脈相通的一種簡潔明瞭當得起全國人民開誠布公用的語言系統。這更不用說，日本東京話的聲音和組織的兩項系統，都跟我們不同，只配做他們自己國家的國語。（申解）因爲國語包括聲音形體和組織，方言和它之間的差異只是聲音。例如，國語裏把所有的鼻音僅僅留存了雙唇的「ㄇ」和舌尖的「ㄋ」兩個，其餘的按著（1）改併到「ㄋ」裏來，（2）全行遺失念成韻的兩條路變化。我們有聲韻史料的反切系統可以探出線索；國語依照這系統，方言也是依照這系統。所以，當我知道了臺語有「ㄫ」和「ㄍ」的時候，我便可以按著我們的音韻系統能夠很快的懂得臺語「我」和它的多數所寫的「阮」字應該是什麼讀音了。這哪裏是不同系統的日本語所能辦到的呢？〔註94〕

從中古音到國語的演變，明泥二母仍保持鼻音，而疑母大部分消失，只有少數的三等開口字變作 n-（如逆）。是以中古型態保存在國音的鼻音聲母，本應有ㄇㄋㄬㄫ四母，ㄬㄫ卻已名存實亡。民國十一年（1922）國語會的第四次大會，徐昂、王璞主張廢除ㄬ母，併入ㄋ母，「泥」音以ㄋㄧ相拼；ㄫ母雖沒有在會議中主張廢除，但傳習之中，也漸漸消失於口語中。「我」字《廣韻》五可切，「阮」字愚袁切，皆屬疑母，中古聲母爲舌根鼻音 ŋ-。古音的痕跡保留在方音中，閩

〔註93〕見《音韻學研究》第二輯，頁176～177。

〔註94〕見〈「國語運動在臺灣的意義」申解〉《魏建功文集》第肆輯，頁309～310。

南音 ŋ-和 g-屬同一音位而互補的條件變體，ŋ-用在鼻化韻和鼻韻之前，g-不和鼻化韻、鼻韻相拼，ŋ-、g-同出於疑母，因此可以從切語以及發音特徵中類推聲母的讀法，這是書面材料反應漢語系統的特色。

論塞音韻尾在日譯漢音中的地位，魏先生說：

> 明明是「ㄊㄞㄅㄟˇ」（臺北）或是「ㄉㄞˊㄅㄚㄍ」（上國音，下臺音），偏偏要我們說「タィホク」；……（申解）日本語音不能獨立發一個音，所以我們字音的收聲尾的讀法，他們非用一個假名全音表示不可，臺北的北字所以就只有聯著「ウ」「ク」來注它的-k尾了。臺語有我們的方音注音符號可以表示得很正確。〔註 95〕

日語缺乏像漢語入聲以-p、-t、-k 塞音爲韻尾的語音形式，日漢轉譯時又必須保留漢語入聲韻尾的塞音，所以採用了相同輔音特徵的假名來標示-p、-t、-k。假名屬於音節文字，沒有單純表示音素 p、t、k 而不帶元音的。漢語入聲韻尾是唯閉性的後綴，用假名標誌入聲韻尾，就必須多出一個音節，和漢語不除阻的性質不相同，也讓漢字變成了多音節。「臺北」譯成 taihoku，北字的-k 尾，日語以ク ku 表示，〔註 96〕呈現了兩種不同語言之間的面貌。

論注音符號的拼切方式，不同於假名的接合方式。魏先生說：

> 日本假名根本不是分析的。我們中國的切音與假名絕不可以對照。本國內地很有人誤會以爲注音符號是仿造假名做的，也可明白了。以日本無法對照的拼切系統用教學假名的方法來練習，往往轉易爲繁，化簡爲繁。例如，注音符號的ㄦ，照日本人假名一來念成了アル，眞是可笑！臺灣人可以念ㄜ，由ㄜ再搭起舌頭來，說得很自然。這又是雖有假名辨音的訓練，方法系統不同卻反增加了困難。所以ㄆㄊㄎㄑㄓㄗ本是臺灣話語音有的，倒成了日本人一樣的困難聲音了！〔註 97〕

〔註 95〕見《魏建功文集》第肆輯，頁 310～311。

〔註 96〕王吉堯、石定果先生說：「入聲韻中，[-p][-t][-k]三系完全嚴整地在限於吳音漢音之中。[-p]韻尾吳音漢音均以[ɸu]對譯，[-t]韻尾吳音以[ti]、漢音以[tu]對譯，[-k]韻尾吳音一般以[ku]對譯，職韻以[ki]對譯，漢音一般也以[ku]對譯，少數三等韻（陌開、錫）和四等韻（錫）以[ki]對譯。」見《音韻學研究》，頁 217。

〔註 97〕見《魏建功文集》第肆輯，頁 337～338。

注音符號系統具有可分析性。例如：第一、聲母符號在發音時往往輔助以元音ɤ、o，是爲了利於辨識輔音，拼合時並不取它的ɤ、o加入音讀。第二、ㄓㄔㄕㄖㄗㄘㄙ等聲母可以省略韻符ㄭ獨立標示；ㄅㄆㄇㄈ等與ㄨㄛ拼合，都省去了ㄨ。第三、結合韻（如ㄧㄣ、ㄩㄣ、ㄧㄥ、ㄨㄥ、ㄩㄥ等）拼合時，實際音值產生變化。這些都是注音符號在標注時必須進一步瞭解的。注音和假名的拼讀法不同，也並非每個符號都成音節。又，日語中缺少ɚ音，因此必須以元音加舌尖音的兩個假名搭配標示舌尖元音。魏先生〈日本人傳訛了我們的國音〉一文說：

> 假名不能表現我們的國音，這不是一件隨便說說的事。若專以假名來做研究國音的工具，臺灣話裏沒有的音固然難學，臺灣話裏有的音也要變作不容易學的音。……像國音的ㄦ，日本語沒有這種讀法，從何可以正確呢？國音ㄦ……本是國音ㄜ韻被捲舌壓變化影響而成的。〔註98〕

日音用アール或是オール兩個音節表示，是屈就於與言對音的規則。

五、運用方音對照

閩南方言與國語同屬於漢語系中具有親屬關係的分支，通過方言和標準語的比較，列出語音對應的條例，並關注同一語言體系下的分化和發展，有助於推廣標準語的過程。魏先生於〈怎樣從臺灣話學習國語〉中，拿標題「怎樣從臺灣話學習國語」這幾個字爲例，從相同詞彙，說明國音和臺音之間聲調、聲母和韻母的異同。他說：

> 如果完全依照原來字面來用臺灣音說，我想與國語只是聲音上的不同，那麼臺灣人只要注意改用國音，不就一下便說成了國語嗎？反過來，知道國語的人如果注意改用臺灣音說，臺灣人自然也能明白。這就是推行國語的「統一語言」的意思。要從聲音對照上互相謀統一的途徑是第一件要緊的辦法。〔註99〕

音韻條件表列如下：

〔註98〕同上注，頁350。

〔註99〕見《魏建功文集》第肆輯，頁328。

調					
例字	國音	閩臺音	例字	國音	閩臺音
怎	上	上	話	去	下去
樣	去	下去	學	陽平	下入
從	陽平	下平	習	陽平	下入
臺	陽平	下平	國	陽平	上入
灣	陰平	上平	語	上	上

閩南語平、去、入各分陰陽調，上聲不分，故有七個聲調〔註 100〕。魏先生以上、下作爲閩南語陰、陽調的命名，「上平」即「陰平」，「下平」即「陽平」，以此類推。

聲									
例字	國音		閩臺音〔註 101〕		例字	國音		閩臺音	
	注音	音標	注音	音標		注音	音標	注音	音標
臺	ㄊ	t‘	ㄉ	t	學習	ㄒ	ɕ	學讀ㄏ，習同	h s
國	ㄍ	k	同	k	怎	ㄗ	ts	同	ts
話	ㄏ	x	無ㄏ	Ø	從	ㄘ	ts‘	ㄗ	ts

韻						
異同	呼	例字	國音		閩臺音	
			注音	音標	注音	音標
國、閩臺相同	開口	臺	ㄊㄞˊ	t‘ai	ㄉㄞˊ	tai
	合口	灣	ㄨㄢ	uan	ㄨㄢˊ	uan
	合口	話	ㄏㄨㄚˋ	xua	ㄨㄧrㄚ（ㄨㄝ）	hua ue
	齊齒	樣	ㄧㄤˋ	iaŋ	ㄧㄤr（ㄧㄨˇ~）	iɔŋ iũ
國臺同呼而音值不同的	齊齒	習	ㄒㄧˊ	ɕi	ㄒㄧㄅ	sip
	合口	國	ㄍㄨㄛˊ	kuo	ㄍ・ㄛㄍ	kɔk
國臺不同的	國開臺合	怎	ㄗㄣˇ	tsən	（ㄗㄨㄚˋ）	tsua
	國合臺開	從	ㄘㄨㄥˊ	ts‘uŋ	ㄗㄧㄫ	tsiɔŋ

〔註 100〕即陰平（第一聲）、上聲（第二聲）、陰去（第三聲）、陰入（第四聲）、陽平（第五聲）、陽去（第七聲）、陽入（第八聲）。因上聲不分陰陽，故第二聲與第六聲相同。實際爲七調。

〔註 101〕音值參照《漢語方音字彙》、《廈門音系》等。

	國撮臺開	學	ㄒㄩㄝˊ	ɕye	ㄏㄚㄍ	hak
	國撮臺合	語	ㄩˇ	y	ㄍ。ㄨ r	gu
	國撮臺齊	語	ㄩˇ	y	（ㄍ。ㄧˋ）	gi
	國開臺齊	怎	ㄗㄣˇ	tsən	ㄗㄧㄇˇ	tsim

根據本地較爲熟悉的漢語閩南方音，逐一將例字的國音和臺閩音各自分開比較，是一種便利的學習步驟。魏先生進一步把兩種語音做總合性的對應：

韻值除了入聲方言另成系統，有的完全相同，但因爲四聲的調值不全同也就不能知道他了。如果我們拿兩方面的讀法對照一下，也很容易辨別。例如「灣」字，國臺兩音差不多，那麼國音陰平臺灣上平也可以對照了念了。國音的陽平，臺灣沒有相當的；臺灣讀的陽平一類字調倒可以跟國音上聲對照，那麼臺灣人所念的「臺」字就可以拿來當作國音「歹」字的榜樣了。國音上聲的字，臺灣人念的調值可以跟國音去聲對照，所以臺灣人要說國音的ㄍㄨˋ就可以臺灣音念「韭」「舉」一類上聲字來做準。這就是比較的方法所得到的結果。我們粗略定出一條道路來，臺灣人把自己八音的讀法裏出抽三個來，再特別練習一下國音的陽平讀法，標準語的四聲立刻可以由自己母語中間體會記憶，用不著每個字去調四聲，找一二三四聲。〔註 102〕

依照魏先生的國臺調比較，以調值符號暫時標出調型，表列如下：

方言	聲調	調型	聲調	調型	聲調	調型	聲調	調型
國調	陰平	˥	陽平	˧˥	上聲	˨˩˦	去聲	˥˩
臺調	上平	˥	——		下平	˧˥	上聲	˥˧

臺調	上平　˥	上聲　˥˧	上去　˨˩	上入　.˩	下平　˧˥	下去　˧	下入　˥
例字	灣	理	四	國	臺	話	學
國調	陰平　˥	去聲　˥˩	——	——	上聲　˨˩˦	——	——
例字	灣	吏	——	——	歹	——	——

由魏先生之論述，可以發現：第一、國音和臺音的陰平調讀法與調型相同，都是高平調。第二、臺音的陽平調也屬於升調，這裡並沒有作爲國音同是升調

〔註 102〕見《魏建功文集》第肆輯，頁 330。

的陽平類比。第三、國音上聲爲降升調，與臺音的陽平（升調）不相同。第四、國音去聲與臺音上聲都屬於降調，讀法相近可以類比。〔註 103〕第五、國音沒有入聲可對應。魏先生利用調型讀法相近的比較方式，讓閩臺語慣用者利於學習國語。這樣的調型類比法，只是找近似的讀法加以模擬，是一種方便用途，不代表國音、臺音的聲調相對演進與變化。若將對應位置稍作更動，更符合實際語音。如同爲升調的國調陽平應與臺調陽平對應；臺音缺少類似國音降升調的上聲，故國音上聲應獨立一類。

參照姚師榮松〈「華語文與方言」對比分析〉、〈閩南語傳統呼法在鄉土語言教學上的運用〉等文章，並加入閩臺音與國音的聲調對應，表列如下：

<table>
<tr><th colspan="8">閩南音與國音聲調對應規律表</th></tr>
<tr><th colspan="4">閩南音</th><th colspan="4">國音</th></tr>
<tr><th>八聲</th><th>聲調</th><th>調值</th><th>調型</th><th>四聲</th><th>聲調</th><th>調值</th><th>調型</th></tr>
<tr><td>1</td><td>陰平</td><td>44˦</td><td>高平</td><td>1</td><td>陰平</td><td>55˥</td><td>高平</td></tr>
<tr><td>2</td><td>上</td><td>53˥˧</td><td>高降</td><td>3</td><td>上</td><td>214˨˩˦</td><td>降升</td></tr>
<tr><td>3</td><td>陰去</td><td>21˨˩</td><td>低降</td><td>4</td><td>去</td><td>51˥˩</td><td>高降</td></tr>
<tr><td rowspan="4">4</td><td rowspan="4">陰入</td><td rowspan="4">32˧˨̠</td><td rowspan="4">低短</td><td>1</td><td>陰平</td><td>55˥</td><td>高平</td></tr>
<tr><td>2</td><td>陽平</td><td>35˧˥</td><td>中升</td></tr>
<tr><td>3</td><td>上</td><td>214˨˩˦</td><td>降升</td></tr>
<tr><td>4</td><td>去</td><td>51˥˩</td><td>高降</td></tr>
<tr><td>5</td><td>陽平</td><td>24˨˦</td><td>低升</td><td>2</td><td>陽平</td><td>35˧˥</td><td>中升</td></tr>
<tr><td>7</td><td>陽去</td><td>33˧</td><td>中平</td><td>4</td><td>去</td><td>51˥˩</td><td>高降</td></tr>
<tr><td rowspan="2">8</td><td rowspan="2">陽入</td><td rowspan="2">44˦̰</td><td rowspan="2">高短</td><td>4</td><td>去</td><td>51˥˩</td><td>高降</td></tr>
<tr><td>2</td><td>陽平</td><td>35˧˥</td><td>中升</td></tr>
</table>

鄭良偉先生說：「台語的文言音和國語（北平話）在中古時代（大概是唐朝時代）還是同一個語言（或幾乎是同一個語言）。那時候有四聲：平、上、去、入。因移民而分居之後，這些聲調在各地有的分化爲陰陽兩個聲調，有的和由別調分出的聲調合併成同一調，有的不分也不合。」〔註 104〕一個聲調的分化多半取決於清濁，而國音與閩臺音有相同的演進發展：「第一是，平聲分成陰陽兩

〔註 103〕國音降調只有去聲一種；臺音降調分爲上聲（高降調）、陰去聲（低降）兩種。

〔註 104〕見鄭良偉：《臺語與國語字音對應規律的研究》（臺北市：臺灣學生書局，民國六十八年），頁 22。

調時，兩種方言的分調條件都是濁聲母——不管是全濁聲母或是次濁聲母——都發展成為陽平調。第二是，上聲在兩種方言裡都只在全濁聲母的情況下（不包括次濁聲母的情況）變為去聲。」〔註105〕此外，聲調的對應是調類的對比，調值則不完全相同。

依〈怎樣從臺灣話學習國語〉之例字，製成聲母對應表如下：

國音		例字	閩音		
聲母	音標		聲母	音標	變化類型
ㄅ	p	博伯彼	ㄅ	p	——
ㄆ	p‘	婆迫披	ㄆ	p‘	——
——			ㆠ	b	——
ㄇ	m	墨摩迷	變ㆠ	b	(3)
ㄈ	f	佛服	變ㄅ（語音）ㄏ（書音）	p x	(5)
ㄉ	t	德都抵	ㄉ	t	——
ㄊ	t‘	特徒惕	ㄊ	t‘	——
ㄋ	n	訥努疑女	ㄋ（與ㄌ混）	n l	(3)
ㄌ	l	肋魯禮履	ㄌ	l	——
ㄍ	k	格割古	ㄍ（國音ㄐ聲一部分字在內）	k tɕ	(1)
ㄎ	k‘	客克苦	ㄎ（國音ㄑ聲一部分字在內）	k‘ tɕ‘	(1)
			ㆣ（語音）	g	(4)
			ㄫ（語音）	ŋ	(4)
ㄏ	x	赫呵護	ㄏ（讀法不同變為聲門摩擦音）（又ㄏㄨ讀為兩唇摩擦的ㄈ）	h ɸ	(5)
ㄐ	tɕ	基己具	ㄐ（ㄗ及ㄓ聲一部分字與國音字不同）	ts（ʧ）	——
ㄑ	tɕ‘	欺豈取	ㄑ（ㄘ及ㄔ聲一部分字與國音字不同）	ts‘（ʧ）‘	——
			ㆢ（ㄖ變來以及語音）	dʑ（ʤ）	(2)
			ㄬ（ㄖ變來）	ȵ	(2)
ㄒ	ɕ	希稀虛	變ㄙ又一部分變ㄏ	s x	(1)
ㄓ	tʂ	知主	變ㄐㆢ及ㄗ又一部分讀ㄉ	tɕ dʑ ts t	(2)
ㄔ	tʂ‘	癡恥出	變ㄑㆢ及ㄘ又一部分讀ㄊ	tɕ‘ dʑ ts‘ t‘	(2)
ㄕ	ʂ	詩樹	變ㄒ及ㄙ	ɕ s	(2)

〔註105〕見《臺語與國語字音對應規律的研究》，頁22。

ㄖ	ʐ	日如	變ㄏㄐ̥ㄗ̥	ȵ ʥ ʣ	(2)
ㄗ	ts	資孜族	ㄗ（ㄗ及ㄓ聲一部分字）	ts（ʧ）	——
ㄘ	ts‘	雌辭粗	ㄘ（ㄘ及ㄔ聲一部分字）	ts‘（ʧ）‘	——
			ㄗ̥（ㄖ變來）	ʣ	(2)
ㄙ	s	思斯蘇	ㄙ（ㄙ及ㄕ聲一部份字又ㄒ聲一部分字）	s（ʃ）	——

《漢語方言概要》指出閩南話與北京音聲母對應可分爲五種變化類型:（１）閩南話未經顎化的 k- k‘- h-相當於北京話 ʨ- ʨ‘- ɕ-，源於古見系三四等和開口二等。（２）閩南話部份 ts- ts‘- s- l-相當於北京話一部分 tʂ- tʂ‘- ʂ- ʐ- ，源於古正齒音（照組）和日母。閩南話部分 t- t‘-相當於北京話另一部份的 tʂ- tʂ‘-，源於古舌上音（知組）（３）閩南話部份 b- l-相當於北京話 m- n-。（４）閩南話的 g-相當於北京話的零聲母和 n-（５）閩南話讀白話音 p-和 p‘-（一部分）和讀書音 h-的相當於北京話 f-。〔註 106〕按照變化類型，在表格中分別標誌。

表格中，「ㄏ（ㄖ變來）」、「ㄖ變ㄏ」按照魏先生的書寫法擬作 ȵ̥，實際上是古日母介於 n- l-間的變體音位。《漢語方言概要》說：

> 閩南話的 l-也相當於北京話的 ʐ，源於古日母，例如惹如乳蕊饒繞染任……等。又，閩南話 l-、n-是同一音位的變體，n-指出現在鼻化韻和鼻韻前面，而 l-出現在其他場合，所以北京話的兩個聲母 n-和 l-在閩南話裡混同了。〔註 107〕

「ㄐ̥（ㄖ變來以及語音）」、「ㄗ̥（ㄖ變來）」、「ㄖ變ㄐ̥ㄗ̥」按照魏先生的書寫法，應是帶有濁音性質的塞擦音，故擬成 ʥ-、ʣ-。這種略帶阻塞性質的寫法與 n-、l-的變體音位近似。《漢語方言概要》說：

> 廈門郊區還有一個聲母 ʣ（或 ʤ），在市區一律讀作 l-。廈門話原先分兩派：一派（少數）同漳州，有 ʣ；一派（大多數同泉州），把 ʣ 和 l 混同了——沒有 ʣ，只有 l。……l-是舌尖中的邊音，舌頭用力極軟極鬆，舌兩旁的通氣空隙很小，所以聽起來好像是閉塞很軟的 d。廈門人學外語也往往用「老」字注 d 音。〔註 108〕

〔註 106〕見《漢語方言概要》，頁 257～259。

〔註 107〕同上注，頁 258。

〔註 108〕同上注，頁 241。

可以證明閩南話少數流音所帶的阻塞性質。這些實際的讀音情形，可以用來解釋魏先生所擬的塞擦音。

閩南語的顎化現象沒有國音發達，但仍存在部份相似的特徵。依照魏先生在國音ㄐㄑㄒ與ㄗㄘㄙ兩組與閩臺音對照的描述，應是擬成ʦ（ʧ）、ʦ‘（ʧ）‘、s（ʃ）舌尖面混合的塞擦音與擦音，但仍看作與ts、ts‘、s同音位。鄭良偉先生論述台語的語音演變史說：

> 原來是k、kh、h的，雖然如果出現在i、e之前有顎化的現象〔k^y、kh^y、h^y〕，現在卻仍是k、kh、h的聲母。原來是ts、tsh、s的，現在雖然出現於i、e開頭的韻母之前，也有顎化現象〔ts^y、tsh^y、s^y〕，可是並沒有完全變成舌面音，也沒有和『見』系聲母合併成爲同音。因此，ts^y、tsh^y、s^y等音仍然被視爲ts、tsh、s聲母裡「共體音」(variants)或「同位音」(allophones)。〔註109〕

袁家驊先生說：

> ts-、ts‘-近似北京話ts-、ts‘-，ʧ ʧ‘比北京話ʨ ʨ‘稍前。ts ts‘出現在a ɔ o e u ŋ ŋ前面；ʧ ʧ‘出現在i或-i-前面，是一種顎化現象。這兒把ʧ ʧ‘當作ts- ts‘-的變體，只算一套塞擦音。……s-是舌尖舌葉混合音，大概跟開合韻相拼時讀s，在i或-i-前讀ʃ或sj（像俄語的軟s），但顎化程度不像ʧ ʧ‘那麼厲害。〔註110〕

上述可以解釋閩南音顎化的痕跡。聲母的比對，誠如魏先生所說：「國語注音符號下面的例字，如果不與臺語相同，我們可以找出他的線索：例如ㄇ下臺語應該讀成ㄅ̥，墨摩迷都是ㄅ̥聲；ㄈ下佛服都說成ㄅ聲；ㄖ下的日就做ㄐ̥聲。其餘就是方音讀法的系統有出入的例外。」〔註111〕

另外，捲舌系聲母是國音的特色之一，爲閩南方音所缺。魏先生〈國語通訊兩則〉說：

> 臺省有ㄗㄘㄙ而沒有ㄓㄔㄕ，我們可以把兩類字同時排列，而給它分出，指明哪些字是ㄗㄘㄙ哪些字是ㄓㄔㄕ。例如ㄗ和ㄓ，我們打

〔註109〕見《臺語與國語字音對應規律的研究》，頁37～38。

〔註110〕見《漢語方言概要》，頁241。

〔註111〕見《魏建功文集》第肆輯，頁332。

開《國音常用字彙》，很明白的知道：1、子資錙……2、次此才……3、思司ㄙ……這三組裡的字都是念ㄗㄘㄙ的。我們可以說，只要是「子」字寫在一個字裡頭，念成ㄓㄔㄕ的很少。如果兩邊都有念的，那也一定可以找出一個記憶的線索，便是構成系統的條件。例如「乍」這一個字，有念「ㄓ」的，炸詐咋榨限於「ㄚ」韻，其餘一概在「ㄗ」裏。〔註112〕

這是試圖找出規則，並提供另外一種深入淺出的比較對照方式。

依〈怎樣從臺灣話學習國語〉之例字，製成韻母對應表如下：

國音		例字	結合韻	閩音		
韻母	音標			韻母	音標	變化類型
ㄚ	a	麻啊	ㄧㄚ ia ㄨㄚ uɑ	同。	ia uɑ	——
ㄛ	o	波屋	ㄧㄛ io ㄨㄛ uo	有ㄛ ㄧㄛ，無ㄨㄛ，變爲ㄜ。	o io ɔ	(7)
ㄜ	ɤ	歌遏		變ㄛ及ㄚ。	o a	(4)
ㄝ	e	皆誒	ㄧㄝ ie ㄩㄝ ye	有街字讀ㄍㄝ，無ㄧㄝ ㄩㄝ，變爲ㄚ及ㄞ。	e a ai	——
ㄓ	ʅʅ	支		ㄓㄔ後的變ㄧ，ㄗㄘ後的變ㄧ及ㄨ。	i u	(1)(2)
ㄦ	ɚ	ㄦ		變ㄧ	i	——
ㄧ	i	齊義		有，又變ㄝ。	i e	——
ㄟ	ei	爲唉	ㄨㄟ uei	ㄟ變ㄧ及ㄝ，ㄨㄟ變ㄨㄧ。	i e ui	(5)
ㄞ	ai	開愛	ㄧㄞ iai ㄨㄞ uai	有ㄞ ㄨㄞ，無ㄧㄞ，變ㄞ。	ai uai	——
ㄨ	u	模務		有，又變ㄜ。	u ɔ	(7)
ㄩ	y	魚愚		無，變ㄧ，變ㄨ，或變∞（∞表示ㄨ之不圓唇）。	i u ɯ	(3)
ㄡ	ou	侯歐	ㄧㄡ iou	無ㄡ，變ㄠ及ㄜ，有ㄧㄡ。	ɑu ɔ iou	(6)
ㄠ	ɑu	豪傲	ㄧㄠ iɑu	有，ㄠ又變ㄛ。	ɑu o	——
ㄢ	an	寒岸嚴	ㄧㄢ ian ㄨㄢ uan ㄩㄢ yan	有ㄢ ㄧㄢ ㄨㄢ，無ㄩㄢ入ㄨㄢ；一部分字分出讀ㆰ ㄧㆰ。	an ian uan am iam	(8)

〔註112〕同上注，頁366～367。

ㄣ	ən	痕恩	ㄧㄣ　in ㄨㄣ　un ㄩㄣ　yn	有ㄧㄣ　ㄨㄣ，無ㄣ入ㄨㄣ及ㄧㄣ，無ㄩㄣ入ㄨㄣ；一部分字分出讀ㄧㄇ。	in un im	(8)
ㄤ	ɑŋ	唐昂	ㄧㄤ　iɑŋ ㄨㄤ　uɑŋ	有ㄤ　ㄧㄤ，語音有ㄨㄤ，書音ㄨㄤ變ㄫ。	ɑŋ　iɑŋ uɑŋ ɔŋ	——
ㄥ	əŋ	庚翁	ㄧㄥ　iŋ ㄨㄥ　uŋ	有ㄧㄥ，無ㄥ變ㄧㄥ，無ㄨㄥ變ㄫ。(國音翁字是ㄨㄥ。)	iŋ ɔŋ	——
		東翁	ㄨㄥ　ɔŋ ㄩㄥ　yŋ	ㄫ，與國音相同，ㄩㄥ一部分變ㄧㄥ（取翁字拼音，讀ㄫ)。	ɔŋ iɔŋ	——

《漢語方言概要》將閩南音與北京音韻母對應分爲幾種變化類型：(１)廈門話一部分 u 相當於北京話ʅ。(２)廈門話一部分 i，u 或 e 相當於北京話ʅ。(３)廈門話一部分 u 相當於北京話 y。(４)廈門話舌尖前音後面的 ia，舌根音後面的 o，相當於北京話的 ɤ。(５)廈門話 ue（少數 e)，ui 和北京話 ei，ui（uei）相當。(６)廈門話讀書音 ɔ，白話音 au，相當於北京話 ou。(７)廈門話 ɔ 相當於北京話 u。(８)廈門話帶-m 尾的韻母 am iam im，在北京話以-n 收尾。表格中，「ㄩㄝ變爲ㄚ及ㄞ」國音ㄩㄝ多半是從古入聲轉來的，並非都變爲 a ai 等開尾韻。閩南音沒有舌尖元音 ɚ。

魏先生的韻母對照表，目的是爲了說明國臺音的差異概況，以利於教學，因此去除入聲韻、鼻化韻等閩臺音有而國音沒有的音韻特徵，以國音爲基準比較說明，是較爲簡便的語音教學方式。《漢語方言概要》說：

> 廈門話和北京話的韻母系統差別很大，所以韻母的對應關係是錯綜複雜的。北京話有的ʅ ʅ y ɤ ei ou 幾韻，閩南話沒有。閩南話有 ɔ，-m 尾韻，鼻化韻，入聲韻，北京話也都沒有。〔註 113〕

魏先生說：「根據這個對照比較，去看前面韻呼下面的國語臺語字例，除了入聲以及語音，是完全符合的。」〔註 114〕國語缺乏入聲；閩南語鼻化韻多半出現在語音中，讀音較少。

語言的比較是一種科學的運用方法，從發展的歷史系統的建立，及其語言間的親屬關係，可以找到同語系之中相符合的語言特徵。在同一個語言體系之

〔註 113〕見《漢語方言概要》，頁 259。

〔註 114〕見《魏建功文集》第肆輯，頁 333。

下，各語支獨立的發展與分化，形成了方言，但依然可以通過多重對比，來追溯各個語族之間的共同起源。魏先生說：

> 我們全中國的語言文字都是這樣對照得起來的，但是臺灣人已經被日本語五十年的攪擾，失去了運用這種自然語言的系統的習慣，也就是中國文字的聲音系統他們起了生疏隔膜之感。〔註 115〕

光復以前，漢字的音讀加入了日文假名對音的特質，比起國音、閩南音之間，關係更為疏遠；日語亦不同於漢語系統。從漢語方音之間親屬語的對照關係來學習國語，是更為有效的。

第三節　小結

魏建功先生推廣國語的成就是受到普遍肯定的。〔註 116〕本章綜述魏先生與國語運動之關聯性。先生在國語廣義與狹義之分的看法上是全面性的，融合了整體民族在歷史文化中自然形成的標準語概念，並且著眼於文化革新，賦予了臺灣結束日據時期之後，恢復中華文化的深層意義。國語的推廣是一個緩慢的過程，民國十四年至民國三十八年之間，魏先生擔任國語會各種行政職務，積極參與各項措施，並擬定相關辦法與條例，發表各式著作。

魏建功推行國語的特色可概分為倡導言文一致、分析國語趨勢、制定教學方法、辨別日語隔閡和運用方音對照等。語言、語音方面需要關注的「言文一致」，是漢語中存在許多的異讀詞，造成的文白異讀現象。文讀是方言音系在許

〔註 115〕同上注，頁 333。

〔註 116〕如李行健先生說：「先生早年熱心於推廣『國語』，建國後積極在大陸推廣普通話。知道這些事的人甚多……但先生在臺灣大力推廣普通話（『國語』）卻鮮為人知。抗日戰爭勝利後，先生即應聘赴臺任『國語推行委員會』主任，辛勤工作了好幾年，直到大陸解放前夕才回到北京。先生在臺灣做了許多推行國語的基礎性工作，如編寫《國音標準匯編》……臺灣一些學者常說臺灣推廣國語的成績比大陸顯著，這是可以承認的事實。但千萬不能忘記魏先生的功績。」見〈先生引進門，修行在個人——憶魏建功先生二三事〉。趙金銘先生說：「在台幾年，魏建功和他的同事為臺灣國語教育政策的制定和國語教育運動的推行，都作出了巨大的努力，成績斐然。他們用注音符號幫助識字，擴大閱讀，糾正讀音，從而溝通了人們的思想，傳承了中國文化，收到驚人的效果。」見〈魏建功先生在朝鮮教漢語和在臺灣推廣國語的貢獻〉，頁 104～105。

可範圍之內，吸收標準語的特質，並趨向於標準語；而白讀則含有較多的方言成份。劉勛寧先生說：

> 語言的演變有「變化」和「競爭」兩種方式。「變化」就是A變爲B，變化前後的兩種形式有繼承關係，其具體的表現就是連續式變異和離散式變異所代表的變化，體現語言在時間上從古至今的縱向演變。「競爭」與此不同，它是A與B同時共存，相互競爭，一個擠掉另一個，完成取而代之的演變過程，體現語言在空間上的橫向擴散。漢語的文白異讀是這種「競爭」的一種典型表現形式。〔註117〕

而文白競爭的結果通常使得文讀音在新生名詞、使用年齡層以及雅俗觀念區隔之下，偏向於文讀音統一。書面語和口語的交融與滲透是不斷演進的，疊置式音變在一定的外在條件之下也會漸趨於語音一致，進而達到順暢溝通的目的。魏先生以「清楚辨識」作爲成功推行國語的準則，不拘泥於文白形式。立足於恢復漢語的推行階段，自然是先以漢語溝通爲目標，而國音標準的建立卻仰賴配套的工具與方法。這些工具與方法，早已融合在魏先生的教學概念中。

音讀的統一和規範有利於語言的表述和溝通，是文章、文學的基礎。國語以北平音系、北方官話爲標準，是各種條件匯聚而成的結果。錢玄同先生論古今字音之第六期現代音，說：

> 近二十年以來，國人有感於中華字音之無一定之標準，爲教育前途之大障礙。於是有王照之《官話字母》、勞乃宣之《簡字譜》等發生，欲以音標之形式代舊日之反切。其用意甚美。惜其以京兆一隅之音爲全國之標準音。而所作音標，又甚不美觀，未能通行。民國二年（通曆一九一三年）教育部開讀音統一會，徵集各省代表，審定國音，遂製成「注音字母」三十九文……以所謂「北音」者爲準。自此之後，中華字音將脫離韻書時代，而入於音標時代矣。〔註118〕

第六期國音是各種條件匯聚的演變，《國音學》把「官話、國語、國音」這三個名詞歸納爲三點：第一、官話是由於政治的因素，在官場裡自然形成的通用語言。第二、國語是全國遵用的標準語，對內爲語言統一的標準，對外爲國家語

〔註117〕見劉勛寧：〈文白異讀與語音層次〉《語言教學與研究》2003年第4期，頁348。

〔註118〕見《錢玄同文集》第五卷，頁9。

言的代表。第三、國音是由國家頒定的字音及語音。魏先生從語音特色切入，論述了自《中原音韻》以來的國音流變。

在教學策略上，方言的比較、注音的分析和自然的聲調判斷，都是利於學習的方法。日語和漢語本來就有型態和音讀上的差異，區別兩者之間的區隔，也是掌握學習關鍵的要領；閩方言與北方官話同爲漢語系統下的親屬語支，魏先生以閩南音臺灣話爲例子，解釋彼此之間的共通點，對國語推行有相當大的助益。

第六章　結　論

魏建功先生在聲韻學史的地位和學術貢獻、治學方法，是卓越且具有權威性的。從聲韻學領域的各方面來看，魏建功先生都爲漢語聲韻研究史上，寫下了劃時代的璀璨一頁。然而，從另一個角度來說，近現代的聲韻學研究成果，經歷了一段時間的積累之後，必然是與時俱進，並呈現出更豐富、多元的新風貌。

具有研究價值的理論和著作，必然有值得肯定之貢獻，亦有可再商討之可能。誠如羅常培先生在《古音系研究》序文中提出的兩點，就包含了正反兩面的意見。羅先生說：「凡是根據自己的觀念，運用自己的方法，組織自己的材料，而不因襲別人的，無論如何也得算是一部好書。」「眞正能啓發讀者興趣的著作不在乎有許多武斷的結論，而貴乎提出一些新穎的問題，並且指出它們的解決方法。」這兩點意見，不僅限於《古音系研究》而已，甚至可以泛指任何學術著作的得與失。

因此，本文針對魏先生的「古音學說」、「音軌」、「韻書殘卷論」、「國語推行與國語運動」等四大要項，分別開展，加以解析。期望能從魏先生的著作中，求得一己之管見與啓示。

礙於筆者學力，本論文必然有不足以及不夠完備之處。諸多命題，或者可以作爲未來遠程之長期研究目標；又或者許多尚待開發之理論，可以由新資料、不同的面向中，逐漸加以增補，使其臻於至善。本文謹以階段性之研究作結，以資爲未來研擬之端緒。以下就各章節之研究心得，予以歸結。

第一節　創見與貢獻

一、古音理論承先啓後的學術精神

不同領域、不同學術背景之間，研究方法的互涉，以及將純理論落實在南北古今的實際環境中，是發揮應用科學的精神，也是求獲眞知的實踐。魏先生致力於發展漢語音韻學的新面貌、新方法，如耿振生先生說：

> 魏建功的《古音系研究》一書（1934 年）所談的研究方法詳細得多……魏先生所說的研究方法也不限於直接求證古音的方法，還包括語音構造、音變規則等基礎性知識。……從所處時代的要求出發，爲改造傳統音韻學和建立新的科學的音韻學而設計音韻學的發展道路，從盡可能廣的意義上談研究方法。〔註 1〕

魏先生致力在傳統音韻學研究上，不斷開創新的方法與新的途徑。馮蒸先生說：

> 從哲學的角度來看，任何一門學科，原則上應包括三個組成成份，即本體論、認識論和方法論。漢語音韻學也不例外。所以方法論的研究應成爲漢語音韻學整個學科體系當中一個不可或缺的組成單元。把它作爲一個專門的研究對象，對於推進整個漢語音韻學的研究有著重要的意義。但可惜的是長期以來這一領域的研究被人們忽視了。所以音韻學教科書或有關專著，除了魏建功先生的《古音系研究》（1935）之外，大都缺乏有關這一內容的系統論述。〔註 2〕

《古音系研究》是音韻學方法論的專著。實際上，魏先生對於研究方法的著墨甚多，散見於多篇論文中，然而《古音系研究》可謂集大成者。

馮先生認爲，漢語音韻研究方法大致包涵三個層次，即哲學上的方法論、邏輯學上的方法論和學科方法論。學科方法論是處理漢語音韻資料採取的特殊方法，其中和數學直接交涉的是統計法。如曾師榮汾說：

> 字頻或詞頻的統計結果只是一個基礎，利用這個基礎可以再作許多的分析。以字頻爲例，可以作出現頻率與累積百分比的觀察，並可

〔註 1〕見耿振生：《20 世紀漢語音韻學方法論》（北京：北京大學出版社，2004 年 9 月），頁 2～3。

〔註 2〕見馮蒸：《馮蒸音韻論集》（北京：學苑出版社，2006 年），頁 1。

> 作同音字群數、聲韻調及部首筆劃使用情形的了解等。詞頻則可用來作構詞率的分析、分類詞群的參合比例、新舊詞的更替情形了解等。這些分析所得的語言訊息正是語言內部條件的反映，也是對保存一個語區資料最爲珍貴的部分。〔註3〕

統計法用以處理大規模的音韻資料，例如以算術統計計算次數與百分比，包括白滌洲先生〈廣韻聲紐韻類之統計〉、趙元任先生〈中古漢語的區別性特徵與非區別性特徵〉、邵榮芬先生《切韻研究》等的運用；概率統計如陸志韋先生《古音說略》以概率相逢數訂出通轉關係公式；數理統計如朱曉農先生〈北宋中原韻轍考〉運用卡方、t 分配兩種檢驗法討論詞人用韻的分轍等等，都獲得了一定的成效，也成就了數學方法在音韻學領域中的發展。

魏先生在《古音系研究》中也運用了科學的比較研究和數理模型來分析傳統聲韻。統計學的成功，屬於有目的性的資料處理，應用在聲韻資料的歸納，效果也是十分顯著的。耿振生先生說：

> 研究方法是一門學科的構成要素之一。在 20 世紀之初，由於引進新的研究方法而促成了音韻學從舊體制向新體制的轉軌，使得它成爲現代學術意義上的漢語音韻學；在已經過去的一個世紀當中，由於眾多研究者把傳統的和外來的各種方法有機地結合運用，造就了這門學科的興盛繁榮；進入新世紀之後，這門學科還要有更高更遠大的跨越目標，而對以往的研究方法的繼承和借鑒是它實現跨越的必要條件。……事實上，音韻學者對研究方法的關注由來已久。隨著學科的發展，研究方法必然會受到應有的尊重，不同層次上的探討也就相應產生。……在二三十年代，「現代音韻學」還算是剛剛建立起來，這門學科的性質、理論、觀念、方法還都屬於新生事物，如何讓廣大的學人認識它，是當時音韻學者所面臨的任務之一。因此，那個時期名家的有關研究方法的論述，也往往同時做了指引入門途徑的工作。〔註4〕

〔註 3〕見曾師榮汾：〈從兩岸語文整理談臺灣語區資料整理的重要〉《華文世界》民國八十五年第 81 期，頁 22。

〔註 4〕見《20 世紀漢語音韻學方法論》，頁 1～2。

魏先生〈古音系研究後序〉就明白地說明了著書時秉持的時代精神與意義。他說：

> 我在書中談論研究古音系統的條件，很直率地舉了些學者研究的實例做討論的根據，而有些沒有能得到圓滿的合一的意見！這是我在這裡應該綜合起來表示一番誠摯的歉意的。不過，每種學問方法的成熟，當然是先後從事努力的學者繼續無間地鍛鍊出來的，我不敢說我不同意的學說就絕對要不得。我們擴大範圍看我們音韻學研究的方法史，知道我們所不能同意的些個學說他們自有時代的價值；而其所以爲我們不能同意的原因卻也是我們有我們時代的精神。例如古音考據的方法，由吳才老而陳季立是一個時代，由陳季立而顧亭林是一個時代，由顧亭林而江愼修、戴東原是一個時代，由戴東原而段茂堂是一個時代，由段茂堂而章太炎、黃季剛是一個時代，我們既然明白這些時代精神不同，自然可以知道我們應該再向前走的路。〔註 5〕

在當代，魏先生屬於代表性的指標。對於新材料的處理，突破了過往的限制。然而，不必諱言的，基於當時所處的研究氛圍，屬於大量建立新方法的初創期；學術理論的發明以及推進，卻必須得經過長時間，不斷反覆地證成。學術發展有其必然性，不能直截了當地以今律古；或是用後來的成績，武斷地評價前人研究成果的優劣。

魏先生樹立的學人風範，是展現了敏銳的研究視角以及創新的精神，因此也代表了積極的時代性意義。他用宏觀的眼光，建立了古音系的價值和脈絡。誠如魯國堯先生說：

> 如果翻開我們的先輩在上世紀三十年代的論著，我們就會嘆服、欽敬他們的開闢之功。魏建功先生《古音系研究》（1935）一書的〈開宗明義（引言與總綱）〉中聲明，「凡是在今日國音以前的音韻的研究皆屬於『古音系』中」，因此「古音系的研究成爲語音史的意味」；又說，「凡是中國語言文字所表示的音的內容都是古音系研究的東西」，因此「古音系的研究成爲語言史的意味」。這說明在二十世紀

〔註 5〕見《魏建功文集》第壹輯，頁 328～329。

初年，中國青年語言學家已經具有建立漢語語音史和漢語語言史的自覺意識。〔註6〕

除此之外，魏先生對於古複聲母之研究理論，承繼了林語堂先生、陳獨秀先生等所提出之概念，並以諧聲偏旁與聯綿詞例印證了流音複聲母存在之可能（見本文第三章第一節）。對古韻分部，及脂、微分部所提出之看法，亦早於王力先生（見本文第二章第二節）。爲古韻排列部次，以段玉裁、江有誥等音韻相近、相通之概念爲基礎，又構擬不同類型之輔音韻尾（見本文第二章第二節）。此皆爲魏先生承先啓後之實踐。

是以魏先生將視野拉得較遠，並全面性觀察漢語語音之整體，所涉及之層面更爲廣泛。在此寬闊之語音框架下，使其延伸之理論更爲堅實，以支撐語音體系之全體，便是後人得以深思之課題。

二、「音軌說」的細密觀察

歷來音韻學家，在討論到古音的考求徵實，總會將材料、範疇、研究方法統合分類。例如清許翰〈求古音八例〉中，說明研究古音可從諧聲、重文、異文、音讀、音訓、疊韻、方言、韻語等八種材料中求得。陳師新雄《古音研究》，論述「研究古音之方法」，可由「古代韻文」、「說文諧聲」、「經籍異文」、「說文重文」、「古籍音讀」、「音訓釋音」、「古今方言」、「韻書系統」、「譯語對音」、「同語族語」等十項加以驗證。若綜合材料與方法一同研擬，並歸結古音研究之全體範疇，即是魏先生《古音系研究》提出的二十項「古音系研究實際問題」，包括（１）時地劃分問題（２）材料審定問題（３）旁證運用問題（４）聲類分合問題（５）清濁母演變問題（６）聲類剛柔問題（７）複聲問題（８）來母問題（９）韻類分合問題（１０）對轉問題（１１）通轉問題（１２）附聲問題（１３）鼻韻問題（１４）陰陽入問題（１５）四聲分合問題（１６）四聲陰陽（上下）問題（１７）入聲上中下問題（１８）聯綿詞問題（１９）方言考證問題（２０）語族問題等，實爲增益繁密。這二十種範疇，若再以細節條例劃分，並將規則條貫羅列，其實完全合乎於魏先生的「音軌」理論。

〔註6〕見〈學術是鍊——序《宋遼金用韻研究》〉《魯國堯語言學論文集》，頁380。

「音軌」分成「聲類軌部」、「韻類軌部」和「詞類軌部」三大部份。論述材料包括了網羅了韻文、諧聲字根、音訓、韻書、域外對音、親屬語、日譯漢音、古今方音、傳世文獻、反切語、聯綿詞、疊音詞及切音合文等。

「聲類軌部」包括同位異勢相轉軌、異位同勢相轉軌、同位或異位增減變異軌與同位或異位分合變異軌、韻化軌等。

同位異勢相轉軌把塞音、鼻音、擦音、邊音、清、濁、送氣等音素拆開，分析古漢語中同一發音部位，不同發音方法互相轉變的過程與實例；音變類型包括輕脣音分化、舌根音顎化、日音濁塞音聲母擦音化的變化；理論引述包括章太炎先生的旁紐雙聲說。

異位同勢相轉軌闡述相同發音的方法，不同的發音器官，包括脣舌牙齒喉等各部位的互相變化。

爲了求得系統性的完整探討，魏先生在系統中全面性地保存有可能的轉變軌則。此一系統架構假定，有助於發現罕見地音變現象，並驗證和補充許多學說。包括清鼻音聲母、戴震〈聲類表〉等。

同位或異位增減變異軌與同位或異位分合變異軌，著重討論古漢語複聲母的音素增減，並以來母作爲基礎結合類型，展開分析。

韻化軌是闡述聲母由輔音轉化成半元音，以至於變成零聲母，其中地音素丟失過程。

韻類軌部包括同位異勢相轉軌、異位同勢相轉軌、同位上下變異軌與同位異勢變異軌、異位同趨衍變軌、同位異趨衍變軌、分合軌、增減軌、鼻韻化軌、聲化軌等。

同位異勢相轉軌論述元音在舌位的前後、高低升降變化。異位同勢相轉軌探討介音發展、開齊合撮四呼的性質。同位上下變異軌與同位異勢變異軌則研析元音的不規則移動。異位同趨衍變軌以舌根鼻音爲例，觀察韻的變遷。同位異趨衍變軌以《中原音韻》的車遮韻、麻韻爲例，觀察元音歷時的分化。分合軌討論複元音韻母的單元音化。增減軌從輔音韻尾的失落，看「陰陽對轉」、「陰入對轉」和「陽入對轉」，並融合魏先生主張的陰聲韻半元音韻尾說。鼻韻化軌討論由實際語言的陽聲韻合韻現象，衍生出鼻韻化的趨勢。聲化軌以國語零聲母的影母爲例，探討韻頭輔音音素的存在問題。

詞類軌部主要圍繞著聯綿詞，立論基礎架構在音與詞的結合。著眼於複音單純詞當中可以看見的五種音軌易變、連音變化、異字的重言形式等等，探究並考索上古複聲母痕跡的可能性。魏先生訂定了「綺錯」、「二合」、「切音」等格，亦是個人創見。

三、韻書殘卷的彙整與考訂系統

魏先生在〈十韻彙編序〉、〈十韻彙編資料補並釋〉、〈韻書研究綱目〉、〈故宮完整本王仁昫《刊謬補缺切韻》緒論之甲〉等文章中，分別提及「各類型韻書」、「韻學殘卷材料」等共25種。本文參酌考訂各項要素，包括材料之名稱、《彙編》簡稱、魏先生簡稱、收藏者或收藏地、魏先生所見版本等諸項目，分別排列；亦分韻書爲五種類型。在韻書殘卷研究方面。本文考慮到魏先生著作時間先後及其完整性，於是以〈十韻彙編序〉爲貫串整章之線索。《十韻彙編》的重要性，是普遍受到肯定的。如高本漢說：

> 雖然此書（案：指《切韻》）失傳已經幾個世紀，只是通過其宋代增訂本《廣韻》才爲世人所知，但是由於《切韻》以及稍有擴充的唐韻的古代抄本的重要發現，現在我們已能知道它的大部分原貌了。其中尤爲重要的是斯坦因和伯希和在敦煌的劃時代發現。中關還發現了其他古代抄本，使此書的面貌更爲完全。羅常培和魏建功兩位中國學者最近出版了一本有相當數量《切韻》抄本的輯本，外加一種版本的《廣韻》及其校注。特別重要的是，他們極有學術價值的出色著作《十韻彙編》收有國家圖書館最好的伯希和抄本和大英博物館非常豐富而重要的斯坦因抄本。〔註7〕

魏先生參與了《十韻彙編》主要的編訂過程，並做了全面性的研究，因此這篇序文也成爲早期具代表性的通論。魏先生於文中歷述韻書形成，建立其發展脈絡和系統，規模宏大、構思精密。

《切韻》系韻書及其殘卷研究方向可槩分爲輯錄整理、考鏡源流、音値構擬、反切、音系等，而魏先生主要研究方向，偏重於韻書系統的考訂和比較。其創見與貢獻爲：

〔註7〕見高本漢著、潘悟雲等編譯：《漢文典》（上海：上海辭書出版社，1997年），頁7～8。

1、確立《切韻》系韻書之類型。《廣韻》以前的《切韻》系韻書系統，按照殘損的材料及基本類型和韻目數分析，魏先生大致上將它們分作七系：陸法言《切韻》、王仁昫《刊謬補缺切韻》、孫愐《唐韻》、五代刊本《切韻》、夏竦《古文四聲韻》所據《唐切韻》、徐鍇《說文韻譜》所據《切韻》等。此七系之韻目名稱和韻目數量各有不同。

2、提出諸多獨到之韻書殘卷論：

第一、魏先生認爲宮商五聲分字的方式起於《聲類》、《韻集》等，「五聲」只是一種分類法，與「四聲」沒有必然的直接關係。

第二、魏先生統計了隋、唐、宋各代史籍著錄，得到將近 170 種可能的韻書名目，完整存在者僅十幾種，最完整者即爲《大宋重修廣韻》。魏先生以著人是否可考、書名中是否含有「音」、「聲」、「韻」等字樣爲分類、計入標準，然各項中如「字母」、「歸字」少數例外，亦可重新調整分類歸屬。

第三、殘缺韻書史料提要及價值。〈彙編序〉共論及十一種材料，與《十韻彙編》之分合爲：《敦煌掇瑣》本〈唐寫本韻書序〉P2129 與 P2638、守溫韻學殘卷、歸三十字母例等三種，《十韻彙編》未收；德一 JIVK75、德三 JIID1 兩種，《彙編》僅收德一；《切韻》三種，〈彙編序〉合爲一類，《彙編》分作三韻。

魏先生逐一述評材料內容體式，於版本、系統、編著者、韻次韻型、註解、反切、韻目排列等，多所發明，並修正前人看法。

第四、訂定韻書系統。魏先生考訂韻書之方法論有三：「由體制看系統」、「由分韻看系統」和「由韻次看系統」，本文增添「由新加字、注釋與否與加字朱書看系統」與「由題名和韻字脫漏穿錯看系統」兩項，以補充魏先生之說。

隋唐五代韻書資料彙集的相關著作，自 1921 年王國維手抄《切韻》三種以來，《敦煌掇瑣》1925、《十韻彙編》（1936）、《敦煌瀛涯韻輯》（1955）、《敦煌瀛涯韻輯新編》（1974）、《唐五代韻書集存》（1983）等相繼問世，學者們不斷加以彙整，幾近全備。從這些韻書彙整的總集中觀察，更有助於辨證明韻書系統的發展。王力先生說：「現存最古的韻書是《廣韻》，《廣韻》的前身是《唐韻》，《唐韻》的前身是《切韻》。《廣韻》基本保存了《切韻》的語音系統。」〔註 8〕又如周祖謨先生說：

〔註 8〕見《漢語語音史》，第 3 頁。

> 應用這些唐本韻書與《廣韻》對校，得到的認識是：陳彭年、丘雍等纂修《廣韻》，體例一仍唐本之舊，他們所根據的底本就是唐五代間流傳很廣的《唐韻》一系的韻書。陸法言《切韻》爲193韻，自孫愐《唐韻》把眞韻系、寒韻系、歌韻系的合口字分出，增多諄準稕術、桓緩換末、戈果過諸韻以後，則多出11韻。共爲204韻。《廣韻》所以爲206韻，當本於王仁昫《刊謬補缺切韻》，平聲「嚴」韻系多上去二聲韻目，因而爲206韻。這是從分韻上可以得知《廣韻》所根據的底本是《唐韻》一系的韻書。其次，再從反切上來看，《廣韻》的反切與陸法言《切韻》和王仁昫的《刊謬補缺切韻》都不同，而多同於蔣斧本《唐韻》，但又不是全同。那麼，陳彭年等所根據的底本當是另一種《唐韻》系統的韻書。〔註9〕

周祖謨先生概述了《廣韻》系韻書的發展脈絡。徐朝東先生說：「《廣韻》基本上保存了《切韻》的語音系統，孫愐的《唐韻》主要依照的是陸法言的《切韻》，更改了《切韻》的部份反切用字；《廣韻》的次序雖則根據李舟《切韻》，而其反切主要依照孫愐的《唐韻》，也改易了《唐韻》的部份反切用字。」〔註10〕就韻書的遞嬗中，考察其分合，有助於了解韻書發展的系統脈絡。

四、國音學之理論與實踐

在推行國語方面，本文分作「國語運動之成就」和「國語推行之方法與特色」兩節探討。在第一節，首先定義魏先生對國語的概念。國語有廣狹之分，狹義的國語自然是指標準的官方語言，而廣義的國語統稱，則是國家內所使用的各種方言。本文首節以國語運動性質簡述開端。即國語運動的不同階段意義與實行過程，還有背後所賦予的民族意識。可以看到魏先生對國語地觀念。

魏先生推行國語運動的過程是仔細，而運用許多教學方針的。魏先生在投入國語運動運作的二十五年期間，擔任的許多要務和並得到許多施行績效。總結承四點，就是：（一）倡導言文一致。五四運動帶起的白話文學風潮，是語言以及文學的改革潮流；落實到語言層面，即是講求讀音的一致性。這也是魏先

〔註9〕見周士琦編：《周祖謨語言文字論集》（北京：人民教育出版社，1999年），頁415。

〔註10〕見徐朝東：《蔣藏本《唐韻》研究》（北京：北京大學出版社，2012年3月），頁176。

生所認定的語言學習中重要的一環。(二)分析國語趨勢。魏先生探討了國語、國音的演進和變化，及以京音爲結果的必然。(三)制定教學方法。利用方言爲基礎工具，配合注音符號，並建立四聲的聲調概念，魏先生提出了具有學理基礎爲根據的實際教學經驗。(四)辨別日語隔閡。日語在日據殖民時期具有主態語言的優勢，除了漢語教學的方法論和語言工具，魏先生也對日語和漢語方言的差異做了評析，以達到互補的效果。

魏先生運用國音、方音對照，輔助學習。魏先生擬訂了閩南語和國音聲、韻、調的音值對照，令國音、方音的對照學習更爲精確。

魏先生發揚了注音符號的制定，並且實際運用。從《國語日報》的刊行，可以看到國語推廣的成效。魏建功身爲《國語日報》的創辦人之一，自然熟悉利用報刊等大眾讀物，以及注音符號等工具帶來的效益。馬嘶先生說：

> 1948 年 1 月，教育部長朱家驊來臺灣視察教育，魏建功向他建議在臺灣創辦一份《國語日報》。其實，在 1947 年，魏建功、何容、方師鐸等人就曾向教育部提出申請，把原設在北平的《國語小報》遷到臺灣來辦。這樣，教育部便決定把北平的那份注音報紙《國語小報》遷來臺灣，改名爲《國語日報》，並由魏建功、何容等人主持籌辦。於是，魏建功便緊鑼密鼓地籌辦起《國語日報》來了。1948 年 6 月，魏建功回北平辦理《國語小報》設備遷台事宜，在北平期間，他答應了胡適校長的要求，準備回北大任教，並且開始在北大中文系講課。此時，臺灣大學校長已提出聘魏建功任台大文學院院長，現在，要回北大，於是便由胡適出面致函莊長恭校長，代爲婉辭。在北平期間，魏建功被聘爲北平研究院學術研究委員會委員。9 月間，魏建功回到臺北，辦理國語會的交接手續，同時創辦《國語日報》社，他兼任社長，副社長由從北平押運《國語小報》印刷機及注音鉛字來臺灣的北師大教授王茀青(壽康)擔任。總編輯梁容若，經理方師鐸，社務設計委員有何容、洪炎秋、齊鐵恨、祁致賢、王玉川 5 人。胡適爲《國語日報》題寫了報頭。1948 年 10 月 25 日臺灣光復節那天，《國語日報》創刊號正式發行。《國語日報》是在資金匱乏、設備簡陋、人員短缺的困難條件下創刊的。它以推行國語

運動爲主旨，內容均是用淺顯的文字來編寫，加上注音符號，適合於普通大眾來讀。另外，報社還編印了各種注音讀物。開始時，《國語日報》每天只出 4 版，後來，漸漸發展爲 16 版。〔註 11〕

《國語日報》附加注音符號標音的印刷，讓讀者可以熟悉音讀並且類推運用，影響深遠。

音讀的統一和規範有利於語言的表述和溝通，是文章、文學的基礎。國語以北平音系、北方官話爲標準，魏先生從語言特色切入，說明國語是各種條件匯聚而成的結果。在教學策略上，方言的比較、注音的分析和自然的聲調判斷，都是利於學習的方法。日語和漢語本來就有型態和音讀上的差異，明白兩者之間的區隔，也是掌握學習關鍵的要領。閩方言與北方官話同爲漢語系統下的親屬語支，魏先生以閩南音臺灣話爲例子，解釋彼此之間的共通點，對國語推行有相當大的助益。

「言文一致」在實行過程中，採用了許多拼音化的工具。唐蘭先生論拼音字母說：

中國人自己創造字母，是在甲午以後了，有些人是用速記方式的，有些是屬於拼音字母的，後者有王照的官話字母和勞乃宣的簡字。從清末到民國二年（1913），纔算由專家的研究創造，進而爲政府集議，爭論，採用，制定了一套ㄅㄆ等的字母，到民國七年（1918）由教育部公布。這套字母最先叫做注音字母，後來定爲國音字母第一式，又後來索性改稱爲注音符號，民國二十四年以後纔提倡鑄造把注音符號訂死在漢字旁邊的鉛字，稱爲注音漢字。有人批評注音字母是退步的，因爲勞乃宣的簡字是用作民眾教育的一種新文字，而注音字母只是漢字旁邊的附屬物……民國十一年以後，有些學者又提倡改革漢字，到民國十五年通過了一套國語羅馬字，十七年（1928）用國音字母第二式的名義來公布頒行。從前的羅馬字拼音，是爲外國人用的，也有是爲在中國宣傳宗教用，現在卻要來替代中國的文字。不過在表面上也還是一套符號，可是是很難學的符號……所以這種國語羅馬字儘管公佈了多少年，一般人還是用舊式

〔註 11〕見《一代宗師魏建功》，頁 175。

的拼音。〔註12〕

李春陽先生論白話文運動與「言文一致」，說：

文言作爲「言文一致」的障礙而被白話替代後，第二障礙即輪到漢字。大眾語運動的歸宿，一定是拼音化，只有拼音化，才能眞正實現「言文一致」。……國語運動有兩個口號，一是「統一國語」，一爲「言文一致」。「言文一致」第一部是書面語去文言、用白話；第二部廢除漢字、拼音化。〔註13〕

魏先生採取注音符號作爲語文學習的有效施行工具，卻不走激進的改革路線，對於廢除漢字，把漢字全面性改變爲拼音文字、國語羅馬字等手段，持保留態度。這一點與他的老師錢玄同先生的主張是不太相同的。魏先生把「言文一致」的焦點放在白話語體文的書寫上，而語音規範方面，則是減少語音和書音的隔閡，降低口語與書面語的讀音分歧。就這點來說，魏先生的改革方向是較爲溫和的，相較之下，錢玄同先生的漢字改革主張是「將漢字改用字母拼音，像現在的注音字母就是了」，「就是拼音字母應該採用世界的字母——羅馬字母式的字母」。錢先生概念中的一環，是爲了不使世界文化與中國產生隔膜，因此外來詞與譯音，與方塊漢字相牴觸，則漢字必須從拼音法加以改革，方得以與世界同步。國語羅馬字的拼音是部份採用國際音標的印刷變體作爲字母的，以彌補某些發音的不足。〔註14〕此種改良方法仍不離新時代的改革氣息。其後漢語拼音方案、注音符號第二式陸續產生，是延續修訂的音注辦法。

魏先生早期的文章裡也帶有改革色彩。如1925年的〈從中國文字的趨勢上論漢字（方塊字）的應該廢除〉，即爲追隨錢玄同先生從事《國語週刊》編纂工作時期所撰寫；文章中「廢除」漢字的意識，在魏先生的著作中仍然是少數。但是魏先生也並沒有放棄文字改革的企圖心。他說：

語言的規範化是導致講求語言和文字雙方一致的途徑。向來文字改革運動者提出「言文一致」的口號，就是從這個角度來看文字問題

〔註12〕見《中國文字學》，頁188～189。

〔註13〕見李春陽：〈20世紀漢語的言文一致問題商兑〉《中山大學學報》2011年第51卷第5期，頁2。

〔註14〕見《錢玄同文集》第參輯，頁76～102。

> 的。我們講語音的規範原是口頭說話的問題，一聯到文字，就成了如何把口頭的語言書面化的問題。〔註15〕

從魏先生對國語教學、國語改革的看法而言，包括降低學習難度、強調漢字的表音性、主張拼音文字、重視聲符問題……等等，都是他所關注的焦點。最終，在1949年之後，魏先生的學術發展重心轉爲從事漢字簡化改革。此一漢字改革方案，撇除政治因素不論，從魏先生的學術發展脈絡中也可以說明從事此項工作的必然性。不過，漢字、正體字在面臨種種改革過程的考驗下，也並未淹沒於此波時代洪流中。

第二節　問題與討論

一、擬音系統與數理方程式的紛雜和模糊

（一）擬音系統無法區分古今南北

魏先生的折衷型多元音架構，使大多數韻部有兩種以上的主要元音，而少數韻部又只有一種主要元音。元音種類共有ə、ɐ、e、ɛ、ʊ、ɿ、ʅ、a、ʌ、ɒ、u、y、o、ɔ、æ、ɑ、I、i等十八種。理由有三：

第一，在材料的選擇上，融合了《廣韻》、《切韻》、現代方言、域外對音、日韓語……等，雜揉爲一。

第二，擬測方法上，爲了顧及轉讀、音變，力求使系統結構完整，即是爲了滿足全面性。和李方桂先生「上古同一韻部的字一定只有一種主要元音」的看法不同。上古元音系統簡單化已是一種共識。

第三，在音位層次和語音層次的判斷上，魏先生韻部擬音的假設，多半爲「大約是某音、某音一類」，或是「某地讀如某音、某音」等現代方言印證，屬於音位層面，而魏先生分析的是語音層面，自然會產生多種不同元音的讀音音值。魏先生在一個韻部內所擬定的多種主要元音，多半是同一個音位層次中的變體。

何九盈先生〈上古元音構擬問題．元音構擬的三種類型〉說：

> 所謂三種類型是指一部多元音型，一部一元音型，介於二者之間的

〔註15〕見《魏建功文集》第肆輯，頁612。

> 折衷型。一部多元音的構擬原則是以元音分等，即四等是按著主要元音的洪細分的。有人還用元音不同來區分「重韻」、「重紐」。一部一元音型，改元音分等爲介音分等。顧名思義，所謂折衷型當然是指折前兩型之衷。這種元音系統，既不是每一部都有多種元音，也不是所有的部都只有一個元音。〔註16〕

魏先生擬音沒有直接說明等的問題，但對於等的基礎，仍是交由介音分別。〈古陰陽入三聲考〉的論述基礎是周秦古音，然而魏先生的擬音系統爲了考慮兼顧與周全，將古今中外的材料都融合進去，反而看不出歷時性的語音變化。

古音擬測，只應該是一種示意，是音位性質的描寫。何九盈先生說：「凡是主張一部多元音的人，就必然要堅持一個韻部相當於中古時期一個攝的觀念。」〔註17〕並引王力先生〈先秦古韻擬測問題〉說：

> 中國傳統音韻學從來不認爲韻部等於韻攝。……實際上韻部就是韻。古韻部無論相當於《廣韻》多少韻，也只能認爲只有一個共同的元音。〔註18〕

超越了示意性質的語音假定，差異越細微，可信度越低。語音的分化，決定於材料、背景、地域性及歷史原因……等等，爲其擬測出共同的源頭，是構擬時的一種共識。

魏先生的韻部擬音，往往是跨越了不同元音與韻尾的。魏先生試圖在語音發展的網絡上，將所有可能地結果都推導出來，並呈現「實際音值」。如此的構擬法，其實是忽略了「音位系統」的意義。就主要元音上來看，不同的解釋標準，自然會得到不同的結果。高本漢擬測的上古音系統，元音有15個，董同龢先生有20個。元音越多，越不利於漢字諧聲和韻文叶韻的解釋。魏先生擬測的主要元音有18個，出於一種主觀的演變後的結果，無法看出「古」、「今」的界域。徐通鏘、陳保亞先生說：

> 特魯別茨科依在《音位學原理》一書中分析了百來種語言的元音系統，元音的數目少的只有三個（i，ə，a），最多的也只有9個、10

〔註16〕見《語言叢稿》，頁115。

〔註17〕同上注。

〔註18〕見《王力文集》第17卷，頁292～294。

個。……（王力）認爲上古的主要原音只有6個：ə，e，a，o，ô，u。李方桂的更簡單，只有4個：i，u，ə，a；周法高後來又進一步簡化爲3個：a，ə，e。〔註19〕

陳師新雄《古音研究》也主張簡化主要元音系統：

民國五十八年余撰博士論文《古音學發微》時，雖主張每一古韻部只擬測一主要元音之辦法，但是因爲不採陰聲有輔音韻尾之說，故所擬測之元音系統較爲複雜。共擬測 a、æ、ɛ、ɐ、ə、ɑ、ɔ、o 等八個單元音，及複元音 ɑu。元音一共有八個之多。近年採用諸家之說，於韻尾及介音皆略有修正，則元音方面就已大量減少。總共只有三個主要元音，此三元音爲 a、ə、ɐ，在系統上與周法高氏爲近。〔註20〕

是以主要元音的簡化已成爲一種共識。

若將魏先生的擬音系統，視爲「折衷型多元音系統」，則不免有「前後混同、弇侈難分」的問題。如「語」、「歌」兩部，語部的主要元音擬有 a、ʌ、ɒ 三種，歌部主要元音擬有 æ、ɑ 兩種，範圍前後交錯，高低重疊，界線並不清楚。

魏先生對於古音的定義，是「凡今日語音以前皆屬古音」。語音的分期是有必要性的。魏先生雜揉古今系統地結果，顯然與今日我們所認定之「周秦古音」，研究脈絡大相逕庭。因此，魏先生把不同時期、地區，不同的材料和研究方法，融合在一起，反而形成了一種特殊的、古今不分的古音體式。

（二）語言代數符號功能難以彰顯

計算語言學或數理語言學廣泛利用於當代語言學研究領域。主張生成語法理論的喬姆斯基（Noam Chomsky）在探索轉換語法的過程中，運用了許多數理方法和原理，並應用至計算語言學中，其成功之因素在於規則化與程序化。邢公畹先生說：

喬姆斯基現在之所以出名，是因爲他出於對現代邏輯學和數學的興趣，用類似數學公式的式子，去建立生成語法體系，並力圖用這種

〔註19〕見〈二十世紀的中國歷史語言學〉《二十世紀的中國語言學》，頁248～249。

〔註20〕見《古音研究》，頁381。

> 體系去描寫自然語言。〔註21〕

袁毓林先生則說：

> 在計算語言學的諸多定義中，最多的是著眼於建立一種可運轉的計算機系統。……持這種觀點的學者自然會把計算語言學的研究重點放在這種能理解和生成自然語言的計算機系統的結構及相應的各種算法的設計上。〔註22〕

因此列出了「必須把待解的問題形式化」、「必須是可計算的」和「必須有一個合理的複雜度」等三項條件，以及「數學建模」、「算法設計」和「程序實現」等三個階段。

魏先生同樣利用數理公式來描述古音變化，從形式、結構上建立一套抽象的轉譯機制，並依照邏輯推演法，推導出兩部份：第一、「古三聲與今四聲變化方程式」。其焦點放在處理古今音變的去聲問題。第二、「古三聲關係方程式」。是陳述聲隨在音轉中的改變或增減。

魏先生的建構，著重於語言和符號的敘述，互相代換，合乎數理語言學的研究方法。數理語言學研究綜合了數學方法，以及數學思想，進而研究語言現象，力求將語言系統及數理系統緊密的結合。魏先生構擬的數理系統不是爲了推求出某些語言結果，只是輔助說明語言邏輯並實踐科學方法。在書寫轉換中，方程式的科學符號的定義、計算的過程、方法的適用性與否……等等，產生了值得進一步探討的附加問題。在這一類型的輔助說明語言符號裡，解析和定義的失準，往往降低了原來的科學性，甚至造成個人學說的衝突；某些關鍵點的從略，也或許需要更龐大或更精密的方程式語言組合，才得以釐清。

本文第二章〈古音學說〉中討論到魏先生所假定之方程式，已經做出幾點說明：

（１）「古今聲變方程式」部份」：第一，「附聲」符號的意義應可以更明確。魏先生的代數「V」、「CV」的符號定義，以及存在與否，都在式子中呈現地不

〔註21〕見諾姆．喬姆斯基著、邢公畹等譯：《句法結構》（北京：中國社會科學出版社，1984年），頁4。

〔註22〕見袁毓林：〈計算語言學的理論方法和研究取向〉《計算語言學》（上海：上海外語教育出版社，2004年），頁109。

清楚，造成矛盾。第二，代數的定義衝突。陰陽入代數「X′」、「Y′」、「S′」應標示爲「$V \bullet X'$」、「$CV \bullet Y'$」、「$V \bullet S'$」等。附聲「V」與不附聲「CV」，無法說明是「何種聲隨」。V 可能是-m、-n、-ng，-p、-t、-k，或其他。和 V 相乘之方程式，無法判定音値，在魏先生的式子裡，詮釋上是不精準的。第三，「C・CV」的寫法，混淆了「C與CV的乘積」，和魏先生要說明一個群的「某些音帶輔音韻尾，某些音不帶輔音韻尾」的意思。

此外，「古陰聲」在魏先生系統是有聲隨的。此點和公式互相衝突。

（2）「古三聲關係方程式」部份：第一，「古純韻」類究竟有無聲隨，模稜兩可。第二，古純韻「OV」沒有說明本來的韻尾是失落或是如何處理。這都是轉譯上的模糊，使數理科學的本意和功能無法彰顯。

將抽象的語言化作數理模式，首先必須面臨定量的問題。王銘玉先生說：

> 定量方法非常注意兩個或更多的變量之間的相互關係（如因果關係、相似性關係、差異性關係等），而要在紛繁複雜的語言現象中去控制和把握各種變量，只有採取實驗的途徑，並且要把實驗數據用統計的方法來分析和推斷。因此，準確地說，定量方法意謂著實驗方法和統計方法的側重或結合。實驗方法的主要原理是抽樣的原理、控制的原理、有效性的原理和無差別假設的原理。目前，應用語言學、心理語言學和認知語言學較多地採用這種方法。統計方法是定量分析的基礎方法，研究者要麼運用描寫統計方法，即通過有關的量度來描寫和歸納數據，如計算語言學就經常使用概率統計的方法來進行自然語言的處理；要麼運用推斷統計方法，即根據對部份數據的觀察來概括它所代表的總體的特徵。〔註 23〕

無論如何，對於確切數據的掌握程度越高，越能得到具體的分析成果，如統計法便能在語言學研究中獲得高度效益。數理語言學研究的先驅如白滌洲先生和陸志韋先生。白先生利用統計方法研究反切，看出古人在切語的制訂上有同類字過少，因此有「隨便假借同類字作切」，以及「在偶然忽略的情形下誤用近似但非同類的字作切」這兩種情形。白先生認爲將《廣韻》所有反切上下字，全

〔註 23〕 見王銘玉〈21 世紀語言學的八大發展趨勢〉《普通語言學》（上海：上海外語教育出版社，2004 年），頁 228。

部加以統計，觀察它們出現的次數，分出常用字，挑出例外，再斟酌前人的分析方法，就能得出紐類的安排，另外組成一個系統。陸先生也利用了統計概率方法來研究，例如《廣韻》五十一聲類的證明，陸先生利用了隨機相逢的機率，訂出一個機遇數，以機遇數當作兩聲類之間是否協和或衝突的參照值，證明《廣韻》聲類爲五十一。統計方法在語言學當中使用能獲得收效，白先生和陸先生的研究模式立下了一個里程碑。

魏先生的方程式偏向代數語言，但採用集合論與數理邏輯、代數等方法研究語言，基本上是在符合規則的條件下，強調純粹的理性。然而數理信息中的統計法，在設計和分析，在需要字頻統計的場合，是可以獲得極大成效的。其他研究方法，是否能完全套用在傳統語言學的所有範疇裡，則須要更多的論證。魏先生的代數方程式架構成功地強調了理性主義的實踐，但是代數的標誌模糊，以及他所訂立的音變規律，卻是有瑕疵的。

二、音軌說之細瑣

「音軌」共有 3 部、20 軌、總 106 系，包含了漢語音韻的變化規則及相關例證。「音軌」的主要目的，是爲了揭示音韻變化的研究方法，所以每一條細則，應該皆可求諸於漢語語音史中各種文獻與語料，並獲得一定的系統成效。所以，單就「音軌」的 106 系而言，無論是套用在任一時期的語音現象，或是單純就某個階段的語料求索，都能在此等規則下，找到獨立分析的空間，進而觀察其演進的痕跡。於是「音軌」是以說明方法論爲主，佐證之材料爲輔。

單就魏先生之研究方法辨析，尙待發明處頗多。原文中之材料更可加以擴充與驗證。故「音軌」是足以作爲開啓長遠研究路徑之切入點，並有持續不斷深入研究之價值與空間。

承續前文所述，「音軌」尙有可以再推闡的部份。例如：

第一，古音定義模糊。「音軌」論變理應強調歷時性變化，但缺少古音分期的概念。倘凡今日之前之音韻，統稱爲古音，於是在材料的選擇上容易出現古今錯綜的分析結果。又，音軌也分析了共時性的變化，如方言之間的接觸，差異性與共同性，對應的規律等等。在材料的篩選上，有時容易忽略了語言、方言中個別的發展。

第二，涉及範圍太廣。「音軌」的例證遍及漢語文化圈之不同語言，如日、韓語等。它們與漢語之間至多是親屬語。我們固然可以從中觀察到較為早期的古漢語遺留痕跡，但魏先生在許多研究方法的證明上，直接以日、韓語作為漢語的變化證據。如此則必然忽略語系的差異及該語言的個別性。

第三，分類過於瑣碎。部份軌則為求細膩，然而舉證的和敘述的內容卻過於簡單，可再增補；另外，按照魏先生的分析脈絡，以及本文之疏證，部份音軌可簡化為一整大類，而不必另立細則。

第四，名稱冗長複雜。此 106 條變化，為了使其科學化，在名稱上也特別強調語言符號的功能。例如每一系最後，必然綴上「系某」等數字標號，某些細項又再加上「之某」等又一層分類。或者「系某」、「之某」只是編排上的書寫標號，但閱讀過程則不利於當下的清楚辨識。音變是語音的變化與轉換，於是大多數的標目，都包含了「相轉」一詞，但為了同中求異，名稱又再分為「轉」、「變」、「化」、「趨」等等；某些具有特殊定義的字詞，命名時，魏先生甚至又有了獨特的涵義，如：「通」、「分」、「清」、「濁」、「氣」、「音」、「位」、「勢」、「聲隨」等等，首先必得要先理解這些字詞的基本解釋，再釐清它與傳統聲韻學理論中的定義異同，才能明白通曉。就理解層面上，在在顯現了思慮的細膩與精密；就閱讀層面上，一時之間卻也有眩目之虞。

第五，亟於強調系統。有些軌是為了補足系統完整，但實際上不存在於漢語中的。如：「異位同勢相轉軌二」的「塞塞相轉之濁氣系五」，指濁送氣塞聲之間地轉變，與「清音系」相對，是魏先生把「送氣」本身再分清濁的概念。實際上，在漢語中並沒有音位區別。於是為了補足系統而獨立的一系，卻缺少實例可以證明。其他像是漢語中少見的轉變，魏先生直接以日韓語證補，不在少數。另外，各軌之間附註的「互相參證」，也顯得有些重複。

就上述例子而言，「音軌說」還有可再加以研究的空間。

三、訂定部份韻書殘卷系統過於主觀

韻書的命名和歸類有主觀認定者。其中，「法一 P2016」王國維考證為《切韻》，但韻目符合《唐韻》開元本之韻目，魏先生為了兼及二者之考量，於是另外新立了孫愐《切韻》的新類目。魏先生的理由是「疑其始勉書二名並用」，這是一種主觀認知，但實際上姜亮夫先生已從「孫愐《唐韻》序」、「注語」以及「和廣韻注語比較」等幾點，加以考證，證明「法一 P2016」實屬《唐韻》。前文已有說明，此不贅述。因此魏先生在歸類與考證上仍不免有過於主觀的問題。

另外，不能僅以韻書標有「各家異同注」，便將殘卷斷定爲「王仁昫刊補系統」，甚至是《刊謬補缺切韻》之中。如「德一（唐寫本 JIVK75）」和「德五（唐寫本 JIV70+71）」，魏先生因其標有各家異同注，所以定爲《刊謬補缺切韻》〔註 24〕。但此兩種殘卷未必即是《刊謬補缺切韻》。周祖謨先生說：

> 本書去聲韻目下有注文。豔韻下注云：「呂與梵同，夏□與㮇同，今並□。」陷韻下注云：「李與鑑同，夏侯別，今依夏侯。」這些都與王仁昫「刊謬補缺切韻」相同。但是我們不能因此就認爲是王仁昫的書。第一，王仁昫書每紐第一字的注文是先出反切，次出本字的訓解和又音，最後一紐的字數，與本書體例不同。其次，本書字下的訓解極爲簡單，地理名稱都不注明所在州郡，只注「地名」、「水名」而已。每紐第一字大都只有反切而沒有訓解，這與王韻每字「并各加訓」不同。另外，王仁昫書每紐所收字數大都比本書多，但是本書有些紐的字數又比王韻多。……由此可知本書字王韻不是一種書。王韻中有正字、有增訓、又有增字，而本書只重增字，性質與王韻全不相同，應當是另一家書。〔註 25〕

可知韻書殘卷的比對，不能單靠其中某一項特徵，就斷定其系統，必須要從各項要素當中仔細評估。是以周先生將德一與德五歸類爲增字本的《切韻》斷片，便說明了訂定韻書殘卷還有其他的可能性，以及考量因素存在，此即爲一例證。

四、漢字簡化論影響古今音韻系統

推行國語的過程中，面臨的語文改革問題仍不斷延續，即使 1949 年之後，魏先生從事的語文運動以文字簡化爲重心，但也將「推廣普通話」納爲目標中，故推行國語在實質之工作內容中，並未中斷，只是略爲調整其側重之層面與先後順序而已。魏先生引用 1955 年十月「全國文字改革會議」之決議案內文，說：「漢字的根本改革要走世界文字共同的拼音方向；而在目前，逐步簡化漢字並大力推廣以北京語音爲標準音的普通話——漢民族共同語，是適合全國人民得迫切要求和我國社會主義建設的需要的；特別是推廣普通話，將爲漢字的根本

〔註 24〕見《魏建功文集》第貳輯，頁 569。

〔註 25〕見《唐五代韻書集存》（下），頁 868。

改革準備重要的條件。」〔註 26〕魏先生強調該會議由二十八個省市和中央機關、人民團體等共同決議通過，是爲全體之共識。漢字改革之遠程目標固然以拼音文字爲計畫，但簡化字已經成爲過渡時期之文化產物。

漢字簡化與國語推行互相聯繫，如有更革，其影響亦爲一體兩面。漢字簡化方法包括刪減筆劃而保存輪廓、採草書、採古體、取其部份、以簡單形式替代、改簡音符、別造一體、借用他字等等；語音之衡量，則多以國音爲基準。是以漢字所呈現之語音系統，勢必因字形改變而有所影響。魏先生認爲：

> 簡化規律，據我們的體會，基本上就是既「約定俗成」又「適當類推」〔註 27〕

又說：

> 這些約定俗成的字多半是個別簡化的，並不能把它看作是簡體偏旁類推成功的，如果類推的話，其中某些字一定會發生問題，例如：（１）豐＝丰，但酆≠邦。（２）燈＝灯，但登≠丁……（３）過＝过，但鍋≠釪……（４）補＝补，但甫≠卜……結果一定是跟別一個具體的字相混淆，或是變成一個面目全非的陌生的字。但是一些可以有規律簡化的字，只要在不違反「約定俗成」的條件下，儘量采取偏旁類推的簡化方法，能使得簡化面擴大，並且對於學習的人比較便於辨認。〔註 28〕

所謂的「約定俗成」，是採用大多數人了解的俗體寫法，因此不見得能將字形整齊劃一、有規則地簡化。「適當類推」，也就是說「類推」仍然有限度，不能完全統一標準。魏先生認爲主觀與客觀的概括現象和適應對象，是建立於使用者的判斷，但前提是必須建立在詞彙的使用層面上，而且必須得同時熟悉正簡兩套字形，才能夠靈活運用，是以未必能夠達到因字形簡化而便於熟悉的效果。

簡化字就漢語音韻研究及傳統研究之方法、概念等等，都是不利的。陳師新雄〈中共簡體字混亂古音韻部系統說〉一文中說：

〔註 26〕見《魏建功文集》第肆集，頁 635。

〔註 27〕同上注，頁 518。

〔註 28〕見《魏建功文集》第肆輯，頁 625。

> 中共政權推行簡化漢字的結果，造成古今隔閡的古韻系統的混亂。段玉裁曾說過，一聲可諧萬字，萬字而必同部。同聲必同部，這是我們學習古代韻部執簡御繁的簡便方法。但經過中共的簡化，這個原則就用不上了，如果根據同諧聲必同部的原則去推，就會造成古韻系統的混亂了。〔註29〕

透過上海辭書出版社之《辭海》、香港三聯出版社之《簡化字總表檢字》，可發現簡化方法中的省略、改形與代替，都會造成古音系統的混亂。陳師新雄並舉出五十三例，說明因改易而造成的古音三十二部諧聲混淆之現象，擾亂上古音之系統。

諧聲偏旁之概念，存於六書架構。由小篆至於隸、楷，字形之流變，雖未必全然依照六書之體系進行，但是漢字簡化的過程，對於六書理論架構來說是充滿矛盾的。魏先生對於此種矛盾，認爲六書概念尚不可上溯於古文字〔註30〕，亦不能派於篆書以後。魏先生說：

> 「六書」是分析篆文——而且是漢代的小篆——的一個體系。它是有科學性的，但是它的法則同時就有局限性了。請看現在楷書（文字學家把它歸在隸書裏），有些字還能說是「象形」嗎？〔註31〕

文字的演化必須站在六書基礎上研究，毋庸置疑，雖然篆隸楷之間，字形頗有改易，卻不能斷然拋棄六書理論。此外，漢字諧聲偏旁對於聲韻學研究領域之應用已非常廣泛，不能偏廢。

〔註29〕見陳師新雄：《文字聲韻論叢》（臺北：東大圖書公司，民國八十三年），頁248。

〔註30〕見〈論六書條例不可逕用於甲骨文字責彥堂〉。

〔註31〕見《魏建功文集》第肆輯，頁463。

主要參考資料

（依照編著者之姓名筆劃排列）

丁邦新

《丁邦新語言學論文集》，北京：商務印書館，1997年。

丁賦生、顧啓

〈語言學家魏建功及其前期學歷訂補〉《閩江學院學報》第24卷第1期，2003年2月。

〈魏建功與民間文學研究〉《南通航運職業技術學院學報》第2卷第4期，2003年12月。

于錦恩

〈簡論國語運動中白話文的推行——兼與趙慧峰先生商榷〉《民國檔案》，2004年3月。

小川環樹

〈論《說文篆韻譜》部次問題——〈李舟《切韻》考〉質疑〉《語言研究》第1期，1983年。

仇志群、范登堡

〈臺灣推行國語的歷史和現狀〉《臺灣研究·教育》第4期，1994年。

孔仲溫

〈廣韻祭泰夬廢四韻來源試探〉《聲韻論叢》第一輯，臺北市：臺灣學生書局，民國八十三年。

方師鐸

《五十年來中國國語運動史》，臺北市：國語日報社，民國五十八年。

方環海

〈二十世紀《中原音韻》研究方法論述評〉《贛南師範學院學報》第一期，2001 年。

〈國語運動與 20 世紀的近代音研究〉《漢字文化》第 4 期，2000 年。

王力

《中國語言學史》，臺北縣：駱駝出版社，民國七十六年。

《王力文集》，山東：山東教育出版社，1988 年。

《王力語言學論文集》，北京：商務印書館，2000。

《漢語史稿》，北京：中華書局，1996 年。

《漢語音韻》，北京：中華書局，2007 年。

《漢語語音史》，北京：中國社會科學出版社，1986 年。

王天昌

《國字正音正體》，臺北市：世界書局，民國七十三年。

《國音》，臺北市：世界書局，民國七十五年。

王吉堯、石定果

〈漢語中古音系與日語吳音漢音音系對照〉《音韻學研究》第二輯，北京：中華書局，1986 年。

王志成

《多音字分讀研究》，臺北市：文史哲出版社，民國七十六年。

王彥坤等編

《古代漢語教程》，廣州：暨南大學出版社，2000 年。

王爲民

〈駁鄭章尚芳上古『一部多元音』的理論基礎〉《山西大學學報》第 32 卷第 3 期，2009 年 5 月。

王國維

《觀堂集林》，北京：中華書局，1961 年。

王理嘉

《漢語拼音運動與漢民族標準語》，北京：語文出版社，2003 年。

王暉

〈文白異讀與語音規範〉《語言文字應用》第 2 期，2012 年 5 月。

王福堂等編

《漢語方音字匯》，北京：語文出版社，2003 年。

《漢語方言詞匯》，北京：語文出版社，2004 年。

王銘玉

〈21 世紀語言學的八大發展趨勢〉《普通語言學》，上海：上海外語教育出版社，2004 年。

王寧主編

《古代漢語》，北京：北京出版社，2002 年。

王震亞

〈早期台大的三位大陸籍教授〉《民主》，2011 年 6 月。

王曉明

〈北京高師——國語運動的發祥地〉《北京師範大學學報》第 5 期 2002 年。

王靜芝

《詩經通釋》，臺北縣：輔仁大學文學院，民國八十八年。

包擬古著，潘悟雲、馮蒸譯

《原始漢語與漢藏語》，北京：中華書局，1995 年 6 月。

史存直

〈日譯漢音、吳音的還原問題〉《音韻學研究》第二輯，北京：中華書局，1986 年。

史習培

〈光復初期臺灣教育重建與兩岸教育交流芻議〉《臺灣研究・教育》第 1 期，2002 年。

白化文

〈對一次考試的懺悔——回憶魏建功先生〉《文教資料》第 4 期，1998 年。

任少英

《韓漢聲韻比較》，華東師範大學對外漢語系博士論文，2003 年。

向逵譯、Sir Aurel Stein 著

《斯坦因西域考古記》，臺北市：臺灣中華書局，民國六十九年。

安平秋

〈我的老師——魏建功先生〉《文教資料》，1996 年 4 月。

成元慶

《十五世紀韓國字音與中國聲韻之關係》，韓國：槿域書齋，1967 年 8 月。

朴宰雨

〈1920 年代魏建功遊記《僑韓瑣談》價值的探索〉《當代韓國》冬季號，2008 年。

江有誥

《音學十書》，北京：中華書局，1993 年 7 月。

江美儀

《孔廣森之生平及其古音學研究》，臺北市：臺灣師範大學國文系碩士論文，民國九十九年。

艾偉

《國語問題》，上海：中華書局，民國三十七年。

伍明清

《宋代之古音學》，臺北市：國立臺灣大學中文系碩士論文，民國七十八年。

李師添富

〈《詩經》中不具音韻關係的聯綿詞研究〉《先秦兩漢學術》第十一期，2009 年 3 月。

〈《廣韻》一字同義陰陽異讀現象研究〉《輔仁國文學報》第十八期，民國九十一年。

〈從「音韻結構」談古韻分部及其發展〉《輔仁學誌（文學院之部）》第廿四期，民國八十四年。

〈詩經例外押韻現象之分析〉《輔仁學誌（文學院之部）》第十三期，民國七十三年。

〈語音規範的問題〉《輔仁國文學報》第六集，民國七十九年。

〈談語音的變化〉《輔仁學誌（文學院之部）》第廿一期，民國八十一年。

李方桂

《上古音研究》，北京：商務印書館，1980 年。

李行健

〈師傅引進門，修行在個人——憶魏建功先生二三事〉《文教資料》，1996 年 4 月。

李春陽

〈20 世紀漢語的言文一致問題〉《中山大學學報》第 51 卷第 5 期，2011 年。

李開

〈戴震《聲類表》考蹤〉《語言研究》第 1 期，1996 年。

李學勤編

《中華漢語工具書書庫》，合肥：安徽教育出版社，2002 年。

李曉春

〈《切韻》系韻書的演變過程〉《淮北煤師院學報》第三期，1999 年。

何九盈

《上古音》，北京：商務印書館，1991 年。

《語言叢稿》，北京：商務印書館，2006 年。

何大安

《聲韻學中的觀念和方法》，臺北市：大安出版社，2004 年 9 月。

吳金娥等

《國音及語言運用》，臺北市：三民書局股份有限公司，2010 年。

吳棫

《韻補》，上海：商務印書館民國二十五年。

吳聖雄

《日本吳音研究》，臺灣師範大學國文研究所論文，民國八十年。

汪毅夫

〈魏建功等「語文學術專家」與光復初期臺灣的國語運動〉《東南學術》第 6 期，2002 年。

周士琦編

《周祖謨語言文字論集》，北京：人民教育出版社，1999 年。

周光慶、楊合鳴

《古代漢語教程》，武漢：華中師範大學出版社，2001 年。

周有光

〈緬懷敬愛的魏建功先生〉《文教資料》，1996 年 4 月。

周祖謨

《文字音韻訓詁講義》，天津：天津古籍出版社，2004 年。

《唐五代韻書集存》，北京：中華書局，1983 年 7 月。

屈萬里

《詩經釋義》，臺北市：華岡出版部，民國六十三年。

易作霖

《國音學講義》，臺北市：臺灣商務印書館，2010 年。

阮元、王先謙編

《皇清經解續編》，臺北市：藝文印書館，民國五十四年。

林尹

《中國聲韻學通論》，臺北市：黎明文化事業股份有限公司，民國七十一年。

林天明

《國語注音符號診斷測驗》，臺北市：橋梁出版社，民國五十二年。

林炯陽

〈敦煌韻書殘卷在聲韻學研究上的價值〉《林炯陽教授論學集》，臺北市：文史哲出版社，民國八十九年。

林慶勳

〈注音符號的回顧——漢字標音方式的發展〉《國文天地》5 卷 5 期，1989 年 10 月。

林清江等

《國語推行政策及措施之檢討與改進》，臺北市：行政院研究發展考核委員會，民國七十一年。

林燾

《林燾語言學論文集》，北京：商務印書館，2001。

林燾、耿振生

《聲韻學》，臺北市：三民書局，民國八十六年。

祁致賢

《國語教育》，臺北市：國語日報社，民國五十五年。

竺家寧

〈評劉又辛〈複輔音說質疑〉兼論嚴學宭的複聲母系統〉《師大國文學報》第 16 期，臺北市，1987 年。

《古漢語複聲母研究》，中國文化大學中文研究所博士論文，1981。

《聲韻學》，臺北市：五南圖書出版有限公司，民國八十一年。

金師周生

〈《中原音韻》「鼻」字的音韻來源與音讀〉《聲韻論叢》第八輯，臺北市：學生書局，民國八十八年。

〈《韻補》中的『古音』『今音』與『俗讀』『今讀』〉《聲韻論叢》第十輯，臺北市：學生書局，民國九十年。

金慶淑

〈試論上古漢語和古代韓語〉《聲韻論叢》第九輯，臺北市：臺灣學生書局，2000年8月。

姚師榮松

〈「華語文與方言」對比分析（之五）〉《華文世界》第54期，1989年。

〈閩南語傳統呼音法在鄉土語言教學上的運用〉《聲韻論叢》第七輯，臺北市：學生書局，1998年。

侯精一主編

《現代漢語方言概論》，上海：上海教育出版社，2002年10月。

姜亮夫

《姜亮夫全集》，昆明：雲南人民出版社，2002年。

柯師淑齡

〈論駢詞同音同用〉《文化大學中文學報》第二期，民國八十三年六月。

段寶林

〈回憶魏建功先生〉《文史知識》，2011年6月。

〈魏建功先生與民間文學——紀念魏建功先生百年華誕〉《西北民族研究》，2002年第2期。

洪成玉

《古代漢語教程》，北京：中華書局，1995年。

胡適著、歐陽哲生編

《胡適文集》，北京：北京大學出版社，1998年11月。

范進軍主編

《古代漢語》，長沙：湖南大學出版社，2003年。

香川默識編

《西域考古圖譜》，北京：學苑出版社，1999年10月。

袁毓林

〈計算語言學的理論方法和研究取向〉《計算語言學》，上海：上海外語教育出版社，2004 年。

唐作藩

《音韻學教程》，北京：北京大學出版社，2002 年。

《漢語音韻學常識》，上海：上海教育出版社，1959 年。

唐蘭

《中國文字學》，臺北市：樂天出版社，民國六十四年。

夏能權、蔡夢麒

〈《王三》研究綜述〉《綏化學院學報》第 29 卷第 2 期，2009 年 4 月。

夏竦

《古文四聲韻》，北京：中華書局，1983 年 12 月。

徐知免

〈回憶魏建功先生〉《散文》，1999 年 7 月。

徐振邦

《聯綿詞概論》，北京：大眾文藝出版社，1998 年。

徐通鏘

《歷史語言學》，北京：商務印書館，1991 年 6 月。

徐通鏘、陳保亞

〈二十世紀的中國歷史語言學〉《二十世紀的中國語言學》，北京：北京大學出版社，1998 年 6 月。

徐朝東

〈孫愐及《唐韻》相關資料考察〉《中國典籍與文化》第 74 期，2010 年。

《蔣藏本《唐韻》研究》，北京：北京大學出版社，2012 年 3 月。

徐鍇

《宋本說文解字韻譜》，清同治甲子年嘉平月吳縣馮桂芬摹本。

《說文解字篆韻譜》，北京：中華書局，1985 年。

耿振生

《20 世紀漢語音韻學方法論》，北京：北京大學出版社，2004 年 9 月。

袁家驊等

《漢語方言概要》，北京：語文出版社，2001 年。

馬嘶

《一代宗師魏建功》，北京：文化藝術出版社，2007 年 2 月

高本漢

《中國語與中國文》，臺北市：長安出版社，民國六十七年。

高本漢著，趙元任、羅常培、李方桂合譯

《中國音韻學研究》，北京：商務印書館，2003 年。

高本漢著、杜其容譯

《中國語之性質及其歷史》，臺北市：國立編譯館中華叢書委員會，民國六十七年。

高本漢著、張世祿譯

《漢語詞類》，臺北市：聯貫出版社，民國六十五年。

高本漢著、張洪年譯

《中國聲韻學大綱》，臺北市：國立編譯館，民國七十九年七月再版。

高本漢著、潘悟雲等編譯

《漢文典》，上海：上海辭書出板社，1997 年。

高明凱

《國語問題》，臺北市：樂天出版社，民國五十九年。

陳師新雄

《中原音韻概要》，臺北市：學海出版社，民國七十四年。

《文字聲韻論叢》，臺北市：東大圖書公司，民國八十三年。

《古音研究》，臺北市：五南圖書出版有限公司，民國八十八年。

《古音學發微》，臺北市：文史哲出版社，民國七十二年二月三版。

《古音學發微》，臺北市：嘉新水泥公司文化基金會，民國六十一年。

《訓詁學（上)》，臺北市：臺灣學生書局，1994 年。

《語言學辭典》，臺北市：三民書局股份有限公司，2005 年。

《廣韻研究》，臺北市：臺灣學生書局有限公司，2004 年。

《聲韻學》，臺北市：文史哲出版社，民國九十四年。

《鍥不舍齋論學集》，臺北市：臺灣學生書局，民國七十九年。

陳振寰

〈關於古調類調值的一種假設〉《音韻學研究》第二輯，北京：中華書局，1986年7月。

陳紹玲

〈語言文字學家——魏建功〉《江蘇地方志》，1999年1月。

陳第

《毛詩古音考》，北京：中華書局，1988年。

陳彭年等

《新校正切宋本廣韻》，臺北市：黎明文化事業股份有限公司，民國八十九年十一月。

陳學勇

〈遠眺魏建功先生〉《出版廣角》，1999年12月

國立臺灣師範大學國音教材編輯委員會編

《國音學》，臺北市：正中書局，民國八十四年十一月。

國語日報社編

《「國語」與「國文」正名問題》，臺北市：國語日報社，民國五十六年。

張世祿

《中國古音學》，上海：商務印書館，民國十九年。

《中國音韻學史》，臺北市：臺灣商務印書館，民國五十四年。

《古代漢語教程》，上海：復旦大學出版社，2000年。

張正體、張婷婷

《中華韻學》，臺北市：臺灣商務印書館，民國六十七年。

張席珍

《華文教學的注音問題》，臺北市：黎明文化事業股份有限公司，民國六十九年。

張清源、劉鏡芙

〈紀念魏建功先生〉《文教資料》，1996年4月。

張博宇編

《國語教學的理論和實際》，臺北市：臺灣書店，民國五十九年。

曹文

《漢語語音教程》，北京：北京語言文化大學出版社，2002年。

曹達

〈魏建功年譜〉《文教資料》第5期，1996年。

曹潔

〈論裴務齊正字本《刊謬補缺切韻》的異質性〉《寧夏大學學報》第31卷6期，2009年。

梁容若

〈黎錦熙先生與國語運動〉《文史精華》，1999年6月。

梁萍

《評方以智《通雅》對聯綿詞的研究》，遼寧師範大學研究生學院碩士論文，2006年。

許慎撰、段玉裁注

《新添古音說文解字注》，臺北市：洪葉文化事業有限公司，2000年。

郭錫良

《漢語史論集》，北京：商務印書館，2005年。

郭錦桴

《漢語聲調語調闡要與探索》，北京：北京語言學院出版社，1993年。

陸志韋

《古音說略》，臺北市：臺灣學生書局，民國六十年。

陸鴻圖

《多音中國字》，臺北市：著者自印，民國七十年。

章士釗

《章士釗全集》，上海：文匯出版社，2000年。

章太炎

《國故論衡》，上海：上海古籍出版社，2003年。

《國學述聞》，西安：陝西師範大學出版社，2008年。

麥耘

《音韻學概論》，南京：江蘇教育出版社，2009年。

曾師榮汾

〈字頻統計法運用於聲韻統計實例〉《聲韻論叢》第八輯，臺北：臺灣學生書局，1999年。

〈從兩岸語文整理談臺灣語區資料整理的重要〉《華文世界》第 81 期，臺北：民國八十五年。

游志誠

《敦煌石窟寫經生：潘重規教授》，臺北市：文史哲出版社，民國八十八年。

程發軔主編

《六十年來之國學》，臺北市：正中書局，民國六十一年。

馮蒸

〈論魏建功先生對北京話語音史研究的貢獻——兼論北京話音系歷史來源的幾種學說和有關音變理論〉《漢字文化》第 4 期，2011 年。

《馮蒸音韻論集》，北京：學苑出版社，2006 年。

馮志偉

《現代語言學流派》，西安：陝西人民出版社　1999 年。

黃永武編

《敦煌叢刊初集》，臺北市：新文豐出版有限公司，民國七十四年。

黃侃

《黃侃國學文集》，北京：中華書局，2006 年。

《黃侃國學講義錄》，北京：中華書局，2006 年。

黃典誠

《切韻綜合研究》，福建：廈門大學出版社，1994 年。

黃英哲

〈論戰後初期「五四」在臺灣的實踐——許壽裳與魏建功的角色〉《新文學史料》，2010 年。

黃笑山

〈二十世紀唐代音韻研究概要〉《浙江大學漢語史研究中心簡報》第四期，2001 年。

黃霖編

《文心雕龍匯評》，上海：上海古籍出版社，2005 年。

葉師鍵得

《十韻彙編研究》，臺北市：臺灣學生書局，民國七十七年。

葉蜚聲、徐通鏘

《語言學綱要》，臺北市：書林出版有限公司，民國八十二年。

楊牧之

〈負疚使人永遠不安——紀念魏建功先生〉《中華散文》第5期，2006年。

楊耐思

《中原音韻音系》，北京：中國社會科學出版社，1981年。

楊紹軍

〈魏建功先生在西南聯大〉《學術探索》，2011年1月。

楊藻清

〈俞敏，我的心裡仍然充滿了你〉《文教資料》，1997年1月。

董同龢

《上古音韻表稿》，臺北市：中央研究院歷史語言研究所，民國六十四年。

《漢語音韻學》，臺北市：文史哲出版社，民國八十年。

董琨

《古代漢語漫談》，山東：齊魯書社，1986年。

解惠全

《古代漢語教程》，天津：南開大學出版社，1992年。

詹瑋

《吳稚暉與國語運動》，臺北市：文史哲出版社，民國八十一年。

熊桂芬

〈論裴務齊正字本《刊謬補缺切韻》的韻次〉《長江學術》，2009年1月。

蒲立本著，潘悟雲、徐文堪譯

《上古漢語的輔音系統》，北京：中華書局，1999年12月。

趙元任

《現代吳語的研究》，上海：科學出版社，1956年。

《趙元任語言學論文集》，北京：商務印書館，2002年。

趙元任、高本漢等

《上古音討論集》，臺北市：學藝出版社，民國六十六年。

趙克勤

《古代漢語詞彙學》，北京：商務印書館，1994年。

趙秉璇、竺家寧編

《古漢語複聲母論文集》，北京：北京語言文化大學出版社，1998年。

趙金銘

〈魏建功先生在朝鮮教漢語和在臺灣推廣國語的貢獻〉《世界漢語教學》第3期，2002年。

趙誠

《中國古代韻書》，北京市：中華書局，2003年5月。

趙慧峰

〈簡析民國時期的國語運動〉《民國檔案》，2001年4月。

趙蔭棠

《中原音韻研究》，上海：商務印書館，民國二十五年二月。

《等韻源流》，臺北市：文史哲出版社，民國六十三年。

齊鐵恨

《同義異讀單字研究》，臺北市：復興書局，民國五十二年四月。

劉冬冰

〈《切韻》系韻書的演變相承和演進〉《周口師專學報》第11卷第4期，1994年。

劉復等

《十韻彙編》，臺北市：學生書局，民國六十二年。

《敦煌掇瑣》，臺北市：中研院史研所，民國八十九年。

劉勛寧

〈文白異讀與語音層次〉《語言教學與研究》第4期，2003年。

諾姆·喬姆斯基著、邢公畹等譯

《句法結構》，北京：中國社會科學出版社，1984年。

歐陽戎元

〈裴務齊正字本《刊謬補缺切韻》的性質〉《河南社會科學》第18卷第6期，2010年。

歐陽哲生編

《胡適文集》，北京：北京大學出版社，1998。

潘重規

《瀛涯敦煌韻輯新編》，臺北市：文史哲出版社，民國六十三年六月。

潘重規、陳紹棠

《中國聲韻學》，臺北市：東大圖書有限公司，民國六十七年八月。

蔣經邦

〈敦煌本王仁昫刊謬補缺切韻跋〉《國立北京大學國學季刊》第四卷第三號，北京：國立北京大學出版組，民國二十三年。

鄭良偉

《臺語與國語字音對應規律的研究》，臺北市：臺灣學生書局，民國六十八年。

鄭張尚芳

《上古音系》，上海：上海教育出版社，2003 年。

鄧文斌

〈早期韻書的產生與陸法言《切韻》在音韻學史上的地位和影響〉《西南民族大學學報》第 25 卷第 3 期，2004 年 3 月。

魯國堯

〈臺灣光復後的國語推行運動和《國音標準彙編》〉《語文研究》第 4 期，2004 年。

〈魏建功《古音系研究》的科學精神〉《南通師範學院學報》第 17 卷第 3 期，2001 年 9 月。

〈讀《魏建功先生紀念專輯》稿書後〉《文教資料》第 4 期，1996 年。

《魯國堯語言學論文集》，南京：江蘇教育出版社，2003 年 10 月。

黎錦熙

《國語運動史綱》，上海：商務印書館，民國二十三年。

錢大昕

《潛研堂集》，上海：上海古籍出版社，1989 年。

錢玄同

《錢玄同文集》，北京：中國人民大學出版社，1999 年。

戴震

《戴震文集》，臺北市：華正書局，民國六十三年。

戴震撰、張岱年主編

《戴震全書》，安徽：黃山書社，1994 年。

薛鳳生

《國語音系解析》，臺北市：學生書局，民國七十五年。

龍宇純

《唐寫全本王仁昫刊謬補缺切韻校箋》，香港：中文大學，1968 年。

謝雲飛

《中國聲韻學大綱》，臺北市：臺灣學生書局，民國七十九年。

謝維揚、房鑫亮編

《王國維全集》，杭州市：浙江教育出版社，2009 年。

簡啓賢

《音韻學教程》，成都：巴蜀書社，2005 年。

魏乃、魏至、魏重

〈魏建功先生傳略〉《文教資料》第 4 期，1996 年。

魏至

〈魏建功與我國現代語言學和語文現代化（續）〉《江海縱橫》第 4 期，2001 年。

〈魏建功與我國現代語言學和語文現代化〉《江海縱橫》第 3 期，2001 年。

魏岫明

《國語演變之研究》，臺北市：國立臺灣大學出版委員會，民國七十三年。

魏建功

《古音系研究》，北京：中華書局，1996 年。

《魏建功全集》，南京：江蘇教育出版社，2001 年。

龐光華

《論漢語上古音無複輔音聲母》，北京：中國文史出版社，2005 年。

羅志田

〈因相近而區分：「問題與主義」之爭再認識之一〉《近代史研究》第 3 期，2005 年。

羅常培

《唐五代西北方音》，臺北市：中央研究院歷史語言研究所，1933 年。

《廈門音系》，北京：科學出版社，1956 年。

《羅常培語言學論文選集》，臺北：九思出版社，民國六十七年三月。

羅常培、周祖謨

《漢魏晉南北朝韻部演變研究》，北京：科學出版社，1958 年。

羅肇錦

《國語學》，臺北市：五南圖書出版公司，民國七十九年。

譚全基

《古代漢語基礎》，香港：中華書局香港分局，1982 年。

嚴可均校訂

《音韻學叢書》，臺北市：廣文書局，民國五十五年。

顧炎武

《音學五書》，臺北市：臺灣商務印書館，民國五十七年六月。

顧啓

〈《魏建功年譜》早期部分訂補〉《文教資料》，2001 年 6 月。

〈魏建功早期語言學習考略〉《南通師範學院學報》第 17 卷第 3 期，2001 年 9 月。

顧新民

〈夏竦與《古文四聲韻》〉《南方文物》，1987 年 1 月。

龔煌城

《漢藏語研究論文集》，臺北市：中央研究院語言學研究所籌備處，民國九十一年。

附錄一　魏建功學行著述年表

年份	年齡	學　行	著　述
1911	10	入如皋縣立第一高等小學就讀	
1914	13	入南通省立第七中學就讀。師事繆文功、徐亦軒等先生。	
1919	18	入北京大學文預科乙部英文班。	
1920	19	參加北大平民夜校教學工作。	「什麼話」
1920	20	轉入北京大學文本科中國語言文學系，爲顧詰剛先生整理登載於《晨報》之歌謠，與沈兼士先生等交往密切。	讀顏保良先生的〈我們對於〈我們現在廢止學校考試〉的意見〉
1922	21	創辦「江蘇清議社」並出版《江蘇清議》、《西場人語》。擔任如皋平民社總務委員會書記，推廣學術研究與平民教育。入北京大學國學研究所，並參加「北大實驗話劇社。」	傻子們
1923	22	反駁俄國盲詩人愛羅先珂批評北大實驗話劇社展演之論述，而與魯迅先生互有文章往來。編輯《慧琳一切經音義引用書輯佚》。	蒐集歌謠應全注音並標語調之提議
			國立北京大學研究所國學門懇親會記事
			不敢盲從
1924	23	參加林語堂、劉半農主持之北大國學研究所方音調查會。任清室善後國學會辦事員，協助清點、接收與保管清室文物。	拗語的地方性
			方言標音實例
			醫事用的歌謠
			歌謠表現法之最要緊者——重奏複沓

			「耘青草」歌謠的傳說
			歌謠之辭語及調譜
			蝦辭
			斷簡
			魏建功宣告解除婚約
1925	24	擔任錢玄同、黎錦熙等創辦之《國語週刊》編輯，參與撰稿工作。由劉半農先生介紹，任職於中法大學福爾德學院中文系。改訂《學科組織大綱》，分北大中文系爲語言文字、文學、整理國故三組；國學門《歌謠》擴充爲《國學門週刊》，並任週刊編輯。	慧琳一切經音義引用書輯佚
			「到底怎麼樣」——方言調查
			音韻識小錄
			華長忠的《韻籟》
			檢舉不以「聲」爲「形」役
			吳歌聲韻類
			一段小校勘——〈赤壁賦〉
			從中國文字的趨勢上論漢字（方塊字）的應當廢除
			杞梁姓名的遞變字哭崩之成的遞變
			瑣碎的記載清故宮
			賀魯迅先生
			復辟與賄選
			學術救國
			卑微的話應伏園的策問
			緊急籌款辦法之建議
			科舉說
			茅坑裡的國慶
1926	25	協助劉半農做「語音樂律實驗室」工作。赴徐州江蘇省立第三女子師範任國文教員。受魯迅先生請託，以北大圖書館藏明刻大字本校對《太平廣記》。	讀《帝與天》
			讀歌札記
			吳歌與山東歌謠之轉變附記
			討論歌謠中標字的一封信
			民眾與武力
			豎碑與紅遮眼——從徐州到天津給山豆先生的信
			懷那古怪的圈子
			法律的圈套
			「國罵」
			蕭耀南的死
			新史料與舊心理

			芹獻
			觭零的夢
1927	26	任朝鮮漢城京城帝國大學法文學部中國語講師。北大國學門改制爲國學研究館，亦受聘爲通訊員。	變物的情歌
			撒帳歌
			〈伐檀〉今譯
			邶風靜女的討論
			無酒的酒杯序
			貓撲鼠喻
			讀巴黎通信
			簡玉白
			榛子店養閑的
			僑韓瑣談
1928	27	回國任中法大學福爾德學院教授、兼北平大學女子文理學院講師。經錢玄同動員，參加「國語統一籌備會」，以「統一語言、提倡言文一致、改革文字」爲目標，任常委，編輯《國語旬刊》，兼任「大詞典編纂處」資料員。	蒙文四印考音
			蒙文四印考音後記
			與莊莊上人釋蒙古文昌平路印篆書
			從鹽城慘禍引起的杞憂
			秋夢庵畏吾文印識語
			祖宗積弱
1929	28	任北大中文系助教，兼輔仁大學中文系講師。與臺靜農等結「圓台印社」，相互切磋技法，並開創以注音符號治印。	古音學上的大辯論——〈歌戈魚虞模古讀考〉引起的問題
			與人論方音之由來
			古陰陽入三聲考
			說「相」「廝」
			再說「相」「廝」
			論六書條例不可逕用於甲骨文字責彥堂
			姜女廟之朝鮮人記錄
			范翁自傳歌錄注
			論文學體制所以變遷之原則
			包案孫談贅語——孫楷第包公案研究的跋語
			山中雜記
1930	29	任北大《國學季刊》編委會主任，兼燕京大學中文系講師、女師大研究所研究員。	陰陽橋
			關於「石」與「千」的討論——答齊鐵恨先生

1931	30	升任北京大學中文系副教授。	「科斗」說音
			生肖偶說
			朝景教史料鈔（附鈔後記）
1932	31	於北大中文系開設古音系研究課程。	唐宋兩系韻書體制之演變——敦煌石室存殘五代刻本韻書跋
			陸法言《切韻》以前的幾種韻書
			論漢字聲韻轉變
			記姬鬻彝名識例
			上兼士師論古文研究書
			談文翻白
			胡適之壽酒米糧庫
1933	32		說轍兒
			談何容易「文翻白」
1934	33	與黎錦熙、趙元任、白滌洲、蕭家霖等出席「國語羅馬字促進會全國代表大會」。	讀《韻典》
			中國純文學的形態與中國語言文學
			林成章先生遺著編後記
			十年來半農先生的學術生活
			劉半農先生挽辭
			白滌洲先生挽辭
			白滌洲《廣韻通檢》序
			嗚呼！傻！——紀念亡友白滌洲先生
			古音系研究自序
1935	34	書寫周作人所撰之劉半農先生墓誌。向胡適推薦好友臺靜農至廈門大學任中文系教授。本為授課教材之《古音系研究》由北京大學出版部正式出版。	古音系研究
			民間文藝講話
			漢字聲韻學
			黟縣方音調查錄
			中國古音研究上些個先決問題
			灶盧苦
			古音系研究後序
			白滌洲傳
			劉半農先生行狀
1936	35	北大研究所國學門《歌謠》復刊，任編輯。與劉半農、羅常培等共同編輯之《十韻彙編》由北大出版。魯迅逝世，魏先生提供手書、刊刻	戴東原年譜
			古今音韻沿革
			方言研究

		等編輯方式出版《魯迅全集》，以爲紀念。	十韻彙編
			遼陵石刻哀冊中之入聲韻
			草書在文字學上新認識
			爲漢字安排計議
			從如皋山歌與馮夢龍山歌見到采錄歌謠應該注意的事
			李家娘
			影印皇明遺民傳跋
			論《切韻》系的韻書——《十韻彙編》序
			《漢魏六朝韻譜》序
1937	36	升任北大中文系教授。手書《魯迅先生舊體詩存》完成，遇日軍侵華，北大停課，與清華、南開等校在湖南組成長沙臨時大學，是以轉赴南岳分校文學院授課。	中國聲韻學概要
			中國聲韻學史綱
			漢字局部改造的問題——簡體字表、簡體字典和標準行書述評
			關於《南戲拾遺》的一封信
			元代搬演南宋戲文的唱念聲腔
			談「儿」贅說
			歌謠搜集十五年的回顧
			張洵如《北平音系十三轍》序
			獨後來堂十年詩存
1938	37	轉赴西南聯合大學蒙自分校文法學院授課。	漢字形體變遷史綱目
			關於孟孝琚碑
1939	38	首創以白藤治印，運用雲南土產白藤爲材料。作品於聯大教授舉辦之紀念抗戰兩週年義賣會中義賣。	韻書研究綱目
			中國語言文字學專書選讀——說文
			唐代行用的一種韻書目次
			讀高郵王氏疊韻轉語遺稿
			義賣藤印譜
1940	39	任大學教科用書編輯委員會專任編輯、國語推行委員會常委。與黎錦熙、盧前等負責編纂中華新韻。	讀〈廣韻校勘記〉
			釋「午」
			讀《天壤閣甲骨文存及考釋》
			漢字整理工作計劃書
1941	40	赴重慶完成《大學國文選》之編選。與陳獨秀數度晤面，討論學術問題，並校勘陳氏之語言文字學著作。編成《中華新韻》。赴昆明中法	中華新韻
			〈中國音韻學研究〉——一部影響現代中國語言學的著作的譯本讀後記

		大學創辦文史系並任教授兼系主任。	與陳仲甫先生論學書 從「說」到「唱」 《古陰陽入互用例表》序
1942	41	至四川白沙任國立西南女子師範學院國文系教授。	文字學概要（綱目） 關於《中華新韻》 大學一年級國文的問題
1943	42	創辦女師院之國語專修科，並任主任。此爲國語會決議於全國設置三所國語專修科其中之一。	答朱孟實先生論大一國文教材兼及教學問題
1944	43	接受至臺灣主持推行國語任務之邀約。	
1945	44	兼女師院教務主任，並與王玉川等爲即將來臺之教育處工作人員講授國語課。以國語會常委身份，偕同駐會委員何容、幹事王炬等，至臺灣推行國語。	
1946	45	組建臺灣國語推行委員會，爲主任委員，在廣播電台開設國語講座，並由齊鐵恨口授、林良先生以閩南語翻譯。同年至北京招聘國語推行員，爲研究中小學語文教育問題而召開中國語文誦讀法座談會。	中國語文誦讀方法座談會記錄 國語運動在臺灣的意義申解 國語運動綱領在臺灣 何以要提倡從臺灣話學習國語 國語的四大涵義 臺灣語言受日本語影響的情形 談注音符號教學方法 學習國語應注意的事情 國語字典裡所增收的音 日本人訛傳了我們的國音 國語通訊書端 國語常用輕聲字
1947	46	成立中國語言學會，與葉聖陶、陳望道、郭紹虞等任理事。改組國語會，任教育部國語推行委員會閩臺區辦事處常委。受聘台大特約教授，創辦中文系國語專修科。籌辦《國語日報》。出席南京聯合國太平洋遠東教育會議國內預備會議。	國立臺灣大學一年級國語課程旨趣 十二辰歌
1948	47	辦理《國語日報》之前身《國語小報》遷台，並任《國語日報》社社長。受聘爲北平研究院學術研究委員會委員，任北京大學中文系教授。	論故宮完整本王仁昫《刊謬補缺切韻》 《十韻彙編》資料補並釋 釋張協狀元戲文中諢砌談論

			文法學的理論與實際——《實用國語文法》序 中國語文教育精神和訓練方法的演變——《國語說話教材及教法》序
1949	48	邀集金克木、周祖謨等討論編輯適合大眾需要之字典事宜，擬定《編輯字典計畫》。任北大中文系主任，開設中國語文概論、現代中國語等課程。被推爲中國文字改革協會常務理事。	編輯字典計畫 回憶敬愛的老師錢玄同先生 「五四」三十年
1950	49	受葉聖陶邀請出任新華辭書社社長，主編《新華字典》。參加教育部召開之常用字座談會，爲漢字簡化商議，並受聘爲中國科學院專門委員。	魯迅先生的《悼范愛農》等詩——關於魯迅先生的舊詩
1951	50	經俞平伯介紹參加九三學社，出任重要幹部。出席文改研究會召開之漢字注音拼音問題座談會，代表出版總署出席第一屆全國出版會議。受聘爲北京市政協第一屆委員會委員。	故宮完整本王仁昫《刊謬補缺切韻》緒論之甲 漢語、漢字和漢文——中國語言文字概論課的總結匯集錄 祖國語文的特點
1952	51	成立隸屬於政務院文化教育委員會之中國文字改革研究會，任委員，分工參加「漢字整理」、「漢語拼音」組，主任委員爲馬敘倫。完成「簡化字方案」第一稿。	漢字發展史上簡體字的地位 從漢字發展的情況看到改革的條件 跟一位朋友談《漢字簡化方案草案》 從「語」到「文」的教學觀念
1953	52	《新華字典》編成，《簡化字方案》第二稿完成。	漢語概論 說「的」
1954	53	《簡化字方案》第三、第四稿完成。透過文字改革研究會決議，組成簡化字方案整理小組，將第四稿之範圍由兩千多字擴大至四千多字，同年亦完成第五稿。任中國文字改革委員會委員，擬定《漢字簡化方案草案》。	中國語言 略論西遊記的結構形式和語言工具的成就 批判紅樓夢研究中唯心觀點的意義
1955	54	主持文改會向各地徵求之《漢字簡化方案》討論意見匯整與研究，並任漢字整理部副主任。增聘爲《中國語文》編輯委員。提出加強對北京語音和其他方音的聯繫研究，使拼音方案能照顧其他方言。於全國文字改革會議中提請國務院審定實行《漢字簡化方案》，推廣以北京語	對文字改革的提法和看法問題 論中國文字和文字改革工作中的矛盾問題——我在文字改革工作中對《矛盾論》的體會 駁唐蘭先生的文字改革論 漢字簡化的歷史意義和漢字簡化方案的歷史基礎

		音爲標準音的普通話。受聘爲中國社科院哲學社會科學學部學術委員、科學語言所學術委員。在北大開設古代漢語課。	胡適文字語言批判 斯大林關於語言學的論文對於中國語言工作的意義 瞿秋白同志的馬克思主義文學語言理論的指導性
1956	55	受聘爲中科院語言所普通話審音委員會委員。	同義詞和反義詞 漢字改革的必然性和可能性 給李九魁同志的一封信——《廣韻韻攝反切表》代序 憶三十年代的魯迅先生
1957	56	任漢字拼音方案委員會委員、漢字整理臨時委員會委員。	《切韻》韻目次第考源——敦煌寫本《歸三十字母例》的史料價值 我對漢字改革的一些粗淺看法——在文改會上的演講 迎接新的文化高潮的前奏——《漢語拼音方案草案》幫助漢字通讀正音的重大意義 在文字改革問題上的駁右派分子 關於魯迅先生舊體詩木刻事及其他
1958	57	受全國政協委託，任漢語拼音方案西北地區宣傳組負責人，赴西北地區宣傳《漢語拼音方案》。受聘爲國務院科學規劃委員會語言組組員。與周祖謨合作，指導北大中文系學生編訂《漢語成語小辭典》。	《切韻》韻目四聲不一貫的解釋——附論韻書音類相從問題
1959	58	與中華書局在北大中文系創辦古典文獻專業，任副系主任兼古典文獻專業教研室主任。	中國語文學基礎提綱 從「國語運動」到漢字規範化——紀念「五四」運動四十周年 「五四」到「五卅」期間北大戲劇實驗社的話劇活動
1960	59	出席高教部北京主要高校負責人會議，座談文科問題；出席哲學社會科學學部會議。	
1961	60	由國務院任命爲北京大學副校長。	參加辭書編輯和古籍整理工作的體會 《歌謠》發刊四十周年紀念 參加辭書編輯和古籍整理工作的體會 錢玄同先生與黎錦熙先生「論古無舌上輕唇聲紐問題書」讀後記

1962	61	任漢字簡化方案小組成員，持續對各界人士徵求意見，加以修訂。任中科院古籍整理出版規劃小組組員。於北大開設文字、聲韻、訓詁課程。	
1963	62	修訂完成簡化漢字修定方案。出席哲學社會科學學部委員擴大會議。	文字音韻訓詁
1964	63	研究修改後，經國務院批准出版《簡化字總表》。	
1965	64	出席文科教材編審工作座談會。	
1970	69	率領國務院科教組修訂《新華字典》。	
1971	70	《新華字典》修訂完成，轉而修訂《漢語成語小辭典》。	
1973	72	透過北大宣傳組調爲清華北大兩校大批判組任顧問，編制《林彪與孔孟之道》。	
1974	73	整理《三字經》、編《幼學瓊林》出版說明、圈選《古文觀止》等。	
1975	74	至廣州出席國家出版局召開之中外語文辭典編寫出版規劃座談會。	
1978	77	參與《辭源》修訂版審稿。	
1979	78	受聘爲北大學術委員會委員。出席北京語言學會召開之紀念羅莘田先生八十誕辰座談會、中國文學藝術工作者第四次代表大會。	繼往開來出力多 講義費風潮
1980	79	因尿毒症逝世。	其後至 2001 年間陸續出版了關於戲文、魏建功先生手書毛主席詩詞、魏建功先生手書魯迅舊體詩存、魏建功文集等。